普希金全集

沈念驹 吴笛 主编

抒情诗

[俄] 普希金 著
乌兰汗 丘琴 等译

普希金在莫斯科阿尔巴特街的纪念像

《普希金在皇村学校考试中》,列宾作,1911

皇村学校普希金纪念像

皇村叶卡捷琳娜宫

皇村学校

巴库尼娜自画像,1816

皇村学校普希金寝室

目录

1824　南方
003…"皇宫前肃立的卫兵睡意蒙眬" / 杜承南译
007…给达维多夫("不行呵,我的胖子阿里斯吉普") / 杜承南译
008…普罗塞耳皮娜 / 杜承南译
010…"一切都已结束……" / 杜承南译
010…"你受谁的派遣……" / 杜承南译
012…致海船 / 查良铮译
012…"主宰田原树林山峦的诸位和平的神啊" / 乌兰汗译
013…﹡讥沃隆佐夫① / 查良铮译
014…"爱情栖息之所……" / 乌兰汗译

1824　米哈伊洛夫斯克
017…致武尔弗函摘抄("你好,武尔弗,我的朋友!") / 杜承南译
018…致雅济科夫(米哈伊洛夫斯克,1824) / 杜承南译
020…书商和诗人一席谈 / 杜承南译
029…致大海 / 杜承南译
032…阴险 / 杜承南译

---

① 凡有﹡号标记者,标题皆属苏联1962年版本编者所加,普希金原作中并无标题。

034…给巴赫奇萨拉伊宫的喷泉 / 杜承南译
035…葡萄 / 杜承南译
035…"呵,我披枷戴锁……" / 杜承南译
036…"夜晚的和风……" / 杜承南译
037…"阴沉的白昼已逝……" / 杜承南译
039…仿古兰经(献给普·亚·奥西波娃) / 杜承南译
048…"你憔悴无语……" / 杜承南译
049…给恰阿达耶夫("为什么要这冷漠的疑团") / 杜承南译
050…朔风 / 杜承南译
051…"就算我已赢得美人的垂青" / 杜承南译
052…再次寄语书刊检查官 / 杜承南译
055…克娄巴特拉 / 谷羽译
059…"季姆科夫斯基身为主宰……" / 谷羽译
059…致奥利扎尔伯爵("歌手啊!自古以来……") / 谷羽译
061…*致普列特尼奥夫信函摘抄("你出版了我叔父的诗歌") / 谷羽译
062…"沙皇的黑教子忽然想结婚" / 谷羽译
062…"图——是对的……" / 杜承南译
063…"威严的女性让我可怜" / 谷羽译
065…"年轻的美人儿……" / 谷羽译
066…"这个吹毛求疵的批评家" / 谷羽译
066…"我们列祖列宗的剽悍伙伴" / 谷羽译
067…"对甜蜜希望的呼唤报以轻蔑" / 谷羽译
068…致萨布罗夫("萨布罗夫,你竟敢诽谤……") / 谷羽译
069…给婴儿 / 谷羽译
070…"丽莎对恋爱深怀恐惧" / 谷羽译
070…*致罗德江科信函摘抄("宽恕我,乌克兰的智慧大师") / 谷羽译
071…寄语列·普希金("怎么样?可有葡萄美酒?") / 谷羽译

072…"毗连的小屋有一道隔山" / 谷羽译
073… * 断章 / 谷羽译

1825

077…焚烧的情书 / 乌兰汗译
078…"有一次,沙皇得到人报信" / 查良铮译
079…给朋友们 / 乌兰汗译
079…"《欧罗巴》用不着叹气" / 查良铮译
080…颂诗(呈德·伊·赫沃斯托夫伯爵阁下) / 乌兰汗译
083…松明活着,活着! / 乌兰汗译
084…给柯兹洛夫("歌手啊,当我们的人世……") / 乌兰汗译
085…渴望荣誉 / 乌兰汗译
086…根据爪子可以认出狮子来 / 乌兰汗译
087…给普·亚·奥西波娃("我也许不会再享有多少……") / 乌兰汗译
088…"保护我吧,我的护身法宝" / 乌兰汗译
089…安德烈·谢尼耶(献给尼·尼·拉耶夫斯基) / 乌兰汗译
098… * 致罗德江科("你本来答应要跟我……") / 乌兰汗译
100…致凯恩("我记得那美妙的瞬间") / 乌兰汗译
101…"如果生活将你欺骗" / 乌兰汗译
102…饮酒歌 / 乌兰汗译
103…给 H. H.(并赠她以涅瓦文集) / 查良铮译
103…萨福 / 乌兰汗译
104…"草原上最后几朵花儿" / 乌兰汗译
104…十月十九日 / 乌兰汗译
111…建议 / 乌兰汗译
112…运动 / 乌兰汗译
112…夜莺与布谷鸟 / 乌兰汗译
113…友谊 / 查良铮译

113…"为了怀念你,我把一切奉献" / 乌兰汗译

114…浮士德一幕(在海岸上。浮士德及靡非斯特) / 查良铮译

121…冬天的夜晚 / 乌兰汗译

122…"欲望之火在血液中燃烧" / 乌兰汗译

123…"我姐姐家的花园" / 乌兰汗译

124…暴风雨 / 乌兰汗译

124…"我爱你们那莫名的朦胧" / 王守仁译

126…小说家与诗人 / 乌兰汗译

126…"虽然在命名日写几行诗……" / 查良铮译

127…"你怎么了,告诉我,小兄弟?" / 查良铮译

128…译自葡萄牙文("黄昏的星刚刚升起") / 查良铮译

130…贞女(第一歌的开端) / 乌兰汗译

131…"我们害怕与你为邻" / 乌兰汗译

132…"我们的友人菲塔……" / 乌兰汗译

132…"当绚烂夺目的玫瑰……" / 金志平译

133…"玫瑰刚刚凋谢" / 乌兰汗译

134…关于浮士德的诗的构思的提纲 / 乌兰汗译

137…"我见过你那金色的春天" / 乌兰汗译

138…"姐姐,为了亲情……" / 乌兰汗译

138…"月光皎洁……" / 乌兰汗译

139…"为皮鞭与抽条说情者" / 乌兰汗译

140…"俄罗斯语言罹了病" / 乌兰汗译

140…"天上忧郁的月亮" / 乌兰汗译

141…﹡摘自致维亚泽姆斯基函("你是讽刺作家,你是爱情诗人") / 乌兰汗译

141…﹡摘自致维亚泽姆斯基函("在乡间,过着斋戒的生活") / 查良铮译

142…"沙皇皱起眉头" / 乌兰汗译

143…"我自愿摆脱了连篇的废话" / 乌兰汗译

144…*译自伏尔泰 / 乌兰汗译

145…"在哪一个星座下" / 乌兰汗译

146…致安娜·武尔弗("唉！我何苦把自己的情爱……") /
　　　乌兰汗译

146…断章 / 乌兰汗译

1826

151…致巴拉丁斯基("你那篇故事中的每首诗,如同……") /
　　　乌兰汗译

151…致吉娜("我说,吉娜,我劝您：尽情嬉戏") / 魏荒弩译

152…译自阿里奥斯托(《ORLANDO FURIOSO》CANTO XXIII) /
　　　李海译

158…"在自己祖国的蓝天下……"(抄自"爱情篇") / 魏荒弩译

159…*致维亚泽姆斯基(抄自"友情篇") / 魏荒弩译

159…致雅济科夫("雅济科夫,是谁给了你启示……") /
　　　魏荒弩译

160…斯金卡·拉辛之歌 / 魏荒弩译

163…承认 / 魏荒弩译

165…先知 / 魏荒弩译

167…给叶·亚·蒂玛舍娃 / 查良铮译

168…*致普欣("我的第一个朋友,我的最珍贵的朋友") /
　　　戈宝权译

169…斯坦司("殷切期待着光荣和仁慈") / 魏荒弩译

170…答 Ф. Т.＊＊＊("不,她不是切尔克斯姑娘") / 魏荒弩译

171…冬天的道路 / 魏荒弩译

172…在犹太人家的破屋里 / 乌兰汗译

174…致＊＊("你就是圣母,毫无疑问") / 魏荒弩译

175…摘自致韦利科波利斯基函("我又该和你算一笔账了") /
　　　查良铮译

175…"只要双唇娓娓动听地把你提及" / 乌兰汗译

176…"祝这对美满的青年家庭" / 乌兰汗译

178…给奶娘 / 戈宝权译

179…＊函索波列夫斯基摘录 / 查良铮译

180…＊断章 / 乌兰汗译

1820—1826

185…"我在海滨神树林沉睡的地方" / 乌兰汗译

185…记赫沃斯托夫伯爵译的悲剧一书(书内刊有科洛索娃的剧照) / 乌兰汗译

186…"您处处不走运" / 乌兰汗译

186…"啊,烈火熊熊的讽刺的诗神" / 乌兰汗译

187…＊讥亚历山大一世 / 乌兰汗译

188…"巴拉丁斯基在幻想什么" / 乌兰汗译

1827

191…"在西伯利亚矿山的深处" / 卢永译

192…夜莺与玫瑰 / 戈宝权译

193…讽刺短诗(摘自一本诗集) / 卢永译

193…"有一枝珍奇的玫瑰" / 查良铮译

194…＊给叶·尼·乌沙科娃("古时候常常这样,一旦……") / 卢永译

195…给吉·亚·沃尔康斯卡娅公爵夫人 / 卢永译

196…＊给叶·尼·乌沙科娃("虽然距离您很远很远") / 卢永译

196…三注清泉("在平静、凄凉和一望无边的草原上") / 戈宝权译

197…阿里翁 / 卢永译

198…＊给莫尔德维诺夫("在冷凄的晚年,叶卡捷琳娜……") / 魏荒弩译

199…天使 / 卢永译

200…"什么样的夜呵……" / 卢永译

203…*给基普连斯基("反复无常的时髦的宠儿") / 卢永译

204…给叶·尼·卡拉姆津娜的颂歌 / 卢永译

204…诗人("当阿波罗还没有要求诗人……") / 卢永译

205…"在黄金的威尼斯统治着的地方附近" / 卢永译

206…译自阿尔菲耶里 / 卢永译

207…给杰尔维格的信("请收下这副颅骨,杰尔维格") / 卢永译

214…"贵族的马厩哪儿都很漂亮" / 卢永译

215…"诗人在显贵的金色的圈子里" / 卢永译

216…"在猎人喜爱的卡里亚小树林里……" / 卢永译

216…一八二七年十月十九日("愿上帝保佑你们,我的朋友") / 查良铮译

217…护符 / 卢永译

219…题帕维尔·维亚泽姆斯基纪念册 / 卢永译

219…"春天,春天,恋爱的季节" / 卢永译

220…"呵你,是你促成……" / 卢永译

220…"我知道那个地域……" / 卢永译

221…"皮条客闷闷不乐地坐在桌边" / 卢永译

224…驳贝朗瑞 / 卢永译

226…"钟爱忠贞的象征" / 卢永译

1828

229…给朋友们("不,我不是一个佞人,虽然……") / 苏杭译

231…致《讽赌徒》一诗作者韦利科波利斯基函("我们的道德家,是否如此") / 查良铮译

233…"自从异教徒受到条顿人血洗" / 谷羽译

235…"有谁知道那个地方……" / 苏杭译

238…给弗·谢·菲里蒙诺夫(为收到他的长诗《红色的尖帽》而作) / 查良铮译

239…献给道先生("为什么你那神奇的铅笔……") / 苏杭译
240…回忆("当喧闹的一天为凡人而沉寂下来") / 苏杭译
241…你和您 / 查良铮译
241…"枉然的馈赠……" / 苏杭译
242…给伊·瓦·斯辽宁("我不爱时髦的纪念册") / 查良铮译
243…"冷风还在飕飕地吹着" / 查良铮译
244…"年轻的小牡马呀" / 苏杭译
245…她的眼睛 / 苏杭译
246…"美人儿,不要在我的面前再唱……" / 戈宝权译
247…致雅济科夫("我早就准备看你一趟") / 查良铮译
248…肖像("她有一颗燃烧的心灵") / 苏杭译
249…知己 / 苏杭译
249…"被你那缠绵悱恻的梦想……" / 苏杭译
250…预感 / 查良铮译
251…溺鬼(民间故事) / 苏杭译
255…"诗韵啊,清脆悦耳的朋友" / 苏杭译
257…"一只乌鸦向另一只乌鸦飞翔" / 苏杭译
258…"豪华的京城,可怜的京城" / 苏杭译
259…*一八二八年十月十九日("竭诚地向上帝做完了祈祷") / 苏杭译
259…"喷泉发出沁人心脾的凉爽" / 苏杭译
261…毒树 / 苏杭译
263…答卡杰宁("热情的诗人啊,你枉然地……") / 苏杭译
264…答安·伊·戈托夫佐娃 / 苏杭译
265…一朵小花儿 / 苏杭译
266…诗人和群氓 / 苏杭译
269…"我原先那样……" / 魏荒弩译
269…*为婴儿题的墓志铭 / 顾蕴璞译
270…"唉,爱情的絮絮的谈心……" / 查良铮译

271…给尼·德·基谢廖夫("请到别的国度去寻找健康和自由") /
　　苏杭译
271…基尔查里 / 谷羽译
272…"费奥多罗夫" / 谷羽译
272…*安·彼·凯恩纪念册上的题诗 / 乌兰汗译
274…"我出生的时候先天不足" / 谷羽译
275…"大胡子村长阿甫杰依" / 谷羽译
275…"我的心随着涅蒂……" / 乌兰汗译
276…"多么快啊……" / 查良铮译
277…"利欣斯基完蛋了" / 谷羽译
277…"谢世者舞文弄墨身材消瘦" / 谷羽译
278…*断章 / 谷羽译

1829

283…给伊·尼·乌沙科娃 / 顾蕴璞译
284…给叶·彼·波尔托拉茨卡娅("假如上帝把我们赦免") /
　　查良铮译
284…"当驱车驶近伊若雷站" / 顾蕴璞译
286…征兆 / 顾蕴璞译
287…文坛消息 / 查良铮译
288…嘲讽短诗("因杂志而残酷地受到侮辱") / 李海译
289…"诗人贺拉斯兼赌徒啊" / 查良铮译
289…讽刺短诗("古代的糟老太婆夫斯基……") / 查良铮译
290…"谁在雪原培植……" / 顾蕴璞译
290…"夜幕笼罩着格鲁吉亚山冈" / 顾蕴璞译
291…给一位卡尔梅克女郎 / 顾蕴璞译
292…"世间有个贫寒的骑士" / 顾蕴璞译
295…译自哈菲兹的诗(幼发拉底河畔的军营) / 顾蕴璞译
296…奥列格的盾 / 顾蕴璞译

297…"当我用这匿名的讽刺诗……" / 顾蕴璞译

298…"你跟漂亮的傻姐儿们厮混……" / 乌兰汗译

299…鞋匠(寓言) / 顾蕴璞译

300…顿河 / 顾蕴璞译

301…途中怨 / 丘琴译

302…"冬天。我们在乡下该做什么?"(11月2日) / 顾蕴璞译

304…冬天的早晨 / 顾蕴璞译

306…讽刺短诗("白发的嘶嘶托夫!你光辉的统治……") / 查良铮译

306…讽刺短诗("小顽童把颂神诗呈给菲伯") / 查良铮译

307…"我爱过您……" / 顾蕴璞译

308…"我们走吧……" / 顾蕴璞译

309…"不论我漫步在喧闹的大街" / 顾蕴璞译

310…高加索 / 顾蕴璞译

311…雪崩 / 顾蕴璞译

313…勇士 / 顾蕴璞译

314…卡兹别克山上的寺院 / 顾蕴璞译

315…昆虫集锦 / 顾蕴璞译

316…"当鼓噪一时的流言蜚语" / 顾蕴璞译

317…题征服者的半身雕像 / 顾蕴璞译

317…"祝愿你去建立新的功勋" / 李海译

318…"迷人的雅典城的克里顿" / 李海译

319…*戏题《涅瓦文集》中刊登的《叶甫盖尼·奥涅金》插图 / 李海译

320…"我们又赢得了尊严荣誉" / 李海译

322…"集合号在响……" / 查良铮译

322…"期望得到我的蔑视" / 李海译

323…"我也当过顿河哥萨克" / 顾蕴璞译

324…"一份全然不是欧罗巴的杂志" / 李海译

324…"叶莲娜,为何如此惧怕" / 李海译

325…"白肋花喜鹊喳喳叫" / 李海译

325…皇村回忆 / 顾蕴璞译

329…"啊,福玻斯……" / 李海译

330…捷列克奔流在两山峭壁间 / 李海译

331…"又可怕又烦人" / 顾蕴璞译

332…*断章 / 李海译

1830

337…库克罗普斯 / 丘琴译

337…"我的名字对于你有什么意义?" / 丘琴译

338…回答("我的女神啊,我认出了你!") / 丘琴译

339…"在欢娱或者百无聊赖的时刻" / 丘琴译

341…十四行诗("严肃的但丁对十四行诗没瞧不起") / 丘琴译

342…讽刺短诗("你的不幸,不在于你是波兰佬") / 丘琴译

343…致达官贵人(莫斯科) / 丘琴 刘光杰译

348…新居 / 查良铮译

349…"当我紧紧拥抱着……" / 丘琴译

350…致诗人(十四行诗) / 戈宝权译

351…圣母(十四行诗) / 丘琴译

352…鬼怪 / 丘琴译

354…哀歌("想起过去荒唐岁月的那种作乐") / 丘琴译

355…答无名氏 / 丘琴译

356…皇村雕像 / 丘琴译

357…少年 / 丘琴译

357…诗韵("不眠的回声女神踯躅在宾内河畔") / 丘琴译

358…题《伊利昂纪》的翻译 / 查良铮译

358…工作 / 丘琴译

359…"聋子拉着聋子……" / 丘琴译

359…告别（"最后一次了,在我的心头……"）/ 查良铮译
360…少年侍从,或快满十五周岁 / 丘琴译
362…"我的红光满面的批评家……" / 丘琴译
363…"我在这儿,伊涅季丽雅" / 丘琴译
364…讽刺短诗（"阿甫杰依·符留加林,可悲的……"）/ 丘琴译
365…招魂 / 丘琴译
366…"如今,加吾尔们是在歌颂……" / 查良铮译
368…"我的结拜兄弟" / 丘琴译
370…写于不眠之夜的诗 / 丘琴译
371…英雄 / 丘琴译
375…"我记得早年的学校生活" / 丘琴译
378…"你离开了这异邦的土地" / 丘琴译
379…译自白瑞·康瓦尔（"为你的健康干杯,玛丽"）/ 丘琴译
380…梅多克（梅多克在瓦尔雷）/ 丘琴译
381…"面对着一个西班牙贵妇" / 丘琴译
382…我的家世 / 丘琴译
387…茨冈（译自英诗）/ 丘琴译
388…"灌木在喧响……" / 查良铮译
388…"孩子们,你们快来观看" / 丘琴译
389…"两种情感对我们异常亲切" / 丘琴译
390…"有时候,当往事的回忆……" / 查良铮译
391…断章 / 丘琴译
392…"为他朗读了几首诗" / 丘琴译
393…断章 / 丘琴译

1831

397…"在这神圣的坟墓之前……" / 顾蕴璞译
398…给诽谤俄罗斯的人们 / 顾蕴璞译
401…波罗金诺周年纪念 / 顾蕴璞译

405…回声 / 戈宝权译

406…"皇村学校愈是频繁地……" / 顾蕴璞译

408…＊摘自致维亚泽姆斯基的信 / 李海译

408…＊致阿·奥·罗谢特短笺摘抄("我从您那儿知道了华沙就擒") / 顾蕴璞译

409…断章 / 李海译

1832

413…"我们又向前走……" / 谷羽译

416…给侍童(译自卡图卢斯) / 谷羽译

416…"在上流社会和宫廷……" / 谷羽译

417…题安·达·阿巴梅列克郡主的纪念册 / 查良铮译

418…＊给格涅季奇("你独自与荷马长时间地谈心") / 谷羽译

419…美人("她的一切都和谐、珍异……") / 查良铮译

420…给＊＊＊("不,不,我不该,不敢,也不能……") / 查良铮译

421…纪念册题词("受着命运的专制的迫害") / 查良铮译

421…纪念册题词("很久以来,我的笔墨……") / 查良铮译

422…"我想使自己心灵振奋" / 谷羽译

423…仿古诗 / 王守仁译

424…"快乐的葡萄之神" / 王守仁译

1833

429…"宴饮不要过度……" / 王守仁译

429…酒(开俄斯岛人伊翁) / 王守仁译

430…骠骑兵 / 王守仁译

435…"亲家伊凡,只要酒盏一举" / 王守仁译

437…布德累斯和他的儿子们 / 王守仁译

439…督军 / 王守仁译

442…"要不是一颗热切渴望的心……" / 王守仁译

443…秋(断章) / 王守仁译

448…"天保佑,可别让我发疯" / 王守仁译

449…"噢,君主的后裔梅采纳斯" / 王守仁译

450…"沙皇看见自己面前……" / 王守仁译

451…"啊,法兰西一群诗匠的严峻的法官" / 查良铮译

453…"白云如微风吹起的涟漪……" / 王守仁译

454…"听,炮声轰隆!" / 王守仁译

454…"小铃铛在丁零" / 王守仁译

455…一报还一报 / 王守仁译

457…断章 / 王守仁译

1834

461…"我的朋友,时不我待……" / 李海译

462…"他曾经生活在我们中间" / 李海译

463…"我在忧伤的惊涛骇浪中成长" / 李海译

463…"维苏威火山开口……" / 李海译

464…"我郁郁地站在坟地上" / 查良铮译

465…西斯拉夫人之歌 / 李海译

507…"青青的山上……" / 李海译

508…"缅科·维乌奇给兄弟" / 李海译

1835

511…阿那克里翁诗选译 / 陈馥译

513…"妒忌的少女失声痛哭……" / 陈馥译

513…统帅 / 陈馥译

516…乌云 / 陈馥译

517…谢尼耶的诗("一幅浸透了毒血的披巾") / 陈馥译

518… *罗德里戈 / 陈馥译

523…"是哪位神祇给我送回……" / 陈馥译

525…香客 / 陈馥译

528…"我又重游……" / 陈馥译

531…"我以为,此心已失去……" / 陈馥译

531…讽卢库尔病愈(仿拉丁诗) / 陈馥译

534…彼得一世的盛宴 / 陈馥译

536…仿阿拉伯诗("可爱的少年,娇嫩的少年") / 陈馥译

537…"敦杜科夫公爵主持……" / 陈馥译

537…"提琴家来找阉人歌手" / 陈馥译

538…"秋天,我的闲暇时刻" / 陈馥译

539…"哦,贫穷!我终于牢牢记住……" / 陈馥译

540…"你若有机会走远一点" / 陈馥译

541…"亚述大君尼布甲尼撒……" / 陈馥译

542…"人们会窃笑着对我说道" / 陈馥译

543…"姑娘,你没看见吗?" / 陈馥译

544…断章 / 乌兰汗译

1836

549…给丹·瓦·达维多夫("歌手,英雄,我向你致敬!") / 陈守成译

550…给一位艺术家 / 陈守成译

551…尘世的权力 / 陈守成译

552…仿意大利十四行诗("当叛徒门生挣脱圣树的时候") / 陈守成译

552…"我白白地跑向锡安山的山巅" / 陈守成译

553…译自宾德蒙蒂("我不重视那种叫得山响的权利") / 陈守成译

554…"隐居的神父和贞洁的修女……" / 陈守成译

555…"当我在城郊沉思地徘徊" / 陈守成译

556…"我给自己建起了一座非手造的纪念碑" / 陈守成译

557…"回首往昔:我们青春的节庆……" / 陈守成译

561…题投钉者雕像 / 陈守成译

561…题玩骰者雕像 / 陈守成译

562…"晚上列拉出走" / 陈守成译

562…"从西方的海疆到东方的国门" / 乌兰汗译

563…"你是繁重脑力创作的鉴赏者" / 乌兰汗译

564…"阿尔丰斯纵身上了马" / 乌兰汗译

566…"笼中黄雀悬我头上" / 乌兰汗译

1827—1836

569…给俄国的海斯涅尔 / 查良铮译

570…黄金与宝剑 / 魏荒弩译

570…"不知在哪儿,但不在这里" / 查良铮译

571…"你的推测——纯粹是胡诌" / 乌兰汗译

571…"等我在普列奇斯琴卡街头暗处" / 乌兰汗译

572…"为什么我把她痴爱?" / 乌兰汗译

573…"不,我不珍惜那种躁动的欢愉" / 乌兰汗译

574…"你靠教育照亮了自己的理智" / 乌兰汗译

575…"啊,不,生活没有使我厌倦" / 乌兰汗译

576…断章 / 乌兰汗译

579…序曲 / 乌兰汗 金志平译

有待考证的诗作

583…"告诉我……" / 吴笛译

583…"我歌颂托利获胜的战斗" / 吴笛译

584…致两个亚历山大·巴甫洛维奇 / 吴笛译

584…加拉尔和加尔维娜 / 吴笛译

588…不幸诗人的忏悔 / 吴笛译

595…生活的目的 / 吴笛译

597…樱桃 / 吴笛译
602…丘赫尔别凯的遗嘱 / 吴笛译
602…讥西皮亚金将军的婚礼 / 吴笛译
603…讥阿拉克切耶夫 / 吴笛译
603…"晚饭我吃得过多" / 吴笛译
604…"我们要使善良的公民开心一阵" / 吴笛译
604…致娜简卡 / 吴笛译
605…"当整个世界停滞不前" / 吴笛译
605…关于自己 / 吴笛译
605…题莫洛斯特沃夫肖像 / 吴笛译
606…"将来也总是如同过去" / 吴笛译
606…答康·登博罗夫斯基 / 吴笛译
607…答格涅季奇 / 吴笛译
607…福季与奥尔洛娃伯爵夫人的交谈 / 吴笛译
608…致奥尔洛娃-契斯缅斯卡娅公爵夫人 / 吴笛译
608…讥福季 / 吴笛译
608…"神圣的上帝的侍者" / 吴笛译
609…摘自致维格尔的信 / 吴笛译
609…"走散在异教的城市" / 吴笛译
610…致索·亚·乌鲁索娃公爵小姐 / 吴笛译

1824
南方

乌兰汗 查良铮 等译

"皇宫前肃立的卫兵睡意蒙眬"①

一

皇宫前肃立的卫兵睡意蒙眬,
皇宫中北方的君王独自一人
默默无言,彻夜不眠,人世的命运
在他统管全局的大脑中纷至杂呈,
　　令他感到应接不暇,
无声的禁锢是他给世界的馈赠。

二

君王对自己的勋业深感惊讶,
功德无量啊! 他想,两眼环顾四周,
从台伯河的屏障到维斯瓦、涅瓦,
从皇村的菩提到直布罗陀的高塔:

---

① 这是一首政治诗,反映了普希金痛苦的思考。当时,许多欧洲国家的民族解放运动遭到以沙皇为首的神圣同盟的镇压,反动势力乘机抬头。它们的势力扩展到整个欧洲大陆,从意大利台伯河屏障(台伯河岸的高地,罗马城即建于此)和西班牙(直布罗陀的高塔)到波兰(维斯瓦河,在波兰境内)、彼得堡(涅瓦河)和皇村(亚历山大的宫邸)。

万物静待天塌地裂，
　　万众匍匐——头颅低垂在重轭之下。

三

"大功告成！"他喃喃自语，"为时已久，
世上各民族颂扬伟大偶像的倒塌！
………………………………………………
………………………………………………
………………………………………………
………………………………………………"

四

衰老的欧罗巴会不会盛气凌人？
新的希望已在德意志的胸中沸腾。
奥地利风雨飘摇，那不勒斯义旗高擎，
自由早就在比利牛斯山群峰
　　掌握人民的命运？
难道只有北方还在那儿实行专政？

五

你们在哪儿？自由的创始人？
好了，去展开辩论，去寻求天赋人权吧！
明智的哲人啊，去鼓动蠢笨的人们，
恺撒在此！哪儿是布鲁图斯？威严的雄辩家！
　　请你们亲吻俄罗斯的权杖，

亲吻这蹂躏过你们的钢铁脚掌!

六

话音刚落,隐约飞来一个幽灵,
飞飞停停,一掠而过,踪影难寻。
料峭寒意紧裹着北方的国君,
他惶惑不解,凝视皇宫的大门——
  午夜的战斗已有所闻——
瞧,一位不速之客出现在宫廷。

七

这就是那位天庭使者,人世精英①,
他注定来执行不可知的天命,
连沙皇都要对这位骑士鞠躬致敬,
  叛逆的自由的继承者和元凶,
  这吸血鬼冷酷无情。
这国君倏忽即逝,像梦幻,像朝雾暮影。

八

无论是好逸恶劳,懒散的皱纹,
无论是步履蹒跚,早斑的双鬓,
无论是暗淡的目光,悒郁的眼神,
都无法证明他这被流放的英雄,

---

① 人世精英,指拿破仑。

会按照沙皇的命令
在大海忍受着难熬的孤寂的严惩。

九

啊,他的目光诡异,机灵,捉摸不定,
忽而凝视远方,忽而炯炯有神,
  像雷神英姿勃发,像闪电辉耀长空;
  正处在才华、精力和实权的顶峰,
  这位西方的国君
将是威震北方君王的统领。

十

这就是他:在奥斯特利兹平原,
横扫一切,猛追北方的联军,
  俄国人头一回这样狼狈逃窜。
这就是他:捎来得胜者的协定,
  带着屈辱的和平,
在蒂尔西特①,出现在年轻沙皇的面前。

(杜承南译)

---

① 蒂尔西特,亚历山大一世在此被迫与拿破仑签订和约,将半个普鲁士拱手奉送。

给达维多夫①

不行呵,我的胖子阿里斯吉普②,
虽然我喜欢你的性格和善,
悦耳的鼾声,动人的谈吐,
你的食欲和过于丰盛的午饭,
但我不能和你一同畅游
南国的塔夫利达滨海,③
巴克斯和塞浦里斯宠爱的朋友,
但求你别把我从此忘怀!
稍微有些瘦弱的埃涅阿斯哟,
你的肺病缠身的父亲
终于还是出海远航。④
贺拉斯,这位精明的马屁精⑤,
为他把一曲赞歌咏唱,
对奥古斯都的知音

---

① 达维多夫,即亚历山大·里沃维奇·达维多夫(1773—1833),退伍少将,十二月党人瓦·里·达维多夫之弟。弟兄俩对人生的态度大相径庭,哥哥为推翻沙皇制度而奔走呼号,弟弟却奉行人生即是享乐的哲学。

② 阿里斯吉普,公元前的古希腊哲学家。认为人生的目的和意义在于吃喝玩乐。

③ 本诗第一次印刷时刊有副题:《对邀我同游克里米亚的答复》。这次旅游是新任总督米·谢·沃隆佐夫伯爵组织的,邀请不少知名人士参加,唯独诗人排斥在外。

④ 古罗马诗人维吉尔生活在意大利南部海岸,为创作《埃涅阿斯纪》这部史诗,特地出海远行到了事件发生地希腊与亚洲。

⑤ 古罗马诗人贺拉斯曾写了不少作品对奥古斯都歌功颂德,当维吉尔至雅典时他也赠以颂诗。

歌手预报了天气晴朗。
我不会写赞美诗,歌功颂德,
你也未患肺痨病,谢天谢地;
只一样我要祈求上苍的恩泽;
保佑你一路都有良好的食欲。

(杜承南译)

普罗塞耳皮娜①

弗列格敦河②浪花飞溅,
塔耳塔罗斯③拱门发颤,
可怜的普路托的车骑,
载着冥府的一位神祇,
奔向别里昂山的仙女。
在她身后,普罗塞耳皮娜
冷漠夹杂几分猜忌,
沿着荒凉的河湾,
顺着同一条路驰驱。
一位青年略带几分腼腆,
拜倒在女神的膝前。
女神们也喜好偷情:
普罗塞耳皮娜看上了这个凡人,

---

① 此诗据法国诗人帕尔尼的《维纳斯变形记》(十七景)自由译出。普罗塞耳皮娜是罗马神话中的冥后,即希腊神话中的珀耳塞福涅。
② 弗列格敦河,冥府的火河。
③ 塔耳塔罗斯,希腊神话里的地狱。

冥府这位高傲的女王
竟向小青年频频招呼,
紧紧搂着他,轻车快马,
腾云驾雾般打道回府;
游览永恒的芳草地、
亡灵居处、朦胧忘川
昏昏欲睡的河岸。
那儿有永生,那儿有忘情,
那儿有无穷无尽的狂欢。
普罗塞耳皮娜心荡神驰,
脱去宫服,摘掉霞冠,
欲火中烧,难以自持,
把她弥足珍贵的魅力
献给这个年轻人的甜吻,
在欢乐中陶醉沉沦,
脉脉含情,低低呻吟……
爱神来去匆匆,良辰苦短。
弗列格敦河浪花飞溅,
塔耳塔罗斯拱门发颤;
普路托的苍白的车骑
飞快地载他回还
刻瑞斯①的女儿动身,
沿着一条秘密的小路,
要把这个年轻的幸运儿
悄悄送出冥府。
于是这幸运儿战战兢兢

---

① 刻瑞斯,罗马神话中的谷物女神。

好容易伸手推开大门,
你瞧,就从这大门里
闪出了幢幢幻影。

(杜承南译)

"一切都已结束……"

一切都已结束,不再藕断丝连。
我最后一次拥抱你的双膝,
说出这令人心碎的话语,
一切都已结束——回答我已听见。
我不愿再把你苦追苦恋,
我不愿再一次把自己欺诳;
也许,往事终将被我遗忘,
我此生与爱情再也无缘。
你年纪轻轻,心地纯真,
还会有许多人对你钟情。

(杜承南译)

"你受谁的派遣……"①

你受谁的派遣?为什么把你派来?

---

① 这里的"你",指拿破仑。

你忠心耿耿维护什么:恶行还是美德?
　　为什么闪光?为什么熄灭?
　　你这奇异的人间过客!

谋士预测风云,君王心惊胆寒,
　　在他们面前人群激奋,
老底戳穿的圣坛无人问津,
　　掀起了争自由的雷霆。

它轰然而至——人们倒下,血迹斑斑,
　　古老的经文荡然无存;
命运的主宰君临,奴隶们噤若寒蝉,
　　刀剑和镣铐交响齐鸣。

无耻的**荒淫**傲然来临,
心灵早已在它面前冻僵,
为争权背弃自己的祖邦,
为夺利竟出卖骨肉兄弟。
狂人宣称:**自由**杳无音信,
人们对此竟深信不疑。
在他们嘴里——善恶不分,
世上的万物全是虚无——
人间的一切不值分文,
像阵阵大风扬起的尘土。

　　　　　　　　　　(杜承南译)

致海船①

哦,你海上生翅的霸王,
我寄语你——漂去,漂去,
多少祈祷、爱情、希望:
无价的抵押,请你珍惜。
风啊,请以清晨的呼吸
鼓满那幸福的帆篷;
波浪也不要猛然颠簸,
以免疲惫她的心胸。

(查良铮译)

"主宰田原树林山峦的诸位和平的神啊"②

主宰田原树林山峦的诸位和平的神啊,
我的羞怯的阿波罗爱听你们絮絮交谈的声音,
我在你们中间还找到了一位年纪轻轻的缪斯,
她伴我悠度岁月,她朴实天真,
她有的地方真招人喜爱,难道不是吗,朋友们?

---

① 这首诗显然与伊·克·沃隆佐娃于 1824 年 6 月 14 日自敖德萨乘船去克里木有关。
② 此诗未完稿。

我这位任性的善施魔术的女人,
她像徐徐的熏风,她像金黄的蜜蜂
飞来飞去,匆匆一吻
……………………

(乌兰汗译)

讥沃隆佐夫[①]

其一

半似英国贵族,半似商贾,
半似哲人,半似无知之徒,
半似无赖,但是很有希望
使他的卑鄙变为十足。

其二

歌者大卫身材不大,
可是打得戈利亚丧命[②]:
这被打死的也是将军,
而且,也许不比伯爵傻。

(查良铮译)

[①] 此处是两首同题诗,现排在一起。米·谢·沃隆佐夫伯爵(1782—1856),是驻敖德萨的总督,普希金的上司,曾在英国受教育,在生活上自比为英国贵族。在总督任上,兼管商业,为人冷酷而伪善。

[②] 据《圣经》故事,《诗篇》的作者大卫以一石击死权贵戈利亚。

"爱情栖息之所……"

爱情栖息之所永远
充满朦胧的湿润的凉爽,
那儿波涛滚滚冲击,
从不平息浪声的悠扬。

(乌兰汗译)

1824
米哈伊洛夫斯克

杜承南 谷羽 译

致武尔弗函摘抄①

你好,武尔弗②,我的朋友!
冬天,请到我们这儿走走。
别忘了诗人雅济科夫,
请与他联袂到此一游。
我们可以提枪打靶,
或是骑马随意溜达。
我那鬈发的莱昂兄弟③
(可不是米哈伊洛夫斯克的管家),
说真的,给我们捎来了珍品……
什么?——整整一箱子美酒!
静一静,让我们举杯痛饮!
隐居的生活无虑无忧!
在三山村我们喝到更深夜阑,

---

① 这是普希金1824年9月20日信的一部分。
② 武尔弗(1805—1881),普·亚·奥西波娃初婚子,塔尔图大学学生,与诗人雅济科夫同窗。普希金于1824年8月被流放到米哈伊洛夫斯克村,武尔弗暑假回家,住在三山村母亲处,与诗人过从甚密。
③ 指列夫·谢耶盖耶维奇·普希金,列夫(Лев)的俄文意思是狮子,英文里狮子叫莱昂(Lion)。

在米哈伊洛夫斯克玩到凌晨；
夜晚的一切归杯觥主管，
一个个白天则献给爱情，
时而酩酊大醉黑地昏天，
时而陷身情网舍死忘生。

(杜承南译)

致雅济科夫①
(米哈伊洛夫斯克，1824)

古往今来，有条美好的纽带，
把诗友们相互紧紧相连：
他们献身于同一个缪斯，
同一团火在他们心中炽燃。
虽然有着不同的命运，
都具有相同的灵感，
凭奥维德的英灵起誓：
雅济科夫啊，我们心心相连。
仿佛很早了，就在某天黎明，
我走在德尔普特大道上，
带着我的古朴的手杖，
跨进那扇好客的房门，
归来时，心情多么喜悦，

---

① 雅济科夫(1803—1846)，俄国诗人。普希金未见其面即慕其名，对他的诗评价很高。雅济科夫曾写《致普希金》一诗，对诗人表达了自己的仰慕之情。他应普希金邀请，1826年6月去三山村与诗人会晤。

想着那无忧无虑的岁月,
想着那音韵悠扬的竖琴,
和那海阔天空的娓娓谈心。
可是幸运总和我作对,
我长年漂泊,无靠无依,
听凭专制政权的摆布,
睡时还不知醒来栖身何地。
终年流放,饱受熬煎,
如今仍身陷囹圄,度日如年。
诗人啊,你可听见我的呼吁?
千万别辜负我长久的心愿。
在这山野小村,我的曾祖,
彼得大帝抚养成人,
沙皇夫妇一度宠爱
随即抛在脑后的黑奴,
曾经在这儿闭门隐居,
在这里,他忘了伊丽莎白,
忘了宫廷和悦耳的甜言蜜语,
置身于菩提树的绿荫下,
他思念凉爽宜人的夏季
云山阻隔的阿非利加——
我就在这里等待着你。
你会看见在乡野的草舍
我的知心的同胞兄弟,
一个小淘气会跑出来拥抱你;
还有缪斯的杰出代言人,
杰尔维格会把一切留给我们;
这流放生涯的山乡一角,

将会因我们遐迩驰名。
我们将放声讴歌自由,
捉弄门外监视的哨兵,
我们将抒发青春的豪情,
闹闹嚷嚷,开怀畅饮,
让朋友们凝神倾听
杯盏叮当,弦歌诗韵,
让我们用美酒和音乐
驱散漫漫冬夜的凄清。

(杜承南译)

书商和诗人一席谈[①]

书商

写诗对您不过是雕虫小技,
您只要小坐那么片刻,
顿时会有舒卷的风云,
会有频传的喜讯。
据说一部长诗业已脱稿,

[①] 普希金是第一个把整个文学活动当成主要事业的俄国作家。这在当时就是具有历史意义的进步的现象。它使作家从物质上摆脱了一切保护人。由于长久以来根深蒂固的观念,普希金最初还羞于承认其作家的"职业"。后来诗人为维持生计而鬻诗卖文,才相信这是他的独立和自由的保证。普希金赋予这首诗以特别的意义,并将其置于《叶甫盖尼·奥涅金》第一章卷首,作为这部诗体小说别具一格的序言,说明诗人对待现实的一种新的"实用的"态度。

智慧与心血的最新结晶。
就这样,请您开个价;
我在此恭候您的决定。
缪斯和美惠女神的宠儿,
您的诗,我们立刻换成现金。
我们要把您的一页页诗稿
变成手边一摞摞钞票……
您干吗要长吁短叹,
能不能赐告?

诗人

    我一直在思索;
回想起逝去的往事。
我这个无忧无虑的诗人
曾满怀希冀,凭灵感写诗,
从来没想到什么酬金。
我依稀重见山乡的蜗居,
我那孤寂阴暗的斗室。
在那儿,我出席幻想的华筵,
还常常邀请诗神缪斯。
那儿,我的声音更甜润;
那儿,明丽可爱的幻影,
妩媚动人,无法形容,
在我的头上鼓翼飞动,
每当灵感横溢的夜晚……
一切都激动着我柔弱的心:
皎洁的月华,嫩绿的草坪,

破旧教堂里的雨骤雷鸣,
老奶奶神奇的传说逸闻。
曾经有那么一个仙魔,
窃取了我仅有的欢欣;
他总在我的身后飞翔,
对我低诉着奇谈怪论,
那时,在我的头脑里
充满滚烫的沉重的病痛;
于是离奇的幻想随之诞生;
我的百依百顺的诗句
铿锵有致,天衣无缝。
整齐和谐的诗韵
有如森林的喧闹,山风的呼啸,
黄鹂的婉转动情的啼啭,
夜晚大海汹涌的怒涛,
小河流水的细语涓涓。
我宁肯默默无闻地劳动,
也不愿和世人一起分享
火焰一般炽热的欢欣。
我不屑到市场待价而沽,
拍卖缪斯的美好礼品;
我宁愿悭吝地把它守护:
正如一位痴情的恋人,
怀着一种无言的骄矜,
珍藏年轻意中人的馈赠,
让它避开虚情假意的眼睛。

书商

但是您的声名已经取代
您的隐秘的幻想的欢愉:
大作众手传递,不胫而走,
而同时有多少诗文,
束之高阁灰积尘封,
正眼巴巴地期待着读者,
期待着飘忽莫测的好评。

诗人

这种人是幸福的,他若能
把心灵的崇高创造珍藏,
而不想得到人们的赞赏,
一如不想从墓地得到回音!
这种人是幸福的,他默默地
摆脱了名缰利锁的羁绊,
也早为市井小民所忘怀,
并将无声无息地告别人间!
比希望的梦更诱人的声名
究竟是什么?读者的风言风语?
无耻小人的中伤迫害?
还是无知蠢人的廉价赞叹?

书商

拜伦勋爵曾有过这种主张；
茹科夫斯基说的也完全一样；
但世人还是要争先抢购
他们音韵美妙的诗章。
您的命运确实令人钦羡：
诗人可以笔伐，也可礼赞；
永恒的利箭经过若干年，
仍将把作恶的歹徒射穿；
他使英雄们心旷神怡；
他让意中人和科利娜一起，
高高地登上西色拉的宝座。
众口称赞使您深感烦腻；
但女人的心爱慕虚荣：
为她们执笔吧；她们爱听
阿那克里翁的谄媚的话语：
当我们青春年少，蔷薇
比赫利孔的月桂更加珍贵！

诗人

一个个自我欣赏的梦境，
不过是无知少年的欢快！
我生活在喧嚣的激流中，
也曾想赢得美人的青睐，
那含情脉脉的迷人的眼睛

带着爱的微笑诵读我的诗文；
那令人销魂的一对对嘴唇
把我的美妙诗句对我低吟……
够了！没有哪个梦想家
愿牺牲自由为她们献身；
让年轻人去歌唱美人吧，
他们是大自然的骄子。
她们与我何干？如今我幽居荒村，
一任生活默默地流逝；
我忠心耿耿的竖琴的呻吟
不会触动那些轻佻的心灵；
她们的想象失去了纯真，
她们无法理解我们。
对于飞翔的幻影——灵感，
她们觉得荒唐而又陌生。
有时，当我不禁忆起
她们信笔抒写的诗行，
就难免面红耳赤，十分羞愧，
我羞于看到自己的偶像。
我这不幸的人啊，在追求什么？
对谁把骄傲的头颅低垂？
满怀纯真的思想的欢乐
我对谁顶礼膜拜而无愧无悔？

书 商

我赞赏您的义愤，这才算诗人！
各种使您恼怒的原因

我并不知情；难道当真没有
任何标致的妇女让您垂青？
难道没有一个女人
能匹配您的灵感和激情？
并以她的绝代的美貌
赢得您的歌，带给您欢欣？
您默不作声？

诗人

  沉重的梦幻
为什么要让诗人心烦？
任他忍受记忆的熬煎。
怎么啦？这与世人何干？
我与世无争！我的心中
可曾留下难忘的倩影？
我可曾品尝过爱情的芳馨？
可曾忍受过痛苦的折磨，
泪珠儿往肚里流个不停？
她的明眸有如头上的碧空
对着我脉脉含情，她在哪儿？
一两个夜晚就是我的一生？
....
说也无益？不过是恋人的无病呻吟，
我的话在她们看来，
犹如痴人梦呓、狂人乱语。
那儿，只有一颗心能够理解，
而那颗心又在痛苦地战栗：

命运呵已经这样决定。
唉,每当我想起那颗憔悴的心,
我的青春便会再度苏醒,
逝去的诗情盎然的幻梦
便会纷至沓来,扰我平静!……
唯独她一人能够理解
我的朦胧含蓄的诗情:
唯独她一人在我心中燃烧,
像一盏纯洁的爱的明灯!
唉,枉费心机的愿望!
她已经拒绝了我心灵的
恳求,心灵的祈祷和痛楚:
俨然是高居天庭的神祇,
无须凡尘人世欢乐的吐露!……

书 商

原来,爱情使您厌倦,
流言蜚语使您难受,
您过早地摈弃了
您灵感洋溢的竖琴。
而今,抛开喧嚣的尘世,
抛下缪斯时尚浊流,
您将选择什么?

诗 人

自由。

书商

妙极了。请听我良言相劝；
要记取这则有益的真理：
世纪像商贩；在这铁的世纪，
没有钱，便毫无真理可言。
什么是荣誉？……对歌手
陈年旧货的慷慨付款！
我们需要金钱！金钱！金钱！
黄金万两，滚滚财源！
我预见到您会据理反驳；
可我对您了如指掌，先生：
您非常珍视自己的创作，
当您的想象奔涌，沸腾，
创作的火焰愈燃愈猛；
一旦激情冷却，那时刻，
您就会对自己的作品厌恶。
请容我向您直言相告：
灵感虽不能拿来兜售，
但是手稿却可以卖掉！
何必迟延？性急的读者，
早已频频向我催问；
记者也常常光临书店，
还有那瘦骨伶仃的文人。
有的来寻求讽刺的精品，
有人为笔，有人为心，
我承认——我已经预见

滚滚财源来自您的竖琴。

诗人

您言之有理。这是我的手稿,
拿去吧。咱们一言为定。

(杜承南译)

致大海①

再见了,奔放不羁的元素!
你碧蓝的波浪在我面前
最后一次地翻腾起伏,
你的高傲的美闪闪耀眼。

像是友人的哀伤的怨诉,
像是他分手时的声声召唤,
你忧郁的喧响,你的疾呼,
最后一次在我耳边回旋。

我的心灵所向往的地方!
多少次在你的岸边漫步,

---

① 这首诗的写作与诗人由敖德萨去米哈伊洛夫斯克有关——在敖德萨开始写,在米哈伊洛夫斯克完成(关于拿破仑和拜伦的诗节)。普希金居留敖德萨期间,曾急欲从流放地逃走,从海上偷渡出国。

我独自静静地沉思,彷徨,
为夙愿难偿而满怀愁苦!

我多么爱你的余音缭绕,
那低沉的音调,深渊之声,
还有你黄昏时分的寂寥,
和你那变幻莫测的激情。

打鱼人的温顺的风帆,
全凭着你的意旨保护,
大胆地掠过你波涛的峰峦,
而当你怒气冲冲,难以制伏,
就会沉没多少渔船。

呵,我怎能抛开不顾
你孤寂的岿然不动的海岸,
我满怀欣喜向你祝福:
愿我诗情的滚滚巨澜
穿越你的波峰浪谷!

你期待,你召唤——我却被束缚;
我心灵的挣扎也是枉然;
为那强烈的激情所迷惑,
我只得停留在你的岸边……

惋惜什么呢? 如今哪儿是我
热烈向往、无牵无挂的道路?
在你的浩瀚中有一个处所

能使我沉睡的心灵复苏。

一面峭壁,一座光荣的坟茔①……
在那儿,多少珍贵的思念
沉浸在无限凄凉的梦境;
拿破仑就是在那儿长眠。

他在那儿的苦难中安息。
紧跟他身后,另一个天才,
像滚滚雷霆,离我们飞驰而去,
我们思想的另一位主宰②。

他长逝了,自由失声哭泣,
他给世界留下了自己的桂冠。
汹涌奔腾吧,掀起狂风暴雨:
大海呵,他生前曾把你礼赞!

你的形象在他身上体现,
他身上凝结着你的精神,
像你一样,磅礴、忧郁、深远,
像你一样,顽强而又坚韧。

大海呵,世界一片虚空……
现在你要把我引向何处?

---

① 指圣赫勒拿岛。
② 指拜伦。他乘战船去希腊,与揭竿而起的希腊人民并肩战斗,不久因病于1824年4月与世长辞。

人间到处都是相同的命运；
哪儿有幸福,哪儿就有人占有,
不是教育,就是暴君。①

再见吧,大海！你的雄伟壮丽,
我将深深地铭记在心；
你那薄暮时分的絮语,
我将久久地久久地聆听。

你的形象充满了我的心坎,
向着丛林和静谧的蛮荒,
我将带走你的岩石、你的港湾,
你的声浪,你的水影波光。

(杜承南译)

阴险

当你的朋友用恶毒的缄默
回答你的见解,你的话语,
当他碰到你的手像碰到了蛇,
颤抖着把手缩了回去；
当他用刻薄的眼光打量你,
摇摇头,露出鄙夷的神气,

---

① 这是卢梭的一个命题,被理想主义者们所继承,这就是:"教育"——欧洲的私有者的文化——一切邪恶的源泉。

可别说:"他幼稚,他有病,
他心中的痛苦难以言喻";
可别说:"他忘恩负义、怯懦、残忍,
压根儿不配享受友情!
人生对他不过是一场噩梦……"
难道你就正确?难道你就安心?
果真如此,他就会匍匐在地,
祈求友人的怜悯宽容。
但如果友谊的神圣权利,
你用来迫害他,残酷无情;
如果你不怀好意地嘲弄
他的担惊受怕的思虑,
从他的痛哭和羞耻中
寻求傲然自得的乐趣;
如果你附和别人对他的诽谤,
充当它们无形的回音壁;
如果你把锁链给他套上,
含笑出卖这梦中的仇敌,
而他用凄楚的目光,
在你沉默的心中看出一切隐秘,——
那就请便吧!空话不必多讲,——
最后的审判正等待着你!

(杜承南译)

给巴赫奇萨拉伊宫的喷泉①

爱的喷泉,生机盎然的喷泉;
我带给你的礼品是两朵玫瑰。
我爱你滔滔不绝的细语呢喃,
我爱你洋溢着诗情的泪水。

你喷出的水尘晶莹耀眼,
像冷露把我的周身淋湿,
喷涌吧,喷涌,你这慰藉之泉!
叮叮咚咚,倾诉自己的往事……

爱的喷泉,凄婉的喷泉!
我曾向你的大理石提出疑问,
我读过对遥远国度的礼赞,
而对马利亚你却默不作声……

黯淡了,你后宫的星光呀,
难道你已被忘得一干二净?
难道说马利亚和莎莱玛,
只不过是两个幸福的幻梦?

---

① 在克里米亚的巴赫奇萨拉伊可汗的许多享有盛名的宫殿中,有一个泪泉,传说为18世纪时基列伊可汗为纪念自己心爱的波兰公主马利亚而建。马利亚被可汗妒火中烧的前妻格鲁吉亚女子莎莱玛亲手杀害。普希金于1823年据此写成长诗《巴赫奇萨拉伊的喷泉》。

或许那只是想象的梦境,
在荒原的昏暗中为自己
描绘倏忽即逝的幻景、
朦朦胧胧的心灵的希冀?

(杜承南译)

葡萄

我不再为早谢的玫瑰伤感,
它随短暂的春光一同枯萎;
熟透的葡萄真叫我喜欢,
它在山野枝蔓间果实累累。
它是金黄色秋天的欢欣,
把山谷打扮得色彩斑斓,
颗颗葡萄那么圆,那么晶莹,
真像妙龄少女的玉指纤纤。

(杜承南译)

"呵,我披枷戴锁……"

呵,我披枷戴锁,玫瑰姑娘,
面对你的枷锁,我问心无愧。——
正如林中的百鸟之王,

那月桂树丛中的夜莺,
靠近孤芳自赏的玫瑰
失去了自由,却得意洋洋,
在令人陶醉的茫茫夜色里,
情意绵绵地为她歌唱。

(杜承南译)

"夜晚的和风……"①

夜晚的和风
荡过长空,
瓜达尔基维尔河②
奔流不息,
一片喧腾。

天上升起了金色的月亮,
嘘,安静点……吉他轻弹……
一位西班牙的年轻女郎
身体微倾,斜倚在阳台边。

夜晚的和风
荡过长空,

---

① 这首诗首次刊登于《1827年文学一瞥》,题为《西班牙的浪漫曲》,同时刊有阿·尼·维尔斯多夫斯基为这首爱情诗谱的曲。
② 瓜达尔基维尔河,西班牙河流名。

  瓜达尔基维尔河
   奔流不息,
    一片喧腾。

摘下面纱吧,亲爱的天使,
露出你丽日般明媚的容颜,
伸出你妙不可言的小脚儿,
伸到你身前的铁栅栏外面。

  夜晚的和风
   荡过长空,
  瓜达尔基维尔河
   奔流不息,
    一片喧腾。

(杜承南译)

"阴沉的白昼已逝……"

阴沉的白昼已逝,阴沉的夜晚
用深灰色的云幕遮住了长空;
月亮像个幽灵,朦朦胧胧,
  在密密的松林后闪现……
我不禁黯然神伤。
远处,明月升起了,高挂夜空,
那儿,空气里洋溢着夜的馨香,
那儿,在湛蓝色的天穹下,

大海炫耀着金波银浪……
这时,她正沿着山间小径,
走向浪涛拍打的海岸;
　　走到那座峭壁旁,
现在,她独自静坐,暗自伤心……
孑然一身,没人为她忧伤哭泣,
也没人含情亲吻她的双膝;
独自一人……她不让任何人的嘴唇
吻她的肩,吻她的唇,吻她雪白的酥胸。
……………………………………………
……………………………………………
………………………
任凭谁也配不上她的圣洁的爱情。
对吧:你寂寞……你哭泣……我从容平静;
……………………………………………
但如果……………………………………

(杜承南译)

仿古兰经[1]①

(献给普・亚・奥西波娃)

一

我以单身汉和情侣起誓,
我以刀剑和正义战争起誓,
我以傍晚的祈祷起誓,
我以黎明的星辰起誓:[2]

不,我不会把你抛弃。
是谁受到我的垂青,
避开众目睽睽的威逼,
获得我恩宠的庇荫?

不就是我吗,在你干渴时,
让你畅饮沙漠的清泉?
不就是我吗,把驾驭心智的
伟大权力赐给你的舌尖?

---

① 方括号中的数码为普希金原注数码,排在篇末。普希金将《古兰经》的某些章节比较自由地意译时,出色地表达了原著的总的精神,而诗中昂扬的战斗激情也与当时进步人士心里的情绪产生共鸣,自然受到十二月党人的热诚欢迎。第一节中回响着抒情的自述基调(穆罕默德受迫害、依靠其驾驭智慧的伟大权力使用舌头的才能,均为原著所无)。组诗献给普・亚・奥西波娃也可能与他又一次流放生涯初期的艰苦岁月有关(他的父亲受命监视儿子行踪,检查他的信函,他和家庭的关系因之急剧恶化)。而他在毗邻的三山村却获得了慰藉的庇荫。

蔑视欺骗,振奋精神,
昂首挺胸走向真理之路,
怜贫爱幼,把我的古兰经
向懦怯的心灵宣读!

二

啊,先知的忠贞的妻室,
你们不同于一般的妇女:
你们甚至畏惧先知的影子。
沉湎于令人欢悦的静谧,
要小心翼翼,务必罩上
未婚妇女应戴的面纱。
为了正常的娇羞的欢欣,
要让心灵永远纯洁晶莹,
莫让异教徒狡黠的目光
觊觎你们俏丽的面容!
你们,穆罕默德的客人啊,
你们匆匆赶赴他的圣餐,
切勿以人世的碌碌琐事
把我的先知打扰纠缠。
置身于虔诚思考的氛围中
他厌恶那伙饶舌之徒,
厌恶哗众取宠的谈吐:
对圣餐的态度务必谦恭,
对他那些年轻的女奴
也应尽可能尊重。[3]

三

先知听见盲人走近的脚步,
不由双眉紧锁,心中发憷[4]:
躲在一旁,怯于表白
内心深处的踌躇。

先知啊,赐你天书的抄本,
不是为和顽固的人顶牛;
请安心传播古兰经文,
对不信道者也无须强求。

人为什么会自命不凡?
莫不是他赤条条来到人间,
逝世一如出生,弱不禁风,
来去匆匆,一生十分短暂?

莫不是上天能随心所欲
让他死亡,又使他重生?
天庭早安排好他的一切,
既含有苦恼,又会有欢欣。

莫不是上天赐给他果实,
赐给他粮食、大枣和橄榄?
为嘉奖他的劳动而赏赐
给他山冈,田野,葡萄园?

但天使的号角再度长鸣,
人间将响起天上的雷霆,
兄弟将躲开自己的兄弟,
儿女将回避生身的母亲。

所有的人都要朝见真主,
他们脸如死灰,战战兢兢;
不信神的人匍匐在地,
葬身于烈焰,化为灰烬。

四

全能的真主啊,自古至今,
那些骄横自负的人
总想和你较量,抗衡;
可是主啊,你使他顺从。
你说:我给世界以生命,
我用死亡惩罚大地,
万物全靠我的手支撑。
他说:我也用死亡惩罚大地,
我也赐人世以生命,
主啊,我和你秋色平分。
但这番罪孽的胡言乱语,
你一声怒斥就黯然消逝:
我从东方擎出朝阳;
请从西山托起落日!

五

大地岿然不动,圆圆穹苍,
造物主啊,只因有了你,
才不致掉进陆地和海洋,
才不会压坏我们的躯体。[5]

你在宇宙点燃了太阳,
让它照耀着大地和长天,
正如饱饮圣油的亚麻,
在水晶灯中放射光焰。

祈求造物主吧,他威力无穷
他能呼风唤雨;当酷热降临,
他能使晴空密布乌云,
他能给大地一片绿荫。

他秉性仁慈:向穆罕默德
翻开光芒四射的古兰经,
云翳顿时从我们眼中消失,
我们便会快步奔向光明。

六

我梦见你们事出有因,
你们不留寸发,英勇作战,
血染的刀剑手中高擎,

杀声摇撼着塔楼城垣。

啊,热浪千里的大漠儿女,
请注意听我愉快的呼唤!
快去俘虏年轻的女奴,
战利品我们打伙分摊。

你们旗开得胜,无上光荣,
贪生怕死理应受到嘲讽!
战斗的召唤,他们不予响应,
奇异的梦境,他们根本不信!

如今,垂涎你们的战利品,
他们陷于无尽的悔恨,
苦苦乞求:收容我们吧!
可你们的回答是:不行!

沙场丧生的人是有福的:
眼下他们已步入伊甸园,
开始饱尝欢乐的甜蜜,
从此不管人世的忧患。

七

振作起来,胆小鬼:
一盏神灯
在你的岩洞里
从深夜亮到天明。

用虔诚的祈祷
先知啊,清除
满腹烦恼
骗人的梦魇。
恭写祷词,
通宵未合眼;
诵读天书,
彻夜人不眠!

八

纵一贫如洗,也无愧于良心,
也不用悭吝的手馈赠礼品,
天国喜爱行善,
面对严峻的审判,犹如沃土,
　　　幸运的播种人呵!
你的劳动将换来果实盈盈。

如果你不愿在田野耕耘,
如果你对穷人不舍分文,
紧攥住你吝啬的双手,
那么,你的礼品如大雨
　　　冲下山岩的一撮灰尘,
上帝拒收的贡品——将荡然无存。

九

天涯倦旅埋怨着真主,

他苦于干渴,祈求绿荫;
沙漠中跋涉了三天三夜,
眼里交织着暑热、风尘。
怀着无望的痛苦环顾四周,
突然发现棕榈下有一眼水井。

他匆匆奔往沙漠中的棕榈,
贪婪地弯身用冰凉的井水
把焦灼的舌头和瞳仁清洗,
他躺在忠实的毛驴旁安睡,
遵照着天神的意旨,
悠悠岁月在他身边流逝。

旅人苏醒的时刻已经来临;
站起身,耳边是陌生的声音:
"你在沙漠中睡了多少时辰?"
他回答说:"我是昨天入梦,
当时,长空中旭日初照;
我从昨晨一直睡到今早。"

那声音:"旅人啊,你太贪睡,
看吧,睡时年少,醒来已是老翁;
水井干涸,棕榈也已枯萎,
你看,茫茫大漠无边无际。
滚滚黄沙把它们掩埋,
毛驴的骨骸也已灰白。"

老态龙钟的旅人满怀酸辛,

痛苦不堪低头唏嘘……
这时,沙漠中发生奇迹:
历历往事展现新的风姿,
棕榈绿叶扶疏,郁郁葱葱,
井水汩汩涌出,清凉冰冷。

毛驴的骸骨重又站立,
恢复了血肉之躯,声声嘶鸣;
旅人兴高采烈,周身充满活力,
胸中跃动着复苏的青春,
神圣的激情在他的胸中洋溢,
跟着真主,踏上新的征程。

普希金原注

[1] 穆罕默德写道:(见奖励章)"不信道的人们认为《古兰经》是新的谎话和旧的寓言汇编集。"当然不信道的人们的这一见解是公正的。但尽管如此,《古兰经》中许多道德范畴的真理都用有力的诗的形象阐述了出来。这里仅提供几篇意译的仿制品,原作中真主处处以第一人称发言,至于穆罕默德则使用第二或第三人称。

[2] 在《古兰经》的其他章节,上帝以牝马蹄、无花果的果实、麦加的自由、美德和罪行、天使和人等起誓。类似的说法在《古兰经》中俯拾皆是。

[3] 真主接着说道:"我的先知不会向你们指明这点。因为他谦虚谨慎、彬彬有礼;而我则无须对你们这般客气。"等等。阿拉伯人的嫉妒在这些训条中呼之欲出。

[4] 选自盲人书。

[5] 蹩脚的物理;但却是多么大胆的诗!

(杜承南译)

"你憔悴无语……"①

你憔悴无语,忍受着痛苦的熬煎,
一丝笑容消失在少女的唇边。
许久了,你不再刺绣图案和花纹,
无精打采,忍受无言的苦闷。
呵,我深知少女忧伤的思绪,
我的眼睛早读出你心灵的衷曲。
爱,你无法藏匿;你也和我们一样,
温柔的少女呵,陷进了恼人的情网。
幸福的青年呵! 那是谁在人群中间,
蓝眼睛,黑鬈发,风度翩翩? ……
你面红耳赤,我默默无言,
一切我心中有数;只要我愿意,
我就会说出他的姓名。还会有谁
总在你门前徘徊,盯着你的窗扉?
你悄悄等待。他走了,你追出门外,
久久伫立,用目光送他离开。
谁会在明媚五月的节日,
乘坐气宇轩昂的马车疾驰?
自由豪放的年轻人啊,
谁将会尽情地策马飞奔?

(杜承南译)

---

① 这首诗手稿上题有"《仿安德烈·谢尼耶》——他的诗《南方的少女呵,你在我们面前沉默着》的意译"。

给恰阿达耶夫①

为什么要这冷漠的疑团②,
我相信:这儿曾有森严的庙宇,
嗜血的神祇就是在这里
享用祭祀的袅袅香烟;
这儿,愤怒的欧墨尼得斯
平息了燃烧在胸中的敌意;
这儿,塔夫利达的女预言者
曾企图杀害自己的同胞兄弟;
如今在这片神殿的废墟上,
圣洁的友谊取得了胜利。
一座座崇高心灵的偶像
为自己的创造洋洋得意。
••••••••••••••••••••••••
恰阿达耶夫,你是否记忆犹新?

---

① 诗中充分流露着普希金克里木之行的感受,反映了诗人当时站在克里木南岸格奥尔基也夫寺院旁,传说是古希腊月亮和狩猎女神阿耳忒弥斯庙的遗址上的思绪。
② 对阿耳忒弥斯庙的传说的可靠性,伊·米·穆拉维约夫-阿波斯托尔在1823年出版的《塔夫利达旅行记》一书里,表示了"冷漠的疑团"。与该庙有联系的是这样一段神话传说:阿伽门农国王的儿子俄瑞斯忒斯为报父仇杀死了母亲及其情夫,从而激怒了复仇女神欧墨尼得斯,只有由他盗走矗立在克里米亚的阿耳忒弥斯的雕像才能平息她心中炽燃的怒火。于是俄瑞斯忒斯和他的朋友皮拉得斯一同前往,不幸二人均被捕获。俄瑞斯忒斯将献身祭坛,皮拉得斯要求以身相代,前者坚决不从。受命处死俄瑞斯忒斯的阿耳忒弥斯的女祭司原来是俄的姐姐伊菲革涅亚,她在即将行刑的千钧一发之际认出了自己的嫡亲兄弟,于是三人一同逃至希腊。普希金认为自己和恰阿达耶夫的友谊可与俄瑞斯忒斯和皮拉得斯之间的情谊媲美,并把这封信与1818年写的那封信联系在一起。

多久了，满怀青春的欣喜，
我曾想把这个寓意深邃的姓名
镌刻在另外的残垣断壁？
然而，风暴所征服的心灵，
如今只留下倦怠和宁静。
如今，怀着激动的诗情，
在这块友谊的纪念石壁上
书写下我们的姓名。

（杜承南译）

朔风①

为什么，凛冽的朔风，
吹弯了河畔芦苇的腰杆，
为什么你要这般气愤，
把云朵赶到遥远的天边？

不久前，乌云密布，
紧紧地覆盖着天穹，
不久前，山中的橡树
因炫目的美而骄矜……

可你，拔地而起，呼啸而来，

---

① 有苏联学者认为这首诗写于1825年，而不是1824年。1825年，普希金得知亚历山大一世逝世，便写了此诗。为了掩盖他的隐喻，有意写成1824年。

挟着雷霆,震慑寰宇——
赶开暴风雨前的阴霾,
把参天的橡树连根拔起。

让那灿烂的太阳
从此欢乐地发光,
让和风与云朵嬉闹,
芦苇的绿波轻轻荡漾。

(杜承南译)

"就算我已赢得美人的垂青"

就算我已赢得美人的垂青,
珍贵的金环①上长留她的倩影,
还有秘柬情札,多年痛苦的奖励,
但当独自一人苦度难熬的别离,
又有什么能使我赏心悦目,
就连心上人馈赠的唯一信物,
凄婉柔情的慰藉,山盟海誓的保证,
都不能平复这无望的苦恋的伤痕。

(杜承南译)

---

① 指镶嵌有心上人肖像的珍贵颈饰。

再次寄语书刊检查官[①]

季姆科夫斯基动荡生涯的继承人!
请让我拥抱你,咱俩以前交谈过。
不久前,严酷的审查叫人喘不过气,
我仅有的一星点权利也被无情剥夺。
我和同行们一起受到迫害、围攻,
我冒火了,不免对你发泄一通。
借此抚慰一下我急躁易怒的习性——
请多多包涵吧,我实在忍无可忍。
僻居山乡,我得以浏览各种期刊,
仔细研读同行们的打油诗篇
(眼下我是既感兴趣又有空闲),
我兴致勃勃,在字里行间突然发现
你的条条款款,你的新的打算!
乌拉! 凭大胆妄为,冥顽不化,
你当仁不让地为自己赢得了桂冠。
当你出于少有的宽容终于恩准
用**庄严**、**神圣**这般崇高的字眼
来把美人称许(只是为了押韵),

[①] 1824年,亚·谢·希什科夫(1754—1841)被任命为国民教育部大臣,接替亚·尼·戈利岑(1773—1844)。希什科夫是海军将官、作家和国务活动家。就其文学趣味而言,他显然是18世纪腐朽过时的诗学的卫道士,是卡拉姆津—茹科夫斯基—普希金新的文学流派的强硬对手,尽管如此,普希金仍然幻想残酷的审查制度会因希什科夫上台主管审查部门而有所削弱。

居然不怕开罪我主耶稣!①
这使我们整个诗坛大为震惊!
请问,你怎会突然改变态度?
突然改变你刚愎自用的禀赋?
尽管我欣赏自己的书信,
尽管我知道你熟悉我的怨言,
但我既曾将你揶揄,对你这番改变,
怎不惊喜交集,怎敢傲慢无礼。
评论你的德政,我本义不容辞,
可我怎能使你改弦易辙?不,我深知,
俄国将把这新的重任托付何人;
我们的好沙皇终于尊重百姓的心愿,
遴选出一位忠心的大臣。
希什科夫出马承担科学重任。
这老头令人尊重,他爱荣誉,爱人民,
他享有一八一二年的好名声②。
显宦中唯他钟爱俄国的缪斯,
他召集备受冷遇的人们;③
他珍爱叶卡捷琳娜仅存的桂冠,
使之不受当今的雪压霜侵。
他和我们一样牢骚满腹,当圣父④

---

① 先前的检查官曾经认为"庄严"、"神圣"这些字眼只能用来形容耶稣,一旦拿来形容女人则是对神的亵渎。
② 指俄国 1812 年卫国战争。当时希什科夫任亚历山大一世的国务秘书。
③ 这里指以希什科夫为首的"俄罗斯语言爱好者座谈会",当时希什科夫也常请杰尔查文("叶卡捷琳娜仅存的桂冠")参加座谈。
④ 指戈利岑公爵,以伪善著称。他于 1824 年签署命令,把火烧亚历山大图书馆的穆斯林哈里发奥玛尔-伊本-哈塔布和另一位哈里发卡里-本-阿比-塔列布视为典型,烧毁亚·彼·库尼岑的著作《自然法》。

把奥玛尔和卡里捧为典型,
对主阿谀奉承,自己寻欢作乐,
并竭尽全力扼杀文明。
一位虔信宗教、文质彬彬的人
竟挽救斑特什①,把纯真的缪斯严惩,
高贵的马格尼茨基②也热情相助,
他可是情操高尚,信仰坚定;
还有我的可怜的笨伯卡维林③,
马格尼茨基的助祭,加利奇的施洗人。
罪过啊,可悲的科学,你竟然
落入一双双沾满血腥的罪孽的手!
呵审查!你是屈从于谁人的淫威!

　　总算到头了,黑暗的年代一去不返,
文明的火炬已发出熊熊光焰。
随着那些失宠的官员交替更换,
老实说,我静候审查官解甲归田,
我真不明白你为何苦苦恋栈。
于是我匆匆前去祝贺自己的友人,
同时把忠告赠给他们作为留念。

　　尽管从严却须明智,谁也不求

---

① 斑特什,戈利岑所袒护的卑污的官僚。
② 马格尼茨基(1778—1844),亚历山德罗夫统治时期"文明的扼杀者",1819年借口有"不信神倾向"捣毁了喀山大学。
③ 卡维林(1778—1851),彼得堡大学校长,戈利岑和马格尼茨基的帮凶,掀起反对普希金皇村学校教师亚·伊·加利奇教授的事件,迫使加利奇忏悔自己的"迷误",在教堂接受以"圣水""施洗"的完全特别的仪式。一个时期(他在教育界"立功"之前)卡维林接近过普希金流放前与之有过交往的文学团体,被吸收参加"阿尔扎马斯社"。

清除掉一切合法的羁绊,
自作主张让我们这伙文人名流
毫无顾忌地思考、交谈和出版。
为了你的职责,请保留你的权利。
但对谦逊的真理,平静的智慧,
甚至天真无邪而盲目自满的愚昧,
请勿设置路障,随心所欲。
如果你在闲暇命笔的成果里
有时还难以发现伟大的善行,
也难找到疯狂的骄奢淫逸,
对王位、圣坛和风尚的挑衅,
那就热诚地祝愿作者获得殊荣吧,
朋友,请高抬贵手挥毫签名。

(杜承南译)

克娄巴特拉[①]

女皇用她的目光和声音
使豪华宴会呈现欢乐气氛,
群臣赞颂克娄巴特拉,
公认她是人间的至尊,
欢呼着拥向她的王位敬酒,

---

① 克娄巴特拉,一译克利奥帕特拉(前69—前30),埃及末代女皇,公元前51—前30年在位。普希金的这首诗写于1824年10月,后来几经修改,但未定稿。初稿在1828年曾收入小说《埃及之夜》。普希金写这首诗的时候,参考了4世纪罗马史学家阿弗列里·维克托的著作《伟人论》。

然而,不知是什么原因,
女皇忽然间垂下头颅,
面对着一盏金杯沉思出神。

转瞬间一切都归于沉默,
盛大的宴会仿佛进入梦幻……
不料女皇突然抬起头来,
满面威严地侃侃而谈:
"听着,我有心让平等
出现在你们和我之间,
我愿把爱情供你们享受,
你们可以购买享受权:
什么人敢做情欲的交易?
我决定出售自己的夜晚。
说吧,你们当中哪一位
愿以生命为代价买一夜之欢?"

女皇垂训,群臣静默,
一个个心里涌起了波涛。
克娄巴特拉等待片刻,
面带冷峻傲岸的微笑:
"说吧!为什么默不作声?
是不是你们想要逃跑?
你们的人数很多,来吧,
请购买欢乐的良宵!"

女皇以高傲的目光
扫视四周的崇拜者……

蓦然——行列中走出一人,
在他后边又站出来两个。
他们步伐坚定,眼睛明亮。
随即站起了骄矜的女皇。
一举成交:订购三个夜晚!……
呼唤勇士的乃是死亡之床。

又一次传来女皇的傲慢话音:
"今晚,我忘却王冠与皇袍!
像平凡的女仆躺在卧榻,
为塞浦里斯奉献新的贡品,
爱神呀,我愿屈尊为你效劳。
听着,威风凛凛的冥王!
你主宰鬼魂恐惧的地府,
我的誓约,你务必记住:
甜美的朝霞出现之前,
我让我的占有者陶醉满足,
付出娇柔的情,销魂的吻,
给他们以淋漓尽致的爱抚……
但只要晨光透过寝宫的帘幕,
我以我紫红的皇袍起誓——
天明时利斧砍下他们的头颅!"

神圣的手为之祝福,
从占卜命运的陶罐里抽签,
第一个是阿基莱,庞培①的猛将,

---

① 庞培(前106—前48),罗马统帅和政治家。

花白头发,经过东征西战,
他难以忍受妻子的轻蔑冷淡,
一身傲气,这惯于厮杀的好汉,
像往日响应投入战斗的召唤,
为最后的享乐他铤而走险。
第二个是克林顿,风流又精明,
　　他在亚哥利斯①受过陶冶,
小时候就已是一位歌手,
既迷恋火热的酒席盛宴,
又崇拜维纳斯火热的性格。
最后一个人的姓名却已失传,
他的生平谁也说不周详,
他也没有足以夸耀的地方,
他还是个少年,茸毛纤细
遮盖着怯生生的面庞。
　　但他的眸子迸射爱的火焰,
从头到脚一派潇洒倜傥,
他的呼吸令女皇怦然动心,
克娄巴特拉一声不响,
久久地,久久地把他欣赏。

(谷羽译)

---

① 亚哥利斯,希腊的一个州。

"季姆科夫斯基身为主宰……"①

季姆科夫斯基身为主宰——引来街谈巷议：
你在世界上再也找不到第二头相似的蠢驴。
比鲁科夫上台，然后是克拉索夫斯基：
真的，已故的季姆科夫斯基比他们更伶俐！

（谷羽 译）

致奥利扎尔伯爵②

歌手啊！自古以来
我们两个民族彼此为敌：
时而我们这一方呻吟，
时而你们在雷雨中捐躯。

克里姆林宫蒙受耻辱……被俘，

---

① 普希金的这首讽刺诗以手抄本形式流传至今。季姆科夫斯基、比鲁科夫和克拉索夫斯基，为彼得堡相继任职的三个书刊检查官。参见《再次寄语书刊检查官》。

② 奥利扎尔伯爵(1798—1864)，波兰诗人，社会活动家。普希金流放基什尼奥夫期间与他相识，后在卡敏卡和基辅又数次相遇，1822年曾收到他寄赠的一首用波兰文写成的长诗。奥利扎尔伯爵曾向拉耶夫斯基将军的女儿玛丽娅·拉耶夫斯卡娅求婚，但拉耶夫斯基将军以宗教信仰不同、民族不同为由加以谢绝。普希金大概基于这一原因写了这首诗赠送奥利扎尔伯爵予以劝解。奥利扎尔伯爵也认为诗歌能克服民族分歧与偏见，诗歌没有国界。类似的见解普希金在1828年《自从异教徒受到条顿人血洗》一诗中也有所表述。

你们往往会饮酒狂欢;
而我们攻陷石头城垣,
就屠杀普拉格①的青年,
把科斯丘什科②鲜艳的旗帜,
踩在血泊中,肆意摧残。

我们的人谁娶你们的少女为妻,
他就被视为叛徒或败类,
你们的妻室纵然娇美,
我们决不为她们的健康举杯;
而我们年轻多情的姑娘,
即便令波兰男子怦然心动,
也会因高傲而面颊绯红,
断然拒绝民族敌人的爱情。

只有音韵奇妙的诗歌
能化解相互敌对的心灵,
面对天宇的明朗笑容,
人间的仇恨便哑默无声!
伴随灵感的甜蜜韵律,
伴随歌曲……竖琴……
再一次聆听美好的祝辞,
和平,在民族之间降临……

(谷羽译)

---

① 普拉格,为华沙郊区的军事要塞,1815 年划归俄国版图。
② 科斯丘什科(1746—1817),1794 年波兰起义领袖。

致普列特尼奥夫信函摘抄①

你出版了我叔父的诗歌:
他是《危险的邻居》的作者,
当之无愧,与你的标准吻合,
虽然,寿终正寝的"座谈会"②
对他的才华视而不见态度淡漠。
现在出版我的作品③吧,朋友,
出版这空泛劳动的成果,
不过,我的普列特尼奥夫,
为了太阳神阿波罗,
何时你才印行自己的大作?

(谷羽译)

---

① 普列特尼奥夫(1792—1865),俄国诗人,批评家,晚年为彼得堡大学校长。他是普希金的好友之一,从1826年起,诗人的作品几乎全由他出版。1824年10月末,普希金致函普列特尼奥夫,即以这几行诗作为开端。
② 指"俄罗斯语言爱好者座谈会"。
③ 此处指《叶甫盖尼·奥涅金》的第一章,1824年底普希金把手稿交给普列特尼奥夫,1825年即印行出版。

"沙皇的黑教子忽然想结婚"①

沙皇的黑教子忽然想结婚,
他围着贵族小姐打转转,
对贵族小姐们看了又看。
他给自己选了个好太太,
黑乌鸦配白天鹅真气派。
他是个黑奴可黑得漂亮,
她是位美人儿白得可爱。

(谷羽译)

"图——是对的……"②

图——是对的,他准确地把您

---

① 普希金的外曾祖父汉尼拔(1697—1781)生于非洲,是苏丹的儿子,小时候被土耳其人劫掠到君士坦丁堡做人质,他在八岁的时候辗转到了俄国,成了彼得大帝的黑教子。1717年他被派往法国学习军事工程,1723年回到俄国,在炮兵部队任数学和军事工程学教授。他的生平具有传奇色彩。1824年普希金被囚禁在米哈伊洛夫斯克村期间,他的奶娘阿林娜·罗季翁诺夫娜曾为他讲述汉尼拔的故事。罗季翁诺夫娜原是汉尼拔的家奴,在绥达庄园生活多年。汉尼拔去世时,她二十三岁。因此她的讲述既生动又真实。大概由于这种原因,普希金的这首诗具有明显的民歌特征。几年之后,普希金把黑人向俄罗斯姑娘求婚的素材写成了中篇小说《彼得大帝的黑教子》。

② 据普希金学者推测,诗稿中第一个单词以"图"始,应读作图曼斯基。图曼斯基(1800—1860),诗人,在沃隆佐夫伯爵处供职。1823年夏,他伴同沃隆佐夫至敖德萨,与普希金相识。

和娇艳明丽的彩虹相比:
您的容貌像彩虹一样动人,
您的心也像彩虹一样变幻不已。
您像玫瑰一样,沐浴着明媚的春光,
您像玫瑰一样妖娆多姿,
您也像玫瑰一样,
上帝啊,浑身长刺。
可我还是最爱把您比做泉水,
这样的比喻最称我心;
因为您的心智像泉水一样纯美,
当然您比泉水更加晶莹。
其余的比喻都不太理想,
比喻不当,诗人也无能为力;
您的面容姣好,您的心灵高尚,
遗憾啊,实在无与伦比。

(杜承南译)

"威严的女性让我可怜"[①]

威严的女性让我可怜,
这女人万千荣耀都喜欢:
她爱战争的连天烽火,
也爱帕纳塞斯缭绕的香烟。

---

① 这是普希金嘲讽叶卡捷琳娜女皇的一首诗稿,未及润色修改。早在1822年时,普希金就曾经写文章批评女皇,对其作为予以尖锐的抨击。

倡导文明,占领普拉格要塞,
羞辱月牙旗①夺取托弗利塔②,
功劳,我们都归在她的名下,
因此我们……必须把她
尊称为密涅瓦,阿俄尼亚③。
漫步在皇村的林荫道,
她和杰尔查文,和奥尔洛夫④
款款进行明智的谈话,
与德尔尼⑤,有时与巴尔科夫
……………喝茶………
已届高龄,依然可爱,
有几分淫荡,却活得优雅,
她是伏尔泰最知心的朋友⑥,
写诏书⑦,烧战舰⑧,

---

① 月牙旗,土耳其的国旗,月牙儿是伊斯兰教的象征。此句指1774年与1791年俄土战争中俄国取胜,1774年迫使土耳其承认克里木半岛独立,1783年俄国把克里木划归自己的版图。

② 托弗利塔,地名,原属土耳其,后划归俄国。

③ 阿俄尼亚,缪斯女神的别名。叶卡捷琳娜女皇写过剧本、童话,编过杂志,因而被宠臣捧为"缪斯"。

④ 奥尔洛夫(1734—1783),叶卡捷琳娜女皇的宠臣,从1762年女皇登基到1774年,他对女皇有不可替代的影响。此后,波将金取代他成为女皇的宠信重臣。

⑤ 德尔尼,即沙尔利-约杰夫公爵(1735—1814),奥地利外交官,原为比利时人。1782—1788在俄国任职,曾陪同叶卡捷琳娜女皇巡访和旅行,以谈吐俏皮幽默著称。

⑥ 叶卡捷琳娜女皇宣称她是法国启蒙运动思想家伏尔泰的崇拜者,并且和他通信。普希金对女皇的装腔作势、附庸风雅非常厌恶。他在一篇文章中写道:"当俄罗斯诅咒她(指女皇)的时候,受迷惑的伏尔泰的声音也无助于挽回她的声誉。"

⑦ 此处指女皇下诏书编撰新的法律草案。普希金写道:"反复读一读这篇虚伪的诏书,愤懑之情使你不得不断然加以拒绝。"

⑧ 烧战舰,指1770年6月26日切斯敏海战中俄国俘获土耳其战舰,叶卡捷琳娜女皇下令焚毁;1790年俄国与瑞典进行海战,又一次将俘获的战舰烧毁。

坐在便桶上,忽然驾崩。
打从那时起……一片昏暗。
俄罗斯,多灾多难的强国,
你的荣耀套着绳索,
已被叶卡捷琳娜带进黄泉。

(谷羽译)

"年轻的美人儿……"[①]

年轻的美人儿,当夫君尚未
把你交由其他六位妻妾看管,
  你该常去墓地泉边
  汲取清澈的甘泉,
  并且想一想,亲爱的:
  如同清流去而不返,
  闪亮、奔泻,没入远天——
  一生的光阴如此消逝,
  我也将老死于宫闱之间。

(谷羽译)

[①] 普希金曾构思一部长诗,这是其中残存的几行诗稿。

"这个吹毛求疵的批评家"①

这个吹毛求疵的批评家,
热衷刊物争端,令人厌烦,
含鸦片的墨汁四处喷洒,
像一条疯狗似的唾沫飞溅。

(谷羽译)

"我们列祖列宗的剽悍伙伴"②

我们列祖列宗的剽悍伙伴,
他是维纳斯之友,又酷爱酒宴,
他是聚餐之神,喜欢应邀聚餐,
他是花园之神,在自家的花园。

(谷羽译)

---

① 1824年第5期《欧罗巴通报》刊载了一篇文章,题目为《经典作家与〈巴赫奇萨拉伊的喷泉〉出版者的第二次谈话》,对普希金的长诗《巴赫奇萨拉伊的喷泉》颇多指责。而文章的作者未署真名,仅以字母N代之。普希金认为该文出自《欧罗巴通报》的编辑卡切诺夫斯基之手,因此写了这首诗予以嘲讽。而实际上写这篇文章的是米·阿·德米特里耶夫。

② 这是普希金一首诗的草稿。

"对甜蜜希望的呼唤报以轻蔑"[①]

对甜蜜希望的呼唤报以轻蔑,
也不屑理睬斥责的话音,
我将在异国的土地上行走,
从身上掸去故国的灰尘。
沉默吧,胸中的梦幻耳语,
积习日久的柔弱音韵,
永别了,令人厌恶的疆界,
我一举领略了人世浮沉,
永别了,清幽的林荫,
永别了,满怀激情的懒散,
以及思虑萦绕的多梦的心。
弟弟啊,我心里只想着你,
当危险的分离之日临近,
最后一次手与手紧紧相握,
让我们低头服从命运。
请为潜逃的诗人祝福
………………………
……尘世纷扰,无论何时何地,
你必然回想我的声音……

[①] 1824年,普希金曾经和他的弟弟列夫秘密商量,怎样从幽禁地米哈伊洛夫斯克村逃往国外,他们还拟定了潜逃的计划。这首诗即与此事有关,作品未写完,也未经修订,只保留了草稿。

在遥远的天空下静默,
……………梦中魂,
独自…………伤心,
湮灭在异国他乡默默无闻。

———

一旦出现……如愿时刻,
必然有善良的斯拉夫人
走向我没有姓名的孤坟
………………………

(谷羽译)

致萨布罗夫①

萨布罗夫,你竟敢诽谤
我的骠骑兵式的举止,
胡说我和卡维林怎样游荡,
和莫洛斯特沃夫诅咒俄罗斯,
胡说我撇开了一切事务,
和恰阿达耶夫只顾读书,
胡说我厮混在他们中间

---

① 萨布罗夫(1798—1858),骠骑兵军官,普希金在皇村学校读书时和他结识,以后在基什尼奥夫、敖德萨又数次相遇。诗中提到的卡维林等四人都是普希金的朋友。

冬去春来整整一年，
祖鲍夫以其黝黑的……
把我引诱，我却没有上钩。

（谷羽译）

给婴儿①

孩子，我不敢为你
郑重地举行祝福仪式。
你的目光和宁静心灵
都是天使带来的慰藉。

愿你未来的岁月晴朗，
像你现在的明澈目光。
人世间存在诸多运气，
但愿你最为称心如意。

（谷羽译）

---

① 这是普希金一首诗草稿中的八行。这八行之前还有一些残句，如：
　　　　永别了，我的爱之结晶，
　　　　个中原因不便对你说明……
还有：
　　　　歪曲真相的飞短流长，
　　　　向她描述……情节……
　　　　或许，她随时会听到
　　　　有关我遭遇的种种传说……
从这些诗句可以推断，诗人所说的婴儿是他结婚之前的私生子。

"丽莎对恋爱深怀恐惧"

丽莎对恋爱深怀恐惧。
且慢,这是不是欺诈?
你们可要当心——也许
这是位新出现的狄安娜①
掩饰着她温柔的春情——
以佯作娇羞的目光
在你们当中谨慎搜寻
谁能帮助她涉足情场。

(谷羽译)

致罗德江科信函摘抄②

宽恕我,乌克兰的智慧大师,
福玻斯和普里阿普斯的代理人!
你的草帽胜过桂冠,
戴在头上更舒适安稳;
你的罗马——是乡村;

---

① 狄安娜,罗马神话中的月亮女神,象征志行高洁的淑女。
② 罗德江科(1793—1846),乌克兰诗人,"绿灯社"成员,普希金的朋友。1824年12月8日普希金致函罗德江科,以这几行诗作为结尾。

你,就是我的教皇,
为我祝福吧,诗人。

(谷羽译)

寄语列·普希金①

怎么样?可有葡萄美酒?
莱昂②,我已经期待了很久。
你可知道是什么品种?
我自己有一条规定:
胃口享有充分的自由,
酒浆好坏均可受用。
我的地窖热情好客,
对名贵的马德拉③深表欢迎,
软木塞密封的辛·别列④
储存一大瓶亦感荣幸。
在我这美好的年纪,
在这放纵的青春岁月,
我喜欢富有诗意的阿伊⑤,
咝咝作响泛着泡沫,
恰似翻腾的爱河之波!

---

① 这是普希金写给弟弟的一首诗的草稿,曾作为《叶甫盖尼·奥涅金》第四章第四十五节的注释发表。
② 莱昂,即列·普希金,普希金的胞弟。
③④⑤ 均为葡萄酒或香槟酒的名称。

……………………缅怀诗人①,
亲爱的弟弟,这时节
我觉得端起酒浆洋溢的高脚杯
乃是人生最大的欢乐。

　　如今我饮酒却不嗜酒成癖,
应邀入席从不挑剔,
迷恋美色的明智之友,
对于酒宴时常回避。
我对一切,用量不大——
时不时举起酒杯,
自酌自饮——但上帝保佑,
我很少很少喝得酩酊大醉。

(谷羽译)

"毗连的小屋有一道隔山"②

毗连的小屋有一道隔山,
这是相当清洁的房间,
墙角板架上供着圣像,
柳树枝、干圣饼和蜡烛
一一摆列在圣像下面
…………………

---

① 这一行原作有缺损。
② 这是普希金一首诗稿的片段。

炉子上空有两只金丝雀,
窗台上是盛着……的瓦罐——

(谷羽译)

断 章

* * *

他淡漠地一笑,
当母亲们劝解……

* * *

他像拜伦歌颂过的囚徒①,
一声叹,超脱黑暗的囹圄……

* * *

为人软弱,怯懦②,
盲目——总是不安。

---

① 拜伦歌颂过的囚徒,指拜伦的作品《施里昂的囚徒》。
② 这两句诗大概和《仿古兰经》一诗(1824)有关。

　　　　＊　＊　＊

一天,伊万王子沿着森林,
跨过原野,翻越高山,
把一只褐色老狼紧紧追赶。

(谷羽译)

1825

乌兰汗 查良铮 等译

焚烧的情书[①]

永别了,情书!永别——是她的叮嘱。
我久久地拖延!手儿也久久地踌躇,
它不肯把我的满腔欢乐化为灰烬!……
可是这又何必,时候到了。燃烧吧,爱的信。
我有准备;我的心儿不愿聆听任何劝告。
贪婪的火苗将把情书一页页地吞掉……
只消一分钟!……着了!燃烧——一缕轻烟
袅袅冉冉,伴随我的祷告一起飘散。
火漆已经熔化,从此再也看不见
钟情的指纹……啊,预见!终于实现!
焦黑的信纸就在眼前,弯弯曲曲;
轻飘飘的死灰上还残留着白色的痕迹……
我的心儿抖抖瑟瑟,多情的灰烬呀,
你是我凄苦命运中的惨淡的安慰,
请你永远留驻在我的悲凉的心底……

(乌兰汗译)

[①] 这首诗充满了对伊·克·沃隆佐娃(1792—1880)的怀念。普希金流放南方在敖德萨供职期间与她相识,一直对她十分钟情。

"有一次,沙皇得到人报信"①

有一次,沙皇得到人报信,
叛党里艾戈终于受到绞刑。
"我很高兴,"谄媚的人热心说,
"世上少了一个卑鄙的家伙。"
这冒失的判断使人好笑,
在座的都低头不发一言。
里艾戈冒犯了菲尔迪南,
我承认。可是他因此被绞。
请问:是否轮到你如此热心
对我们詈骂刽子手的祭品?
连君王自己,对这种好意
也不愿以微笑做他的赏赐;
媚臣啊!媚臣啊!尽管卑鄙,
可否保持一点高尚的姿势。

(查良铮译)

---

① 本诗以手抄稿流传。诗中所述的事件为:1823 年 10 月 1 日,沙皇亚历山大一世在杜利清阅兵以后的宴会之前,接到法国外交大臣夏多布里昂的一封信,告知他里艾戈被捕的消息。亚历山大在宴会上说出这个消息时,沃隆佐夫就说:"这是多么好的消息啊,陛下。"当时在座的巴沙尔金(十二月党人)后来说:"这句话是如此不恰当,使他当时在舆论界大失声望。事实上,知道了是什么命运在等待可怜的里艾戈的时候,对这消息高兴的人是很残忍的。"

按:里艾戈是西班牙军官,因要求实行 1812 年宪法,参与吉罗加起义,终于失败,于 1823 年 10 月 26 日在马德里被处死。

给朋友们①

我的仇敌,我暂且一言不发……
我那迅速爆发的怒火,似已熄灭;
但我从不让你们离开我的视野,
迟早我会把你们中间某人捉拿:
我会突然地、无情地俯冲而下,
谁也逃不脱穿透胸膛的利爪。
贪婪的雄鹰就是如此盘旋环绕,
盯视着地上的火鸡与鹅鸭。

(乌兰汗译)

"《欧罗巴》用不着叹气"

《欧罗巴》②用不着叹气,
不是灾难,可无须哀呼!
从彼得堡的洪水里

---

① 这首诗最初在《莫斯科电讯》上发表时,标题是《致期刊的朋友们》,署名亚·普。它并非专为文学界的"朋友们"而写,而是含有某种政治意义。1825 年七八月之交,他在致雷列耶夫的信中,甚至把亚历山大一世也讽称为"我们的朋友"。也许正因为如此,普希金才在布尔加林(当时还没有站到反动派一边去)办的《北方蜜蜂》杂志上发表声明:亚·谢·普希金请求《北方蜜蜂》出版者通告诸位读者,他在《莫斯科电讯》第 3 期第 215 页上发表的诗,标题《致期刊的朋友们》应读作《给朋友们》。

② 指《欧罗巴通报》。

《北极星》①已经被打捞出。
别斯图热夫啊,你看:
你的方舟②已泊在山头!
巴纳斯为之光辉闪闪:
舟中有人,也有牲口。

(查良铮译)

颂诗③

(呈德·伊·赫沃斯托夫伯爵阁下)

苏丹火冒三丈,大发雷霆[1]。
埃拉多斯④的鲜血在奔流[2],在沸腾。
希腊人显示了自古以来的财富[3],
残暴的皮特[4]在冥河里吓得战战兢兢。
此时此刻——船舶勇猛地飞快驰去,
双方交了火,炮声隆隆。
这位拜伦啊是福玻斯的样板。
固执的疾病[5]毫不留情,
这种疾病虽然不会持续多久,
却把死亡的刀刃架在他的头顶。

---

① 《北极星》杂志在彼得堡洪水期间(1824年11月)停刊。但在1825年3月又出了一期。

② 方舟,据《圣经》,诺亚在大洪水来临前筑方舟,置人畜于其中,幸免于难。洪水退后,方舟搁浅在山头上。

③ 这首"颂诗"是讽刺赫沃斯托夫、彼得罗夫、德米特里耶夫等专门用旧体文写颂诗的人,同时也嘲笑了一些迷恋于这种旧体文写作的青年诗人,如丘赫尔别凯、雷列耶夫等。

④ 埃拉多斯,希腊的古称。

埃拉多斯今天在召唤你呀,
永世长存的德高望重的歌手,
请你代替那著名的英灵吧,
刻耳柏洛斯①正在灵前哀号。
你到了那里和在此地并无两样,
照样是受崇拜的文学家,是枢密官,
不过在那片血染的土地上
已为你准备了一顶新的桂冠:
是伯里克利②的桂冠,是地米斯托克利③的桂冠;
向那儿飞吧,我们的赫沃斯托夫!亲自向前。

仇恨对你对拜伦窃窃私语,
十足的谄媚也滔滔不绝。
看来,你们显然有相似之处——
你们都是诗人!他是勋爵,你是伯爵!
绝对不行!你和贞节的夫人[6]
在温柔的命运重压之下,
生活在爱情之中——
再说,他深奥莫测,但单调浅陋,
你也深奥,可是你调皮好闹,
你在戏谑中也堪称一代歌手。

灵感之神并不认识我,
可是在新的惊喜中

---

① 刻耳柏洛斯,希腊神话中看守冥府入口的狗,它有三个头,尾巴如蛇。
② 伯里克利(约前490—前429),雅典统帅,战略家。
③ 地米斯托克利(约前525—前460),雅典统帅,他使雅典成为海上强国。

我紧跟灵感之神唱起
真正的颂扬之歌,
我对着航行的船舶祷告不停,
但愿他能望见拜伦的身影[7],
但愿尼普顿①、普路托、宙斯、维纳斯、
赫柏、普绪客②、阿斯脱利亚③、克伦④、
福玻斯、游戏神、欢笑神、巴克斯、卡戎⑤——
诸神都能保护你安详的梦[8]。

普希金原注

[1] 此句系模仿我国著名抒情诗人彼得罗夫先生。
[2] 维尔海姆·卡尔洛维奇·丘赫尔别凯在致格里鲍耶陀夫先生的诗体信中巧妙地用了此语。
[3] "财富"一词应当理解为当今的列昂尼多夫、阿希列索夫和米里蒂阿多夫对残暴的头缠布巾的人们的真正仇恨。
[4] 皮特先生,名声如雷贯耳的英国大臣,同时又是反对自由的著名人士。
[5] 热病。
[6] 赫沃斯托夫伯爵夫人系戈尔恰科夫公爵夫人之女,与我们这位德高望重的歌手大师十分般配。他在自己的许多诗中都唤她为铁米儿(见《敬酒歌》的最后一条注释)。
[7] 此处是仿赫沃斯托夫伯爵的大名鼎鼎的友人一级文官伊·伊·德米特里耶夫阁下之大作:

> 我观望航行的船舶,
> 从父辈之邦
> 把手向你伸去。

---

① 尼普顿,希腊神话中的海神。
② 普绪客,希腊神话中的人类灵魂的化身,以蝴蝶或少女形象出现。
③ 阿斯脱利亚,希腊神话中的正义女神。
④ 克伦,希腊神话中的时间之神。
⑤ 卡戎,希腊神话中的冥府河上把死者的灵魂送到阴间去的摆渡者。

[8] 诗人在这里陶醉于幻想之中,似乎看见了沉睡在香甜梦乡的已经成为伟大抒情诗人的自己如何渐渐地靠近埃拉多斯的极乐海岸。尼普顿在他面前平息了惊涛骇浪;普路托从无底的地狱里走了出来,以便观一眼那位在短时间内即可赐给他大批崇拜伪预言家的人的灵魂;宙斯在高空向他微笑;维纳斯在心爱的歌手身上撒满了鲜花;赫柏举起酒樽祝福他健康长寿;普绪客打扮成伊波利特·波格丹诺维奇的样子,对他深表羡慕;克伦手持镰刀时刻准备刈割;阿斯脱利亚预感到自己的统治时期又将恢复;福玻斯欢天喜地;游戏神、欢笑神、巴克斯和卡戎形成一个愉快的群体跟随在我们不朽的皮特的船后。

(乌兰汗译)

松明活着,活着^①!

怎么!记者松明还活着?
"而且活得蛮好!一如过去,枯燥不堪,
还那么粗野、愚蠢,并为嫉妒所折磨,
还在搜集无稽的新闻和过时的胡说,
用它们充斥报纸低级的版面。"
"呸!记者松明令人厌弃!
怎么熄灭松明上难闻的烟味?
怎么摈弃我这位叫松明的记者?
给我出个主意。""对……吐他一口唾沫。"

(乌兰汗译)

---

① "松明活着,活着……"本来是俄罗斯古老的民谣。"松明"是指人们原以为失踪或消亡的人或物居然还健在或完整无缺的现象。俄罗斯旧风俗中,人们占卜时点着松明,挨次传递,一边传递,一边唱着《松明活着,活着》,如果传到最后,松明没有熄灭,那么占卜者所期望的事就会变为现实。

普希金这首诗,采用的正是这个民谣形式,借以讽刺新闻记者卡切诺夫斯基。卡切诺夫斯基在《欧罗巴通报》(1825年第3期)上发表了一篇挖苦《高加索的俘虏》的文章,署名尤斯特·维利季科夫。

给柯兹洛夫①

歌手啊,当我们的人世
从你眼前遁入黑暗,
你的诗灵顿时苏醒,
它回顾往昔的全部经历,
在一连串闪光的幻影中
唱出了动听的歌曲。

啊,好兄弟,歌声多么迷人!
我含着眼泪,赞美地谛听。
他用自己那天庭的歌声②
解除了人世间的悲痛;
他为你开辟了新的天地,
你在那天地之间观察、飞翔,
你重新开始生活,并拥抱
少年时代被摧毁的偶像。

而我,倘若能有一句诗
给你带来瞬间的欢畅,

---

① 柯兹洛夫(1779—1840),俄国诗人,拜伦作品的译者。四十岁左右时瘫痪,三年以后双目失明。失明后积极从事文学创作。1825年他的长诗《修道僧》问世。柯兹洛夫在一本《修道僧》上亲自签名,赠给普希金。普希金深为感动。他在寄给弟弟的信中写道:"盲诗人的签名使我感动得难以名状。他的作品太美了。"这首诗正是由此而生。
② "天庭的歌声"一语,可能由于检查原因,发表时改用"美妙的歌声"。

那我就不指望别的奖赏——
我就不枉然地沿着幽径
在世界的旷野上穿行;
啊,不!难怪命运让我
操起竖琴,寄托人生!

(乌兰汗译)

渴望荣誉[①]

当爱情与安谧使我沉迷,
我跪在你的面前,默默不语,
端详着你的脸,我想:你属于我,——
你知道,亲爱的,我是否在追求荣誉;
你知道:我从浮华的社会中解脱,
不愿再忍受诗人虚名的折磨,
风风雨雨弄得我筋疲力尽,
不再理睬远处的阵阵捧场与谴责。
当你低头向我送来郁郁的目光,
当你把手轻轻地放在我的头上,
当你悄悄地问我:你可幸福?你可爱我?
那时候啊,任何的宣判又能奈我何?
你还会爱别的女人吗像爱我?你说,
你,我的朋友,会永远把我藏在心窝?
那时我感到困惑,我保持了沉默,

---

① 这首诗也是献给伊·克·沃隆佐娃的。

我整个身心都充满了欢乐,我思量,
根本不要去想未来的事情,永远
不会有可怕的别离的时刻……
结果呢?眼泪、苦恼、变心、诽谤,
突然一下子都在我的头上降落……
我怎么了,我在何处?我木然伫立,
像是在旷野上遇到了电打雷劈
我眼前的一切都变得昏暗!如今
我为新的愿望所追逼:
我渴望荣誉,好让我的名字
时刻响彻你的耳际,让我把你
包围起来,让你把身旁的一切响声
都紧紧地和我联系在一起,
让你在寂静中倾听忠告时
也要想起我在花园中,在黑夜里,
在分别时最后道出的乞求的话语。

(乌兰汗译)

根据爪子可以认出狮子来①

不久前,我不客气地抛出了一首诗,
发表时故意没有署上自己的姓名;

---

① 普希金的《致朋友们》发表后,"朋友"之一伊兹麦伊洛夫(1779—1831)写了一篇文章,发表在他自己办的《好心肠》杂志上。他在文章里说:"可怕呀,太可怕了!最使我害怕的是这位撰稿人先生居然有爪子!"诗题原文为拉丁文。

杂志界的小丑,一个恶棍,也没有落款,
就这首诗发表了他的一篇短评。
喏,这有什么?无论我,还是卖艺的小丑,
都没能把自己的恶作剧掩盖:
他根据爪子一眼识破了我,
我呢,恰好根据耳朵把他认了出来。

(乌兰汗译)

给普·亚·奥西波娃[①]

我也许不会再享有多少
流亡生活中的平静时间,
不会再为缠绵的往昔哀叹,
我这颗无忧无虑的心不可能
再悄悄地把农村缪斯怀念。

但是,到了远方,到了异乡,
我凭借一往情深的思绪
还会来到三山村老家,
来到草原上、溪水畔、山冈旁,
来到家园中菩提树的阴凉下。

当明朗的白昼渐渐消遁,

---

① 普·亚·奥西波娃,普希金住在米哈伊洛夫斯克村时的芳邻,三山村的女主人。普希金在敖德萨生活期间,一直想逃亡国外,故诗中有"到了远方,到了异乡"的字句。

思乡的孤魂有时就会
飞出幽暗的土坟,
飞回自己的家园,
用温柔的目光看望亲人。

(乌兰汗译)

"保护我吧,我的护身法宝"①

保护我吧,我的护身法宝,
当我遭到迫害、感到懊恼,
当我心神不宁,你要保护我!
我是在悲痛的日子里把你得到。

当海洋掀起万丈波涛
在我的周围隆隆咆哮,
当乌云夹着雷电袭来——
保护我吧,我的护身法宝。

当我在异国忍受孤寂的煎熬,
或在无味的宁静中厮混、逍遥,
或在烽火连天的激战的时候,
保护我吧,我的护身法宝。

神圣而又甜蜜的骗人之道,

---

① 伊·克·沃隆佐娃赠给普希金一枚戒指,诗人视它为护身法宝。

心灵中有一盏明灯高照……
可是灯光熄灭,将人出卖了……
保护我吧,我的护身法宝。

但愿头脑中的回忆平平静静,
永远别刺痛心上的创伤道道,
别了,希望;睡吧,愿望;
保护我吧,我的护身法宝。

(乌兰汗译)

安德烈·谢尼耶①
(献给尼·尼·拉耶夫斯基)

我为愁所苦,我被俘为囚,
可是我的竖琴十分清醒……②

当震惊的世界睁大了眼睛
一直望着拜伦的骨灰罐,

---

① 安德烈·谢尼耶(1762—1794),法国诗人。他热烈欢迎法国资产阶级大革命的最初步骤,并在首颂诗中予以讴歌。然而他没有接受革命事变的进一步发展:审判国王时,他出面保护国王,并激烈地反对雅各宾派。1794年7月25日谢尼耶被雅各宾党人逮捕、处死,几天之后,热月政变时罗伯斯庇尔也被推翻,并和他的最忠诚的拥护者们一起被处死。普希金本人对法国第一次大革命抱有基本相同的态度。谢尼耶对他的敌人罗伯斯庇尔和雅各宾派的诅咒,其内在精神正与普希金对迫害他的亚历山大一世的仇恨相呼应。当普希金听到亚历山大一世逝世的消息后,他在写给彼·亚·普列特涅夫的信中欢呼道:"……我可真是一个预言家,预言家!我要把安德烈·谢尼耶的姓名用经书的字体刊印出来。"这首诗,通过法国历史的事实,寄托了诗人个人的信念,也表达了他对俄国十二月党人推翻沙皇的希望。

② 原文为法文。

当他的幽灵守在但丁身旁①
倾听欧罗巴竖琴的和弦。

另一个幽灵又在呼唤我,
它早已经不歌唱,不啼哭,
在悲痛的日子里,从血染的
断头台上走进阴森的坟墓。

我把鲜花献到墓前,
献给爱情、橡树与和平的歌手。
我在歌唱。他和你在谛听。
不知是谁家的竖琴在演奏。

————

疲惫了的刀斧②又一次举起,
　　它需要新的祭品。
歌手准备停当;最后一次
　　为他弹奏沉思的竖琴。[1]

明晨执刑,这是黎民的常事;
　　然而青年歌手的竖琴
在唱什么? 它在歌唱自由:
　　它始终没有变心!

---

① 拜伦参加过意大利烧炭党人的革命解放运动,而烧炭党人把但丁视为最伟大的民族天才和自己的先驱者。

② 指断头台。

"欢迎你,我的太阳!
我曾把你天庭的脸庞颂扬,
它露出面颊,像一团火光,
它冲开暴风雨徐徐上升。
我颂扬过你那神圣的雷霆,
它把可耻的堡垒①劈成瓦砾,
它把自古形成的傲慢的权力
砸得粉碎,任人睥睨;
我见过你的儿女们的公民骁勇,
我听到他们把兄弟般的诺言许下,
还有他们吐露胸怀博大的誓词②,
和对专制制度英勇无畏的回答③。
我看见他们掀起的波涛如何汹涌,
摧毁一切,滚滚前进,
而热情的代言人④满怀惊叹地预言
大地将会万象更新。
你那智慧的诗才已在闪光,
神圣的流亡者的英灵
已经光荣地跨入不朽的伟人庙⑤的殿堂,

---

① 指巴士底狱,法国封建专制制度的象征。1789 年巴黎人民起义,攻占这个堡垒并予以摧毁。
② 指 1789 年 6 月 20 日法国第三等级代表在自行召开的国民议会上举行的宣誓:在国家宪法制定以前,决不离散。
③ 指法国"君主立宪派"领袖奥诺列·米拉波(1749—1791)伯爵对国王的使臣的回答,他说国民议会是根据民族的愿望召集的,只有用刺刀才能把它解散:"回去,把这话转告你们的主子。"1790 年米拉波背叛革命,开始接受王室贿赂,为宫廷四处奔走,次年病死。
④ 根据普希金对调查委员会的解释,代言人就是米拉波。
⑤ 古代众神的庙宇,在巴黎原属教堂管辖,后来根据国民议会的决议改为安葬伟人的灵堂。法国革命期间,伏尔泰和卢梭的骨灰都移葬于该处。

　　　　从岌岌可危的宝座上
　　　　剥掉偏见护身的外罩；
　　　　一双双镣铐落地。法律
以自由作为靠山,向人民宣布了平等,
　　　　于是,我们欢呼:**好极了!**
　　　　啊,真可悲! 啊,荒诞的梦!
　　　　自由在哪儿? 法律在何处?
　　　　主宰我们的只有刀斧。
我们推翻了几个皇帝。又把杀人犯、刽子手①
推上宝座。啊,可怕呀! 啊,可耻!
　　　　可是你,神圣的自由,
不,纯洁的女神呀,你没有什么过错,
　　　　人民狂暴盲动之际,
　　　　人民肆无忌惮的时刻,
你离开了我们,这不能怪你,不能怪你;
　　　　你那治病的器皿被血布遮蔽;
可是,你会回来的,为了复仇和荣誉——
　　　　你的仇敌又将倒地;
人民一旦品尝过你那神圣的甘露,
　　　　总要寻找再次啜饮的时机;
　　　　仿佛酒神使人民受到刺激,
　　　　他们四处流窜,口渴心急;
人民毕竟会找到你。人民在平等的阴凉下,
将在你的怀抱里,甜蜜酣畅地歇息:
　　　　黑风阴雨也一定会这样过去!
不过,我见不到你了——光荣、幸福的时代:

---

① 根据普希金对调查委员会的解释,此句指的是"罗伯斯庇尔和国民议会"。

我注定要上断头台。我现在在拖延
临终的时刻。明晨行刑。面对冷漠的人海,
刽子手将不可一世地抓住我的头发
　　　　把我的脑袋提举起来。
朋友们,宽恕我!我的尸骨已无处安葬,
它不会埋在花园里了,我们曾在那边
悠然地谈论过学问,举行过欢宴,
还事先选定了安放我们骨灰瓮的地方。
　　　　但,如果你们对我的怀念
　　　　朋友们,还有神圣的情感,
就请你们执行我最后的心愿:
哀悼我时,亲人们,要偷偷地哭泣;
可要提防——眼泪会招来怀疑;
因为我们这个时代,流泪也是犯罪;
如今啊,就连兄弟也不敢可怜兄弟。
还有一个恳求:我的诗,你们听过上百次,
那些拙作,写于我胡思乱想之时,
它斑驳陆离,记录了我整个青春华年
埋在心里的事。朋友们,那些诗笺
寄托着我的梦想,我的憧憬,
饱含着我的泪水,我的爱情,
它保留了我的全部生活。我祈求你们
从阿贝尔、从芳妮[2]那儿找出它们;
把我献给无辜的缪斯的诗集保存。
严厉无情的社会、傲慢尖刻的舆论
都不会知道它们的存在。可惜我的头颅
将会过早地落地;我的才能还不成熟,
还没有创作出高尚的作品赢得光荣;

我很快就会完全死去。但是,朋友们,
为了爱护我的幽灵,请保存起
我的手稿,把它们留给自己!
等到风暴过去,你们,偏爱我的人们,
有时不妨聚会,把我真实的诗句吟诵,
听久了,你们就告诉大家:这就是他,
这是他讲的话。而我,会摆脱墓中的梦,
神不知鬼不觉地站出来,坐在你们身旁,
我也会听得出神,你们的泪水使人神往,
到那时,我也许会得到爱的慰藉;
也许**我的女囚**,[3]多愁善感,脸色苍白,
她也会来聚精会神地谛听爱的诗章……"

但是刚唱到这里温柔的歌曲突然中止,
年轻的歌手垂下了他沉思中的头。
眼前掠过春天的季节,带着爱和忧,
一双美女的眼睛显得有些呆滞,
这时歌声、筵席,以及火热的良夜
全都活跃起来了;于是他的心
又飞向远方……他的诗又涓涓地涌动:

"跟我作对的才华,你要把我引向何方?
我生来是为了爱情、为了和平的考验,
为什么我要抛弃无名的生活的影子,
抛弃自由、朋友,抛弃甜蜜的懒散?
命运宠爱过我那黄金般的青年时代;
欢乐用无忧的手把花环给我戴在头上,
纯真的缪斯陪我度过闲暇的时光。

我在热闹的晚会上为众友所宠爱,
我用欢笑与诗歌淋漓酣畅地歌颂
众家神所保佑的我的家园的安宁。
每当巴克斯的操劳使我感到疲倦,
我胸中突然又爆发起另一种火焰,
我终于清晨来到心爱的姑娘面前,
看到她正在发泄愤懑与不安;
当她眼里噙着泪水,发出威胁的语言,
诅咒我把光阴消磨在筵席之间,
驱赶我,谴责我,但又把我原谅:
啊,我的生活该多么甘美,多么甜香!
为什么我要离开懒散而平凡的生活,
奔向那灾难重重的可怕的地方,
奔向那野性的激情、疯狂的愚昧,
以及仇恨和贪婪统治着的他乡!
你要把我引向哪里啊,我的希望!
我这忠于爱情、诗歌与宁静的人怎么能
在下等场所和可鄙的好斗之流争雄!
难道要让我驾驭倔犟的烈马,
紧紧勒住已经松开了的缰绳?
我能留下什么? 一些将被忘却的痕迹:
毫无意义的莽撞和疯狂的妒忌。
死去吧,我的声音,还有你,骗人的幻影,
　　　　你呀,语言,空洞的声响……
　　　　　　　　啊,不!
　　　　别再出声了,怯懦的怨言!
　　　　诗人,你应当骄傲,喜欢:
　　　　面对着我们时代的耻辱,

你没有顺从地低下头颅；
你蔑视强大的魔王；
你的火把在熊熊地燃烧，
把无耻的统治者们的会议，[4]
以无情的闪光照亮。
你把那班专制的刽子手惩罚，
你的鞭子在他们身上抽打，
你的诗呼啸在他们的头顶；
你号召反对他们，你颂扬涅墨西斯；
你面对着马拉的祭司们
颂扬匕首和少女欧墨尼得斯①！
当神圣的老人用变得麻木的手
从断头台上拉开加过冕的头，
你把手大胆地伸给了他们，
于是盛怒的最高法院
在你们面前瑟瑟发抖。
自豪吧，自豪吧，歌手；而你，凶残的野兽，
如今任你拿我的头颅耍弄：
它在你的爪中。但，你听着，不信神的孽种：
我的呼叫，我的狂笑，将把你追踪！
任你饮我们的血，活着，害人：
你不过是侏儒，藐小的侏儒。
那个时刻会来到的……它已越来越近：
暴君，你就要倒下去！愤怒
终将再次爆发。我的祖国的哭声
将把受折磨的命运唤醒。

---

① 指暗杀法国资产阶级革命领袖之一马拉(1743—1793)的沙洛特·科尔兑。

现在我走了……时间已到……你跟在我后面；
我在等你。"

　　激情的诗人就这样歌唱。
一切陷入沉寂。长明灯的柔和的光
　　在曙光中显得格外惨淡。
晨曦照进了牢房。于是诗人
　　庄重地把目光转向铁窗……
一阵闹嚷。来人了，在叫，他们！希望落空！
　　钥匙、铁锁、门闩锒铛响。
他们在喊……慢着，慢着，一天，就一天：
　　没有死刑，自由属于大众，
　　一位伟大的公民将在
　　伟大的人民中间永生。[5]
他们听不见。队伍默默无声。刽子手在等他。
但是，友谊使诗人在死亡的路上也感到舒畅[6]。
瞧，断头台。他登了上去。他把光荣赞扬……[7]
　　哭吧，缪斯，哭吧！……

普希金原注

　　（原注基本上用的是法文）

[1] 像最后的一线夕阳，像最后一阵风，使丽日的黄昏变得富有生机，我在断头台下，还在试弹我的竖琴。

　　　　　　　　　　　　（见安德烈·谢尼耶的临终的诗）

[2] 阿贝尔，深知我青年时代一切秘密的好友（哀歌——）：他是安德烈·谢尼耶的朋友之一。
　　芳妮，安德烈·谢尼耶的情人之一。见献给她的颂诗。

[3] 我……的女囚。

　　　　　　　　见《年轻的女俘》（指夸妮小姐）

[4] 见他的抑扬格诗。

谢尼耶遭到叛乱者的仇恨,是罪有应得。他吹捧沙洛特·科尔兑,辱骂科洛·德·艾尔布瓦,攻击罗伯斯庇尔。众所周知,国王得知对自己的判决时,向议会递交了一封语气沉着、保持尊严的信,请求准许他行使向人民申诉的权利。这封信是在1月17至18日夜间签署的,而信的词句是安德烈·谢尼耶起草的。

(阿·德拉杜什)

[5] 他是在热月8日,即罗伯斯庇尔被推翻的前夕,被处死的。

[6] 押往刑场的囚车上,和安德烈·谢尼耶一起的,还有他的朋友——诗人鲁塞。他们临终前一刻,还在谈论诗。诗,对于他们来说,仅次于友谊,是人间最美的东西。他们谈论的对象和最后赞扬的人是拉辛。他们决定背诵他的诗。他们选择了《安德罗玛克》的第一幕。

(阿·德拉杜什)

[7] 他在刑场上敲敲自己的头,说:我这里还是有点东西的。

(乌兰汗译)

致罗德江科①

你本来答应要跟我
一起谈谈浪漫主义,
谈谈这个帕纳塞斯的无神论,
以及波尔塔瓦众缪斯的秘密,
可是来信只提到她一个人……
不,亲爱的朋友,乌克兰的庇隆②,

---

① 1825年5月8日在罗德江科答普希金的信中,附有安·彼·凯恩几句戏谑的话。罗德江科抱怨凯恩要和丈夫和好,并说:"她早已冷却的、想生合法子女的愿望又出现了,因此我算完蛋了。"普希金的这首诗,就是因这封信而写的。

② 庇隆(1689—1773),法国诗人,剧作家。他的一些诗把爱情写得十分不体面。

显然,你已沉溺在爱情的海里!

　　你说得对:世界上还有什么事
能比美丽的妇女更重要?
她的秋波,她的微笑,
比黄金、比荣誉价值更高,
比各种说法的光荣都好……
啊,咱们再谈谈她好了。

　　我的朋友,她的愿望我赞许,
经过一番休息,再去生育
酷似自己母亲的儿女;
那个人是幸福的:他能跟她
一起分担让人赏心的忧虑:
它不会使人感到孤寂,
上帝啊,但愿婚姻之神
不要醒来,继续沉睡下去。

　　可是我不主张离婚,
你的说法,我不同意!
第一,绝不能违背信念,
还有本能,还有法律……
其次,我想说的就是,
讲究体面的丈夫们——
对于聪明的妻子们必不可少:
有了他们,家中的客人
就不显眼,甚至不为人注意。
亲爱的朋友们,请你们相信:

事情总是双方互利，
婚姻的太阳可以把星星
那种羞怯的爱情遮蔽。

(乌兰汗译)

致凯恩①

我记得那美妙的瞬间：
你就在我的眼前降临，
如同昙花一现的梦幻，
如同纯真之美的化身。

我为绝望的悲痛所折磨，
我因纷乱的忙碌而不安，
一个温柔的声音总响在耳旁，
妩媚的形影总在我梦中盘旋。

岁月流逝。一阵阵迷离的冲动
像风暴把往日的幻想吹散，
我忘却了你那温柔的声音，
也忘却了你天仙般的容颜。

---

① 凯恩(1800—1879)，即安·彼·凯恩，普·亚·奥西波娃的侄女。1819 年在彼得堡舞会上，普希金第一次与她相会。1825 年安·彼·凯恩去三山村姑母奥西波娃家消夏，三山村与米哈伊洛夫斯克毗邻，两人第二次相会，来往时间较长。凯恩离开时，普希金把这首诗作为告别的礼物赠给她。

在荒凉的乡间,在囚禁的黑暗中,
我的时光在静静地延伸,
没有崇敬的神明,没有灵感,
没有泪水,没有生命,没有爱情。

我的心终于重又觉醒:
你又在我的眼前降临,
如同昙花一现的梦幻,
如同纯真之美的化身。

心儿在狂喜中跳动,
一切又为它萌生:
有崇敬的神明,有灵感,
有生命,有泪水,也有爱情。

(乌兰汗译)

"如果生活将你欺骗"[①]

如果生活将你欺骗,
不必忧伤,不必悲愤!
懊丧的日子你要容忍:
请相信,欢乐的时刻定会来临。

[①] 这首诗题在普·亚·奥西波娃的女儿叶·尼·武尔弗(1809—1883)的纪念册上。当时武尔弗十五岁。

心灵总是憧憬未来,
现实让人感到枯燥:
一切转眼即逝,成为过去;
而过去的一切,都会显得美妙。

(乌兰汗译)

饮酒歌

欢声笑语,为何静息?
响起来吧,祝酒的歌曲!
祝福爱过你们的各位妙龄妻子,
　　还有那些温柔的少女!
　　把一个个酒杯斟满!
把你们珍藏的戒指都拿出来!
　　扔进浓郁的酒里,
　　沉入作响的杯底!
大家把酒杯举起,一饮而光!
祝福缪斯,祝福理智万寿无疆!
　　你,燃烧吧,神圣的太阳!
　　在理智的永恒的阳光下
　　骗人的聪明明灭无常,
　　如同在灿烂的朝霞中
　　这盏油灯暗淡无光。
祝福太阳永在,但愿黑暗消亡!

(乌兰汗译)

给 H. H.

(并赠她以涅瓦文集)

请收下吧,这本涅瓦文集,
其中的诗文都很悦目。
您会读到韦利科波利斯基,
波列沃依和赫沃斯托夫;
克尼亚热维奇,您的远房亲戚,
也赐文装点了这本小书。
但是,您在这里看不到我,
我的诗呀,溜进了忘川之波。
声名算什么? 不过是尘烟!……
您的心灵对我更珍贵!
  可是,要想落到那集内,
  看来对我似乎也很难。

(查良铮译)

萨福[①]

幸福的少年,你的一切都让我着迷:
高傲的心,炽烈而又不怀恶意,

[①] 萨福(约前612—?),古希腊女诗人。普希金这里指传说中萨福对一个年轻男子法翁的爱情。

还有妙龄时期那娇妻般的美丽。

（乌兰汗译）

"草原上最后几朵花儿"①

草原上最后几朵花儿
比早开的鲜花更可爱。
它们容易搅乱我们的心，
把悠悠的遐想勾引起来。
所以，有时，离别的时刻——
比甜蜜的重逢更难忘怀。

（乌兰汗译）

十月十九日②

森林脱去绛红的衣裳，
枯萎的田野披上银白的寒霜，
白昼仿佛无奈地照了一面，
随即躲进周围的山冈。

---

① 1825年10月16日晚秋季节，普·亚·奥西波娃给普希金送来一束花，这首诗因此而成。

② 1811年十月十九日是皇村学校创办开学的日子。普希金是该校第一届毕业生。这一届毕业生后来年年同一天在彼得堡聚会庆祝，形成传统。普希金为校庆日写过一组诗。《十月十九日》是组诗中的第一首。

壁炉啊,燃烧在我空荡的斗室里,
而你,寒秋季节的良友,葡萄酒浆,
请把迷人的醉意注入我的心窝,
让我在瞬息中把辛酸苦辣遗忘。

我感到凄凉:没有一个友人在我身旁,
让我们一起用酒浇掉长别的忧伤,
没有人能让我由衷地握住他的手,
并祝愿他愉快的日子地久天长。
如今我孑然一身对着酒;我的想象
徒然召唤我周围的朋友们前来赏光;
我听不到熟悉的声音靠近,
我的心也不再期待好友来访。

今天,朋友们在涅瓦河畔
会提到我……而我现在,独自酌饮。
你们那儿聚餐的人是否很多?
还有谁,你们没有见到他来临?
谁,违背了我们的诱人的习惯?
冷酷的社会又使谁离开了你们?
谁没有来? 你们中间还缺少什么人?
同学们相互招呼时,听不到谁的声音?

他没有到,两眼闪着火光,怀抱着
悦耳的吉他,我们头发蓬松的歌手①:

---

① 指尼·亚·科尔萨科夫(1800—1820)。他是一位很有才华的业余作曲家。他为普希金的两首纪念校庆的诗配了曲。

他静静地长眠在美丽的意大利的
桃金娘树丛下,然而却没有一位朋友
拿起雕刻刀,用他本国的文字
刻几句话,在这个俄罗斯人的坟头。
好让北方的游子在异国流浪时,
有一天,能发现这惨淡的问候。

眷恋他国天空的不知安静的人①,
你现在可坐在自己的朋友中间?
或许你又穿行于炎热的热带,
或许子夜在海上横跨永恒的冰川?
幸福的路程啊!……你开玩笑似的
跨出学校的门槛,一步踏上轮船,
从那时起,你的行程就在海上,
啊,波涛与风暴的宠爱的儿男!

你一生浪迹天涯,却保留了
我们风流年华的最初的习惯:
在汹涌的波涛中你忘不了
皇村学校的吵闹,皇村学校的寻欢;
你远隔重洋却把手伸给我们,
你把我们夹在年轻的心间,
你一再重复:"也许是奥妙的命运
注定我们长期分离不得相见!"②

---

① 指马丘什金(1799—1872)。从皇村学校毕业后,他参加了海军,1820—1824年赴北冰洋探险,1825年进行环球航行。
② 引自同班同学杰尔维格为纪念毕业而写的告别诗。

我的朋友们,我们的缘分瑰丽无比!
它是永恒的,不可分割,像一颗心——
它坚不可摧,自由而又无所顾忌,
友好的缪斯的爱护,使它变成璞玉浑金。
无论命运会把我们抛向何方,
无论幸福把我们向何处指引,
我们——还是我们:整个世界都是异乡,
对我们来说,母国——只有皇村。

从这里到那里,处处遭受雷雨追击,
我周旋于严酷的命运的罗网,
太疲惫了,我把诗人抚爱的头颅
战战兢兢地扑向新的友谊的胸膛……
我带着自己忧虑而迷乱的哀求,
怀着青年时期轻信的期望,
我把温柔的心献给了别的朋友;
但是他们的冷遇让我更感悲伤。

如今,在这被人忘却的偏僻的角落,
只有旷野的风雪和寒冷回荡的地方,
我竟然享受到了甜蜜的慰藉:
推心置腹的友人中竟有三人来访,
我拥抱了他们。噢,普欣①,你第一个
到了我这个失宠的诗人的家园,
你给流放的凄凉岁月带来了温暖,

---

① 1825年1月,普欣是同学中第一个大胆地来到米哈伊洛夫斯克村看望失宠的普希金的人。

你把这一天变成了对皇村学校的纪念。

你,戈尔恰科夫①,天生的幸运儿,
你值得赞扬,福耳图那的冷光
没有能改变你自由的心;
对待荣誉、对待朋友,你和往日一样。
苛刻的命运为我们定下不同的道路;
一踏入生活,我们很快就分道扬镳:
可是当我们邂逅在农村小路上,
我们还是像兄弟一样紧紧拥抱。

当命运在我的身上发泄愤恨,
我像个无家的孤儿,众目中的路人,
在暴风雨中我垂下沉重的头颅,
等待你,缪斯的代言人②来临。
你来了,慵懒的充满灵感的儿子,
啊,我的杰尔维格:你的声音
唤醒了我心头酣睡多年的热忱,
于是我又振作精神,祝福命运。

我们胸中自幼燃烧着歌的火种,
我们享受过妙不可言的兴奋;
少年时代有两个缪斯向我们飞来,
她们的抚爱美化了我们的命运:

---

① 戈尔恰科夫 1825 年 9 月从国外回来时,路经普斯科夫省,在他亲属的庄园住了几天,当时普希金专程去那里看望过他。
② 指安·安·杰尔维格。1825 年 4 月,他来到米哈伊洛夫斯克村,看望流放中的普希金。

我那时已经喜欢听人鼓掌,
而你,骄傲的人,只为缪斯和心灵沉吟;
我任意挥霍自己的才华,如同挥霍生命,
而你,却不声不响地在培养自己的诗神。

效忠缪斯万不可无谓地空忙;
美的事物就应当显得壮丽辉煌;
然而,青春总是诡秘地给我们出主意,
我们自己也迷恋于热闹的幻想……
清醒过来吧——为时已晚!我们败兴地
回顾过去,看不到脚印留在地上。
维尔海姆①,同吟诗、同命运的好兄弟,
告诉我,难道我们当初不曾是这样?

是时候了,是时候了,这个世界不值得
我们再折磨自己;把迷误摆脱!
让我们躲进孤寂中去生活!
我等着你,迟迟不来的朋友——
来吧;请你用神奇的讲述之火
来活跃活跃我心中的传说;
让我们谈谈高加索的激烈的岁月,
谈谈荣誉,谈谈爱情,谈谈席勒。

我的时刻也到了……畅饮吧,朋友们!
我已经预感到愉快的会见;

---

① 指维·丘赫尔别凯。他最熟悉德国文学,最爱席勒的作品。因此,普希金这首诗中有"谈谈荣誉,谈谈爱情,谈谈席勒"之句。

请你们千万记住诗人的预言:
再过一年,我就会跟你们团圆。
我梦想的一切都会实现;
再过一年,我就会来到你们身边!
啊,那时会有多少眼泪,多少惊叹,
会有多少酒杯举向青天!

第一杯酒,朋友们,一定要斟满!
为了我们的结缘,把它喝干!
满心欢喜的缪斯啊,祝福吧,
祝福皇村学校,祝它茁壮发展!
祝福已故的和健在的各位师长,
是他们给了我们青春华年,
让我们怀着感激之情,一起举杯,
不念旧恶,共祝幸福平安。

斟酒,再满一些!心火在燃烧,
再干一杯,一滴也不要剩下!
为了谁呢?啊,朋友们,你们猜一猜……
为咱们的沙皇!对!为沙皇干杯,乌拉。
他也是人!他是舆论、怀疑
和情欲的奴隶,为瞬间所主宰;
他占领了巴黎,创办了皇村学校——
让我们宽恕他不义的迫害。

趁我们还活在人世,就开怀畅饮!
可惜,我们的人,越来越稀少,
有的人在远方无依无靠,有的人寿终正寝,

日月飞驰;我们在枯萎,命运注视着我们,
我们不知不觉地驼了背;寒气袭身,
我们一步步又走向自己的出发点……
我们中间谁到了晚年会是
纪念皇村学校校庆的最后一个人?

不幸的朋友啊! 在新的一代人中间,他
将是个多余的、陌生的、惹人讨厌的来宾,
他会想起当年团聚的日子想起我们,
他会用颤抖的手把双目遮掩……
即使他心情低沉,我们也祝愿他
伴随着酒杯,在慰藉中把这一天纪念,
如同今天的我,远离你们的失宠的伙伴,
在不知痛苦、不知忧虑中度过了这一天。

(乌兰汗译)

建议

请你相信:当期刊的虻虫和飞蚊
成群地在你周围乱飞乱叫,
不必多费口舌,不必争论,
不必抗议那无耻的唧唧和吵闹。
亲爱的朋友,无论是说情还是说理,
都不能使这伙顽固之辈服气。
发火会伤神——还是用俏皮的诗句
冷不防给他们个狠狠一击。 (乌兰汗译)

运动①

大胡子圣贤②说：运动不存在，
另一个③没吱声，在他面前徘徊。
没有比这更有力的反驳了，
大家为这绝妙的回答喝彩。
可是，诸位先生，这件趣闻，
倒让我想起了另一桩事例：
太阳每天在我们面前运行，
但，固执的伽利略就是有理。

（乌兰汗译）

夜莺与布谷鸟④

树林中，悠闲的黑夜里，
各类春天的歌手云集，
有的噜噜，有的唧唧，有的喁啾；

---

① 这首诗的前半部讲的是古代哲学史中两位希腊哲学家芝诺与安地善之争的逸事。
② 即埃利亚人芝诺（前5世纪），他诡称运动是不存在的，运动"只不过是对一系列状态所赋予的名称，因为每一个状态都是静的"。
③ 即昔尼克学派的创始人安地善（前435—前370），他对上述论点用直接感受的办法进行反驳。
④ 普希金在这首诗里嘲笑当时崇尚让人败兴的哀歌的习气。

可是糊涂的布谷鸟,
只会一个劲儿地咕咕叫,
又虚荣又啰唆不休,
它的回声也是如此单调。
老是咕咕叫,烦死我了!
恨不得躲开。上帝呀,让我们
摆脱只会咕咕的哀歌!

(乌兰汗译)

友谊

何谓友谊?酒后轻易的烈焰,
说人坏话的自由会谈,
闲来无事和虚荣心的交换,
或者就是遮羞的情面。

(查良铮译)

"为了怀念你,我把一切奉献"[①]

为了怀念你,我把一切奉献:
那充满灵性的竖琴的歌声,
那伤心已极的少女的泪泉,

[①] 这首诗也是献给伊·克·沃隆佐娃的。

还有我那嫉妒的心的颤动。
还有那明澈的情思之美,
还有那荣耀的光辉、流放的黑暗,
还有那复仇的念头和痛苦欲绝时
在心头翻起的汹涌的梦幻。

(乌兰汗译)

浮士德一幕①

(在海岸上。浮士德及靡非斯特)

浮士德

我厌腻,魔鬼。

靡非斯特

怎么办呢,浮士Z德?
这本来就是你们的疆域,
谁也不能够越出去一步。
所有理性的动物都要厌腻:
有的由于懒惰,有的由于事务;
无论是信徒,或失去信仰的;
也许是来不及娱乐感官,

---

① 这首诗是普希金的创作,并非歌德《浮士德》片段的译文。

也许在享乐上过于严谨,
任何人都活着,打着呵欠,
而坟墓,它正张口等着你们。
打你的呵欠吧。

浮士德

  多乏味的玩笑!
想个办法吧,无论如何
让我开开心。

靡非斯特

  你该知道
让自己满足于理性的解说。
记进小本吧:"餍足就是恬静。"
厌烦正好是心灵的休息。
我是心理学家呢……算了,学问!
告诉我,你几时不曾厌腻?
想一想,找找看:可是那时辰:
当你对着维吉尔垂头睡眠,
只有教鞭才搅动你的脑筋?
可是那时辰:你拿着玫瑰花冠
送给顺从的风月少女们,
并且在笑闹中,向她们呈献
你在深宵酒醉后的热情?

可是那时辰:你深深地沉湎
在伟大的心灵的幻梦里,
跌进了学识的幽暗的深渊?
但是那时,仿佛非常厌腻,
你才终于把我从火焰里
当一个小丑呼唤出来,
我扭动小小的精灵的躯体,
想尽各种方法使你愉快:
我带你去找女巫,去找妖精,
但这算什么?一切不值一提。
你要荣誉——就来了荣誉,
你要恋爱——就来了爱情。
你从人生尽可能取得了贡品,
可你幸福吗?

浮士德

　　　　住口吧,
不要再刺痛我秘密的溃伤。
深邃的学识里没有生活——
我诅咒学识的虚伪的光芒。
而荣誉……谁又能够把握
它偶然的光辉?世俗的光荣
也是毫无意义的,像梦……
但有一件事是无疑的快乐,
那就是:两颗心灵的结合。

靡非斯特

还有初次的会见,对不对?
但能不能告诉我,你记起谁?
可是玛格丽特?

浮士德

噢,美妙的梦!
噢,你纯洁的爱情的火焰!
那里,那里有浓阴,树木的喧声,
还有那潺潺悦耳的清泉——
是在那里,在她醉人的胸前,
我曾经让我疲惫的头安息,
我曾经幸福过……

靡非斯特

哦,我的天!
浮士德,你这是白日的梦呓!
你选择了对你有利的回忆,
欺骗自己。难道不是我
给你获得了美色的奇迹?
当午夜深沉,难道不是我
把她领来了和你一起?

那时刻,只有我独自一个
为我辛劳的果实感到欣喜,
你们俩所做的——我都记得。
当你的美人在兴奋和欢娱,
而你呢,不安的心灵却已沉没
在深思里(而你我都已证实:
深思就是——"厌腻"的种子)。
你是不是知道:我的哲人
你想着什么,在那个时辰
当一般人不会动脑子想?
要不要我说?

浮士德

说吧。怎么样?

靡非斯特

你在想:啊,我温柔的绵羊,
我多么渴望,多么需要你!
我多么巧妙地搅乱了
纯洁少女的心灵的梦!
无邪地,她把自己献给了
不自主的、无私的爱情……
但现在,为什么我的胸中
却充满可憎的忧郁和厌烦?

我沉湎于欢乐,却另一眼
望着我的情欲下的牺牲,
我有着无法克制的厌恶。
就好像一个没计算的蠢货
白白决定做一件坏事情,
他在树林里杀死一个穷人,
只好詈骂那褴褛的尸身。
同样地,对着出卖的美色,
荒淫的人匆匆把她饕餮过,
便畏缩地斜眼看一看……
而以后,从这所有的行动
你引申出来一个论断……

浮士德

滚开吧,你这地狱的畜生!
不要来冒犯我的眼睛!

靡非斯特

随你吧。不过,请吩咐给我
一个差事:你知道,我不敢
没有任务就离开你的处所——
我不能白白浪费了时间。

浮士德

那里发亮的是什么?告诉我。

靡非斯特

那是西班牙的三桅杆的船,
它正准备着开往荷兰。
里面有两只猴子,三百坏蛋,
很多巧克力,成桶的黄金,
还有你才得过的时髦的病。

浮士德

把一切沉没。

靡非斯特

遵命。
（无影无踪）

（查良铮译）

冬天的夜晚①

风暴肆虐,卷扬着雪花,
迷迷茫茫遮盖了天涯;
有时它像野兽在嗥叫,
有时又像婴儿咿咿呀呀。
有时它钻进破烂的屋顶,
弄得干草窸窸窣窣,
有时它又像是晚归的旅人,
来到我们窗前轻敲几下。

我们这衰败不堪的小屋,
凄凄惨惨,无光无亮,
你怎么啦,我的老奶娘呀,
为什么靠着窗户不声不响?
我的老伙伴呀,或许是
风暴的吼叫使你厌倦?
或者是你手中的纺锤
营营不休地催你入眠?

我们喝吧,我的好友,

---

① 普希金的奶娘阿林娜·罗季翁诺夫娜伴着流放的诗人在米哈伊洛夫斯克村度过了幽居的岁月。他在一封信中写道:"到了晚上,我就听我的奶娘讲故事……她是我唯一的伴侣,只有跟她在一起,我才不会感到寂寞。"

我可怜的少年时代的良伴,
含着辛酸喝吧,酒杯哪儿去了?
喝下去,心儿会感到甘甜。
请你给我唱支歌儿:
唱那山雀怎样生活在海外,
或是唱支少女的歌儿,
讲她如何朝朝汲水来。①

风暴肆虐,卷扬着雪花,
迷迷茫茫遮盖了天涯;
有时它像野兽在嗥叫,
有时又像婴儿咿咿呀呀。
我们喝吧,我的好友,
我可怜的少年时代的良伴,
含着辛酸喝吧,酒杯哪儿去了?
喝下去,心儿会感到甘甜。

(乌兰汗译)

"欲望之火在血液中燃烧"

欲望之火在血液中燃烧,
我的心儿被你摧残,
吻吻我吧,你的吻对于我
比起美酒还要香甜。

---

① 指《山雀在大海彼岸的日子并不阔绰》和《路上有个姑娘在汲水》这两首民歌。

俯下你那温柔的头颅，
让我无忧无虑地入寝，
欢快的白昼正在消逝，
夜的影子悠悠来临。

（乌兰汗译）

"我姐姐家的花园"①

我姐姐家的花园，
幽静僻远的花园；
那儿没有清澈的泉水
令人流连忘返。
我们的果实水灵多汁，
我们的果实金光闪烁；
我们的溪流条条明净，
潺潺地响着多么活泼。
甘松、芦荟还有月桂花儿②
到处是芳香四溢；
只要一阵寒风袭来，
就会滴滴落地。

（乌兰汗译）

---

① 这首诗发表时，题目是《仿作》。诗中洋溢着《圣经》中所罗门王的《雅歌》的情调。
② 三者都是发着香味的植物。

暴风雨

你可见过岩石上的姑娘,
身穿白衣,脚踏海浪,
当大海在茫茫烟雾中汹涌,
和它的海岸戏耍不停,
当闪电用红色的光柱
把姑娘的身影一次次照亮,
当海风狂吹、在浪尖飞舞,
把她那轻盈的衣裳卷扬?
风雨蒙蒙的大海无限壮丽,
不见蓝天的苍穹布满电光;
但请相信我:比海浪、比苍穹、比暴风雨
更壮丽的是站在岩石上的姑娘。

(乌兰汗译)

"我爱你们那莫名的朦胧"

我爱你们那莫名的朦胧,
还有你们神秘的精英,
噢,你们,奇妙的诗歌
这样美好崇高的幻影!
诗人,你们使我们相信,

成群的轻盈的幽灵
从森冷的勒忒河岸边
朝阳世的岸边飞涌,
它们悄悄地去探访
那些愈益变得可爱的地方,
让那些被抛弃的友人之心
在梦境中得到安详;
享有永生之幸的幽灵们
在极乐世界等候着友人,
犹如一个设宴的亲密家庭
盼望姗姗来迟的贵宾……

    然而,这也许全是空虚的幻影,
也许,我会裹一身寿衣,
把尘世的感情统统抛弃,
阳世将使我感到陌生;
也许,在一切都显得是美景
和不朽的光荣的天堂,
在纯洁的炽热的感情
吞没生活的缺陷的地方,
我的心灵里不会留有
人生的瞬间的印象,
我将不会感到遗憾,
我将忘却爱情的忧伤?……

(王守仁译)

小说家与诗人

你忙什么,小说家?
随便给我一个思想:
我把它的尾巴削尖,
再给它插上韵律的翅膀,
把它架上紧绷的弓弦,
再把顺从的弓背拉长,
然后我随便把它射出,
准保让我们的仇敌悲伤!

(乌兰汗译)

"虽然在命名日写几行诗……"①

虽然在命名日写几行诗
给娜塔丽娅、卡捷琳娜
或索菲娅,也许已经过时,
但我,一直膜拜在您脚下,
为了表示忠诚的心田,
还是要以诗向您呈献。
可是,我不禁把自己咒骂,

---

① 这首诗是写给安娜·武尔弗的。"安娜"这名字在犹太语中意为"天赐的福泽"。

当我知道了,为什么
您的命名是"天赐的福泽"!
不,不对,照我的意见,
您的话语,您郁悒的顾盼,
和您那秀足(让我大胆说)——
一切都是过分的可爱:
不能叫福泽,简直是灾害。

(查良铮译)

"你怎么了,告诉我,小兄弟?"

你怎么了,告诉我,小兄弟?
你苍白得像个渎神的人,
头发都乱蓬蓬地耸起!
可是你和一个妙龄女郎
在篱墙的后面被人捉双,
于是你被看成了贼,
那看守人紧追着你不放?
也许是你白日见了鬼,
也许是为了深重的罪,
狂暴的灵感在把你折磨,
你竟然要写一首诗歌?

(查良铮译)

译自葡萄牙文[①]

黄昏的星刚刚升起,
玫瑰花开得灿烂。
往常啊,在这种时候
我们就出来相见。

她经常露出半个身影
在门口,或者在窗前,
比初现的星星还晶莹,
比早晨的玫瑰还鲜艳。

在那绒毛的卧榻上,
姑娘以困倦的手
揉着多情的眼睛,
好把夜晚的梦驱走。

只要我看见她,
就像有清晨的风
在我周身轻轻地吹,
我也就飘游空中。

---

① 原诗名《回忆》,作者是安托尼·冈沙加(1749—1808),巴西诗人。普希金将该诗的起头改写,并将中段缩短。本诗实际译自法文。

在村中的一群羊里，
我认得我恋人的小羊，
那小绵羊是如此可爱——
我常常带它去到水旁。

把它带到河边的树荫，
也带到绿色的草原；
我给它饮水，爱抚它，
把花朵撒在它的面前。

我的姑娘会悄悄地
从远处朝我走近，
我见到美丽的人儿
就要弹奏起吉他琴；

"姑娘啊，我的欢欣，
世上有谁比她更娇丽！
啊，有谁敢在月光下
来和我的幸福相比？

"我呀，不羡慕皇帝，
也不羡慕神仙，只要能
一生看着她的黑辫子，
她的细腰和多情的眼睛。"

往常，我就这样歌唱，
我的恋人以整个的心
聆听着我的歌曲；

但幸福很快就消隐。

唉,我的美人在哪儿?
我如今独自哭泣——
哀声和无望的泪
已将柔情的歌代替。

(查良铮译)

贞女①
(第一歌的开端)

我并非为赞美圣贤而生,
我纤弱的歌喉冲不上九霄高空;
可是我现在不能不让你们听到
有关圣女贞德的奇迹般的生平。
是她拯救了法兰西的荣誉。
是她用少女稚嫩的手臂击溃了
越海入侵的罪凶。
她浑身闪烁着阳刚之美,
她是一位巾帼英雄。
我承认——傍晚时我更喜欢
情意绵绵的少女,
她像草原上的羔羊那样温顺;
可是贞德的心宛如雄狮一般豪迈,
排除艰辛,战胜阴霾,

---

① 这首诗近似伏尔泰《奥尔良少女》一诗的开头部分。

她比群英更加可爱,
最奇妙最不易的是她能够
终年保持住贞女的风采。

  啊,你呀,颂扬这位贞女的歌者①,
你满头白发,你语调嘎哑,
你头脑糊涂,你趣味低下,
想当年不知你把多少温柔缪斯的肺气炸,
你呀,软弱无能的歌者,
也许想用自己的琴声来将我漫夸,
可是我不愿意。亲爱的朋友,不如把它
交给某位时髦的蹩脚诗家。

(乌兰汗译)

"我们害怕与你为邻"

我们害怕与你为邻,
也许这样显得亲近,——
我这么说并非没有原因,
若想证实也不费心。
你的家,礼貌的交谈
一半夹杂着……戏谑,
让我们一下子想到

---

① 指长诗《贞女传》的作者法国诗人夏普兰(1595—1674)。他的《贞女传》,低劣雕琢,遭到法国古典主义文艺理论家布瓦洛(1636—1711)的辛辣嘲讽。

真正的《可怕的邻居》①。

(乌兰汗译)

"我们的友人菲塔……"②

我们的友人菲塔,是身穿带穗肩章的库捷伊金③,
絮絮叨叨给我们吟诵烦琐冗长的圣歌:
诗人菲塔呀,你可别自命不凡!
小执事菲塔呀,你是诗人中间多余的一个!

(乌兰汗译)

"当绚烂夺目的玫瑰……"④

当绚烂夺目的玫瑰在宾客的前额上,
在戴莉的美丽的胸部,结束了它的生命,

---

① 《可怕的邻居》,普希金叔叔瓦西里·利沃维奇·普希金所作的长诗篇名。
② 这首讽刺短诗是针对诗人、评论家费·尼·格林卡(1786—1880)而写的。格林卡当时在杂志上发表了不少转述圣歌内容的四行体诗。关于普希金与格林卡的关系,参见《给费·尼·格林卡》一诗(1822)。
菲塔是费多尔第一个字母的古写法。此处喻示费多尔·格林卡。
③ 库捷伊金是俄国作家冯维辛(1744—1792)的喜剧《纨绔子弟》中的一个人物。他说话时满嘴斯拉夫古语。格林卡曾在近卫军中任上校,故称他为"身穿带穗肩章"的库捷伊金。
④ 这是用法文写的诗稿。

它突然从出生所在的花梗上脱落,
如同一声轻微的叹息就香消玉殒,
在爱丽舍①河岸,它芬芳的亡灵
将要使忘川死气沉沉的岸边得到安慰。

(金志平译)

"玫瑰刚刚凋谢"

玫瑰刚刚凋谢,
芳香缕缕犹存;
飞向极乐世界,
翩翩轻盈花魂。

催人忘怀一切,
滚滚波涛沉闷;
花影馥郁一片,
忘川两岸芳芬。

(乌兰汗译)

---

① 爱丽舍,希腊神话中冥府里的地名。

关于浮士德的诗的构思的提纲①

一

"告诉我,念哪些条咒文
对你灵验?"
——条条都好:只要招呼一声,
我马上就会赶到您的面前。
单凭一个愿望就够了——
我是个机灵的奴才,
您像土耳其人那样,把手一拍,
口哨一吹,小铃一敲,
转眼的工夫我就会赶来。
有什么办法呢——我任人差拨,
我活着,带着永恒的枷锁。
我像个可怜的保姆,跟在你的身后
——听您差遣,看您脸色。

二

——这是柯契特河,这是阿刻戎河,②

---

① 这是普希金一部未完成的诗剧的片段,描写浮士德博士在冥府的情景。
② 柯契特河、阿刻戎河,都是希腊神话中冥府的河名。

这是燃烧的弗列吉顿河①。
浮士德博士啊,大胆些,
到了那里我们会更快乐。——
——桥在哪儿?——骑在我的尾巴上。
要桥干什么。

———

——谁来了?——士兵。
——这是干什么?——阅兵。
——这位是冥府的军士,
这位是阴曹的将领。

———

——什么东西在黑暗中燃烧?
什么东西在大锅里煮沸?
——哈哈哈,浮士德,
你瞧——是鱼汤,
你看——是沙皇。
啊,煮吧,煮吧!

三

——难道这是在驱逐人间的儿童?
何其规整,何其寂静!
一排排何其庞大的拱顶,
可是什么地方在煮罪孽众生?

---

① 弗列吉顿河,希腊神话中冥府的河名。

处处都无声。——在那边,在更远的地方。
——我们现在在何处?——这儿是中堂大厅。

———————

——今天去拜访了撒旦——
我们被邀请去参加命名庆典——
瞧,这两个小鬼多么用心地
把小猪煎了又煎,
可是这个大鬼呀,——好气派,
看他多么傲慢地把锯末,把硫黄,
把尘土,把骨头,扫出门外。
——告诉我,客人们可会很快到来?

———————

——王牌是什么?——红桃。——该我出。
——我打。——不能再等一下?
——我要了。——周围都在骗人。
——喂,死神!你真的在弄虚作假。
——别出声!你又嫩又傻,
你无法把我捉拿。
再说,我们不是在赌钱,
是在把永恒的时光打发!

———————

谁在那儿?——诸位,你们好啊!
——有何贵干来此地,劳您大驾?
——我带来一位客人。——啊,发明家!……
——这是浮士德博士,我们的朋友——

——他是活人！——他活着,早已跟我们相好——
今天也好,明天也好,——都一样。
——对这事可有不同的想法;
习惯的做法是
需要我的同意,
不过,没有关系。
您晓得,我随时准备
为友人效劳……
我出王后……——压住它！——我出爱司……
——且慢,我出王牌。——喏,走吧……

（乌兰汗译）

"我见过你那金色的春天"

我见过你那金色的春天,
那时智慧已多余,艺术可收敛,
十七岁本身就是美的概念。
光阴荏苒,变化万千,
你接近了可疑的年龄,
庭院里求婚者如今寥若晨星,
赞美声日渐低弱地传入你耳朵,
可是明镜却放肆地对你威胁恐吓。
怎么办……只有安心,只好负气,
尽早地拒绝恋者往日的权力,
另外寻找胜利——成功在你面前展现,
我对你的幸福衷心祝愿,

............至于我的经验,
只有这醒世明理的诗篇。

(乌兰汗译)

"姐姐,为了亲情……"

姐姐,为了亲情,为了温柔的友谊,
我把你赞扬,不是当着面而是背着你。

   为 H. H. 太太写的一种变体①

为了表示尊敬,为了爱情,为了友好的温柔心肠,
我的朋友,我前前后后都不断地把你赞扬。

(乌兰汗译)

"月光皎洁……"②

月光皎洁,海水静静沉睡,
加沙纳阔绰花园里万物不喧。
树木暗处,大理石上是谁
偎依着淙淙的喷泉?

---

① 这句话是用法文写的。
② 这是普希金构思的一篇描写东方故事的诗稿片段。

是看守闺房的白发老汉——阿拉伯太监,
与他为伴的是一位翩翩少年。

"米兹鲁尔①,你无法对我
隐瞒心中的忧伤。
你絮絮的怨言,你冥冥的目光,
你满是火气的幻想,——把一切
都已表露得尽细尽详。
我知道——你的日子清苦难熬。
然而你的悲戚由何而生?"
"我的孩子,听我老汉慢慢叙讲。"

(乌兰汗译)

"为皮鞭与抽条说情者"②

为皮鞭与抽条说情者,
啊,大名鼎鼎的各位公爵,
我的妻、我的儿女和我一样,
都对你们表示由衷的感谢。
当案情需要处理时,——
把我唤去接受新的判决,
我将为你们祈祷上苍,

---

① 米兹鲁尔,《一千零一夜》中一名宫廷太监的名字。
② 普希金被流放到米哈伊洛夫斯克村时,曾企图从那里逃走。他的朋友——普列特尼奥夫、维亚泽姆斯基、茹科夫斯基得知后,便设法阻止他对该计划的实施。普希金这首诗稿以讽刺的口吻感谢他的朋友们,使他没有在沙皇政治警察手中遭到可能发生的拷打。

我永远不会忘却,
……我承受的第一鞭子
正是祝愿你们健康和光荣的奏捷。

(乌兰汗译)

"俄罗斯语言罹了病"

俄罗斯语言罹了病,
躺在床上,狂乱叫嚷,
胡思乱想,信口雌黄,
其实都怪冷酷的卡切诺夫斯基——
这个酷评家利用月刊文章,
硬是让它着了凉。

(乌兰汗译)

"天上忧郁的月亮"

天上忧郁的月亮,
逢迎欢悦的朝霞,
一个燃烧,一个冰凉。
朝霞像新娘容光焕发,
月亮却是个苍老的模样,
这多像你我相逢,埃尔温娜。

(乌兰汗译)

摘自致维亚泽姆斯基函

你是讽刺作家,你是爱情诗人,
你是亚司马提①,你是亚里斯提卜②,
你不是安娜·利沃夫娜③的侄子,
她是我的已故的姑母。
你这位作家——温柔、细腻、尖刻,
我的姑父也不是你的姑父,
不过,亲爱的,我们的缪斯是两姐妹,
说到底,你还是我的兄弟,沾亲带故。

(乌兰汗译)

摘自致维亚泽姆斯基函④

在乡间,过着斋戒的生活,
我的肠胃空得疲弱了,

---

① 亚司马提,《圣经》中的恶魔,维亚泽姆斯基在"阿尔扎马斯社"时期的绰号。
② 亚里斯提卜(约前5世纪后半期—前4世纪初),北非昔勒尼的古希腊哲学家,苏格拉底的弟子,伦理学中享乐主义的倡导者之一。
③ 安娜·利沃夫娜·普希金娜(1769—1824),普希金的姑母。
④ 维亚泽姆斯基在他致普希金的信中有如下三行歪诗:
　　你赫沃斯托夫的模仿者,
　　贪婪地追求着他的美色:
　　就是我的、他的、你的大粪!

我飞不起来,像鹰般坐着,
为泻腹后的悠闲而苦恼。

　　但我却节省了一大卷纸,
不再为灵感的紧张所扰;
我很少散步到巴纳斯,
除非感到大便的需要。

　　可是,你那奇妙的大粪
却熏得我的鼻子很开心,
它使我想到赫沃斯托夫——
那有牙的鸽子①的父亲,
它又激起了我的精神
想再像往日泻一个舒服。

(查良铮译)

"沙皇皱起眉头"

　　沙皇皱起眉头,
张开御口说道:
"昨天一场暴雨,
把彼得纪念碑刮倒。"
"在下不知!……可有此事?"
那个人吓坏了。

---

① 赫沃斯托夫曾写过一首诗《鸽子用牙咬着纽结》,被传为笑柄。

"老兄,今天是四月一日!"
沙皇捧腹大笑。

他对宫女们
痛心地说:
"海外吊死人
…………
我晓得这种情景,"
他突然说了一句,
"吊死人勒住脖颈,
可见法律残酷无情。"

(乌兰汗译)

"我自愿摆脱了连篇的废话"[①]

我自愿摆脱了连篇的废话,
我不认为文字齐全一定有益;
相信我吧,朋友,为了心情舒畅,
齐全——有时显得少,少——一个字足矣。

(乌兰汗译)

[①] 早在1819年普希金将自己的一批手稿"输"给了"绿灯社"的创始人尼·伏·伏谢沃洛什斯基(1799—1862)。1825年他又将这批手稿"赎"了回来。上面这四行诗是普希金写在手稿的页边上的。

译自伏尔泰[①]

日渐短,夜渐长,
从此开始寂寞的时光,
太阳无精打采地高悬空中,
把收割后的庄稼地观望。
冬天的夜晚能干什么?
各位尊敬的朋友,
趁饭菜还没有端上,
是否愿意听一听关于
生活在达高别尔特时代的
善良的罗伯特的情况?

————

他从罗马回家,
随身携带的钱款甚少。
这位骑士相当不错,
虽然年轻,但有头脑。

————

那时候钱……

---

① 这是译自伏尔泰《女人喜欢什么》中的一些片段。

为了让他今后不敢再干荒唐勾当——
抓住人就绞死,
抓住人就开膛。

(乌兰汗译)

"在哪一个星座下"

在哪一个星座下,
在哪一颗星辰下,
你,少年,出生?
是近的水星,
是远的土星,
还是火星,爱星?

———

少年出生在
无名的星辰下,
星辰正在坠落,
它在天空的宁静中
只有瞬间的闪烁。

(乌兰汗译)

致安娜·武尔弗[①]

唉!我何苦把自己的情爱
献给那位傲慢的姑娘!
我们的生命,我们的血液
都感化不了她那铁石的心肠。
我只好咽下满腹的泪水,
任悲哀撕裂我的胸膛。
……………………
……………………

(乌兰汗译)

断 章

* * *

可爱的孩子,愿你尽兴地游戏,
追随飞舞的蝴蝶翱翔,
希望你逗趣地把它捉在手里,
在那长着荆棘的……玫瑰花上。

[①] 据安·彼·凯恩证实,这首诗是写在安娜·武尔弗的纪念册上的。诗的最后两行,普希金用了删节号,但口头传诵的这两行诗十分不雅。

然后再放它飞向自由的天地。
不过,跟沉睡的毒蛇,
我劝你千万不要嬉闹……
它的命运值得……
时刻准备着……
用灵巧的手把它捕捉。

* * *

你们嘲笑我被一个活泼的姑娘——
擦地板的女工——迷住了心窍。

* * *

在别人家的前厅,他礼貌周全,
在自己家中,他枯燥、烦人,而且傲慢。

* * *

夜啊,告诉我,为什么你那静静的黑暗
让我倍感心欢……

给丘赫尔别凯

但愿你那位大慈大悲的保护神
能让你在风暴里静谧中安然生存

* * *

何其博大,
何其深远!
不,看在上帝分上,
……………………

* * *

受迫害那天,我躲在隐蔽的山洞,
拜读沁人心脾的《古兰经》,
突然间安慰人的天使飞入,
给我送来护身法宝一柄。

它有一股神奇的力量
……………………………
一只无名的手在上面
刻了神圣的语句。

(乌兰汗译)

1826

魏荒弩 乌兰汗 等译

致巴拉丁斯基

你那篇故事中的每首诗,如同
金币般铮铮作响,熠熠闪光,
你笔下的芬兰女娃①啊,
胜过拜伦的可爱的希腊姑娘
至于瞎批乱评你的评论家②——
他才真正是芬兰傻瓜。

(乌兰汗译)

致吉娜③

我说,吉娜,我劝您:尽情嬉戏,
用可爱的玫瑰花为您自己

---

① 芬兰女娃,巴拉丁斯基的长诗《埃达》中的人物。
② 瞎批乱评的"评论家"指布尔加林,他指责长诗《埃达》写得"拖泥带水,软弱无力",说其中的诗"也不见得高明"。
③ 这是普希金写在普·亚·奥西波娃初婚生女儿叶·尼·武尔弗(家里人称"吉娜")纪念册上的诗,诗人生前未发表。

编上一顶辉煌漂亮的花冠,
以后不要在我们当中大唱起
古老的情歌,把人心儿搅乱。

(魏荒弩译)

译自阿里奥斯托[①]

《ORLANDO FURIOSO》
CANTO XXIII

Ott 100

武士面前河水白花花,
河水晶莹像透明玻璃。
大自然用可爱的鲜花
将多阴的河堤岸装饰
并在水边把树木种下。

101

牧场蒸发着中午暑热,
病弱牧人睡在畜群旁,
英雄也不堪甲胄重荷,
诱人的是溪水的清凉,

[①] 阿里奥斯托(1474—1533),意大利诗人。普希金翻译的是他的代表作《疯狂的罗兰》(《ORLANDO FURIOSO》)的片段。原诗共四十六首歌,四千八百余行。普希金翻译时,并未遵守原诗的八行诗格式,而是自由予以编排。小标题《CANTO XXIII》为《XXIII歌》,《Ott 100》为《第 100 八行诗格》。

他想,在这里能歇一歇。
可是,这里,找到的去处,
却很不幸,残酷而可怖。

102

他在漫步时竟然发现,
树干上到处碰到题词。
而在这众多题词中间,
惊奇地看见熟悉笔迹;
心里禁不住一阵惊异,
他认出心爱人的手笔……
确实如此,暑热正当午
梅多罗陪同卡泰公主
从牧师小屋到这里来,
朋友自己有时也会来。

103

罗兰读着他们的名字,
这些名字用简笔相连;
这些字母像钉子一般
穿进了英雄的心脏里。
竭力让理智麻痹自己,
他就不得不自欺自骗,
虽然相信,却又不情愿,
他尽全力增强想象力,
说野树林里的简笔字,

可能,全都是别人手笔,
而不是安杰丽嘉的字。

104

但,很快,你这位勇士说:
"然而,树上字迹这么多,
我又都很熟悉……我设想,
梅多罗只是她的臆想。
很可能,利用这一称号
公主正好是对我赞颂。"
神话与真理这样颠倒,
他寻思,会有助于命运。

105

但是他越是使用花招,
以便平息自己的痛苦,
那么心中恶毒的疑虑
也越加频繁出现,燃烧;
自由之友,你像网中鸟,
你越挣扎,你越使大劲,
你就在网中裹得越紧。
罗兰走向山窟窿小道,
那里山势向溪水下倾。

106

悬挂在阴凉洞口的是,
菟丝子,弯曲而且抖动。
梅多罗,安杰丽嘉一起
在这里,在濒水的山洞,
炎热天,休憩时,相爱恋,
喘息在相互怀抱里面,
左近周围,他俩的名字
留在了树木和石头上;
幸运者用炭,刀或粉笔
到处都把名字刻画上。

107

悲哀的伯爵步行前去,
走在阴暗洞穴的上面
观看题词——为颂扬欢愉
梅多罗利用那些时间
借她娇嫩的手刻画诗;
诗文用的是阿拉伯语,
这灵感来自柔情蜜意,
下面是诗意准确转述:

108

"鲜花,草原,活泼的溪流,

幸福的山洞,清凉阴影,
情爱,欢愉,慵懒,好一同
与安杰丽嘉栖身此处,
同卡拉弗隆俊俏娇女,
同多少人都爱的——能够
享受那丘比特的欢愉。
可怜人,用什么奖赏您?
如此经常受您的护卫,
我只有一样可报答您——
恭顺的请求,对您赞美。"

109

"我祈求做情人的诸君,
诸位夫人,武士,凡可能
来到这方土地上的人,
无论是本乡人,过路人,
你们偶然随命运而来,——
祈求你们向上苍呼吁
为水域、草原、阴影赐福,
暗中受山泽女神厚爱,
让牧人从不侵扰它们,
从不赶来贪食的畜群。"

110

伯爵像懂拉丁语那样,
懂阿拉伯语。不止一次

他都从恶作剧中解围,
如今不免受灾害创伤。

111

两次,三次,五次和六次
他都想再读一遍题词;
不幸的人徒然地想要
说,存在的,如今已丧失。
他看得明白,真理昭昭,
于是,不可忍受的痛苦,
仿佛是一只冰冷的手,
可怕地握紧他的心包,
他终于以冷静的双目,
正视自己蒙受的耻辱。

112

无声的痛苦中,他准备
丧失知觉并弃绝人寰。
啊,相信我,不会有苦难
可以与这种苦难相比。
将自己胡须抵在胸前,
脸死一样白,低垂额头,
可怜的武士,竟不能够
流出一滴泪,号啕呼喊。

(李海译)

"在自己祖国的蓝天下……"[①]

(抄自"爱情篇")

在自己祖国的蓝天下
  她已经憔悴,已经枯萎……
终于凋谢了,也许正有一个
  年轻的幽灵在我头上旋飞;
但我们却有个难以逾越的界限。
  我徒然地激发起自己的情感:
从冷漠的唇边传出了她死的信息,
  我也冷漠地听了就完。
这就是我用火热的心爱过的人,
  我爱得那么热烈,那么深沉,
那么温柔,又那么心头郁郁难平,
  那么疯狂,又那么苦痛!
痛苦在哪儿,爱情在哪儿?在我的心里,
  为那个可怜的轻信的灵魂,
为那些一去不返的岁月的甜蜜记忆,
  我既没有流泪,也没有受责备。

(魏荒弩译)

[①] 1823年普希金在敖德萨时认识了一位富裕的意大利美人阿玛利亚·里兹尼奇,并爱上了她。这首诗是得悉她在意大利死于肺结核的消息以后所作。诗的手稿标题为"1826年7月29日"(写作日期)。

致维亚泽姆斯基①

（抄自"友情篇"）

难道是海洋，这古老的
凶犯，点燃了你的才气？
你以自己金色的竖琴
歌颂可怕的尼普顿三叉戟。

别歌颂它。在我们这丑恶的世纪，
白发的海神已结盟于大地。
在一切的大自然的领域中，人——
只是暴君、囚徒或叛逆。

（魏荒弩译）

致雅济科夫②

雅济科夫，是谁给了你启示
写出那首大胆的寄呈？
你多么淘气，又多么可亲，
有多么丰富的感情和力量，

---

① 维亚泽姆斯基曾以自己的诗《海》寄呈普希金，后者于1826年8月14日写了这首诗赠答。当时诗人风闻，远在英国的尼·伊·屠格涅夫，因事涉十二月党人一案被缺席判处死刑，并由海上押回彼得堡，移交俄国政府。诗人有所感而作此诗。
② 雅济科夫曾写《啊，你的友谊对我更珍贵》一诗致普希金，这首诗就是对他的赠答。

你又是多么地年轻豪横!
不,你不是以卡斯达里泉水
将自己的嘉米娜养育成人;
珀伽索斯在你的面前
踢开的是另一个希波克林。
这灵泉流出的不是冷水,
而是醉人的烈酒泡沫腾涌;
它多令人陶醉,多令人兴奋,
多像在我们时代,在三山村
那为自由的渴望所发明、
掺有朗姆酒和葡萄酒的高贵饮料①
(不掺杂一点无用的水分)。

(魏荒弩译)

斯金卡·拉辛②之歌

一

一只头儿尖尖的小舟,
在浩渺的伏尔加河上浮现,

---

① 三山村中,有一种精制的酒,为酒、糖、果汁、牛乳混合而成。
② 斯金卡·拉辛,即斯捷潘·拉辛,17世纪俄国农民革命的领袖,顿河的哥萨克。普希金早就对拉辛的人品感兴趣,在被流放米哈伊洛夫斯克初期曾请求弟弟把有关拉辛的书籍给他寄来。他称拉辛是"俄国史上唯一富有诗意的人物"。这首诗是根据民间传说和历史记载写成。普希金曾将它送给沙皇尼古拉审查,沙皇的回答是:"尽管有诗艺的优点,但就其内容看却不宜印出。而且,拉辛和普加乔夫同是被教会诅咒的人。"

船上是一些大胆的水手,——
一些年轻的哥萨克好汉。
船尾坐着他们的首领,
斯金卡·拉辛显得很威严。
那被他们俘虏的波斯公主,
一个美丽的姑娘坐在前面,
他对这位公主看也不看,
可怕的斯金卡·拉辛,一心
只望着伏尔加母亲,并说:
"你好啊,伏尔加,亲爱的母亲!
从蒙昧无知,你把我哺育成人,
漫漫长夜,你轻轻地摇我入睡,
你忍受着狂暴的雨打风吹,
你担心我骁勇,总是日夜警惕,
你给了我的哥萨克不少好处,
我们却还没有给你什么赠礼。"
说着,可怕的斯金卡·拉辛
跳起来,立刻把波斯公主托起,
把美丽的姑娘扔进了波涛,
把她呈献给伏尔加母亲。

二

斯金卡·拉辛
到阿斯特拉罕
来贩卖商品。
将军看见他,
便来勒索礼品。

斯金卡·拉辛捧献
窸窣响的锦缎,
窸窣响的锦缎——
金灿灿的锦缎。
然后这将军又来
向他要皮袄。
贵重的皮袄:
前襟么要新,
一件要海狸,
一件要黑貂。
斯金卡·拉辛
没有给他皮袄。

"斯金卡·拉辛,
快扒下你的皮袄!
给我,就谢谢你;
要么,把你吊起,
吊在野地里,
吊上绿色的橡树,
再给你披上狗皮。"
斯金卡·拉辛
思量了一阵,
"好吧,官长,
把皮袄拿去,
把皮袄拿去,
不要再吵嚷。"

三

不是人在喧嚷,不是马蹄在奔腾,
也不是从原野响起的喇叭声,
那是暴风雨在呼啸,在吼叫。
呼啸着,吼叫着,一阵响似一阵。
它是在叫我,叫我斯金卡·拉辛,
到蓝色的大海上去散散心:
"勇敢的好汉,你剽悍的强盗,
剽悍的强盗,你狂饮的莽汉,
快坐上你那轻捷的飞船,
快张开你那亚麻的风帆,
快在蓝色的大海上奔跑,
我要给你划来三只大船:
第一只船上是上等的黄金,
第二只船上是纯净的白银,
第三只船上是如花的美眷。"

(魏荒弩译)

承认[①]

我爱你,——哪怕我要疯狂,
哪怕是白费力气,羞愧难当,

---

① 这首诗是为普·亚·奥西波娃的前夫之女阿林娜而写。

但如今站在你的脚边,
我得承认这不幸的荒唐!
我们并不般配,年龄也不相称……
是时候了,我该变得更聪明!
但我从各个方面的征兆,
看出我心里爱情的病症:
没有你,我心烦——我打哈欠,
有了你,我忧郁——忍在心间;
我想要说,可又没有勇气,
我的天使啊,我多么爱你!
当我听到客厅里你那轻轻的
脚步声,或你的衣裙的窸窣声,
或你那处女的纯朴的声息,
我立刻就丧失了全部理性。
你一露出微笑——我便高兴;
你刚一转过脸——我就惆怅;
为了一天的折磨,你苍白的
小手,就是对我的奖赏。
当你漫不经心地弯着身
坐在绣架旁殷勤地刺绣,
你披下了鬈发,低垂着眼睛,——
我沉默而动情,充满了温柔,
像孩子般欣赏着你的神情!……
当有的时候在阴霾天气
你打算到远处去走走,
我可要对你诉说我的不幸,
倾吐我的嫉妒的哀愁?
还有你在孤独时的眼泪,

还有两人在角落里的谈心,
还有那到奥波奇卡①的旅行,
还有在黄昏时演奏的钢琴?……
阿林娜!请可怜可怜我吧。
我不敢乞求你的爱情。
也许,为了我的那些罪过
你的爱情我不配受领!
但请假装一下吧!你这一瞥
能够微妙地吐露出一切!
唉,骗我一下并不难!……
我多么高兴受你的欺骗!

(魏荒弩译)

先知②

忍受着精神上的熬煎,
我缓缓地走在阴暗的荒原,——
这时在一个十字路口,
六翼天使出现在我的面前。
他用轻得像梦似的手指
在我的眼珠上点了一点,

---

① 奥波奇卡,县城名。米哈伊洛夫斯克村和三山村就在奥波奇卡县境内。
② 这首诗是普希金在十二月党人五人被处死、许多人被流放西伯利亚的影响下写成。它的基础是《圣经》中先知的形象——真理的传播者、对沙皇政权的罪恶和无法无天的无情的揭露者;某些主题采自古犹太先知中最热烈、最富有灵感但遭惨死的以赛亚的书(《以赛亚书》第六章)。

于是像受了惊的苍鹰,
我张开了先知的眼睛。
他又轻摸了一下我的耳朵,——
它立刻充满了声响和轰鸣:
我听到了天宇的颤抖,
天使们翩然在高空飞翔,
海底的蛟龙在水下潜行,
幽谷中的藤蔓在簌簌地生长。
他俯身贴近我的嘴巴,
一下拔掉我罪恶的舌头,
叫我再也不能空谈和欺诈,
然后他用血淋淋的右手,
伸进我屏息不动的口腔,
给我安上智慧之蛇的芯子。
他又用利剑剖开我的胸膛,
挖出了我那颤抖的心脏,
然后把一块熊熊燃烧的赤炭
填入我已经打开的胸腔。
我像一具死尸躺在荒原,
上帝的声音向着我召唤:
"起来吧,先知,你听,你看,
按照我的意志去行事吧,
把海洋和大地统统走遍,
用我的语言把人心点燃。"

(魏荒弩译)

给叶·亚·蒂玛舍娃①

我看到你,我读到它们:
这些都是迷人的诗章;
这诗里有你郁悒的幻梦,
它在膜拜自己的理想。
我吸饮毒鸩,从你的顾盼,
从你的流露性灵的玉容,
也从你的可爱的言谈,
还有你那火热的诗情。
啊,与"绝世的玫瑰"②相匹敌,
祝福你的永远的憧憬……
百倍幸福的是:谁引动你
不多的诗,很多的散文③。

(查良铮译)

---

① 叶·亚·蒂玛舍娃(1798—1881),是社交界中美貌的女诗人,普希金 1826—1827 年在莫斯科时常访问她。这首诗写在她的纪念册里,显然是诗人读过她的诗以后写出的。
② "绝世的玫瑰",是蒂玛舍娃的一个侄女(叶·彼·洛巴诺娃-罗斯托夫斯卡娅)的绰号,她以美貌著称。
③ 蒂玛舍娃与丈夫离异分居,此处"散文"语意双关,有情欲之意。

致普欣①

我的第一个朋友,我的最珍贵的朋友!
我赞颂过命运,
就是当我孤寂的庭园
盖满了凄凉的白雪时,
响起了你马车的铃声。

我祈求神圣的上苍,
愿我的声音能带给你的心灵
以同样的慰藉,
愿它曾用皇村学校时代那些明丽日子的光辉
照耀着你流刑的牢房!

(戈宝权译)

---

① 当普希金被幽禁在米哈伊洛夫斯克村时,普欣曾于 1825 年的 1 月 11 日专程去访问他,前几行诗就讲这次相会。当年 12 月 14 日彼得堡发生了十二月党人的起义,事败,普欣被捕,翌年 7 月由最高法院判处二十年的苦役流放到西伯利亚去。后来普希金在 1826 年 12 月 13 日,也就是在十二月党人起义一周年的前夕写成这首诗,托十二月党人尼吉塔·穆拉维约夫的妻子,把这首短诗连同《致西伯利亚的囚徒》一诗,带到西伯利亚去。普欣于 1828 年正月间在赤塔接到这首诗,他后来这样回忆道:"当我抵达赤塔的那一天,亚历山德拉·格里戈里耶夫娜·穆拉维约娃招呼我到栅栏旁边去,把一张小纸头交给我……普希金的声音在我的心里引起了安慰的回声!……亚历山德拉·格里戈里耶夫娜又急速地从栅栏那边向我说道,她是在离开彼得堡的前夜,才从自己的一位朋友那里接到这张纸头的,她一直把它保留着,等到和我见面,她非常高兴,就是终于能够完成诗人的嘱托。"

斯坦司①

殷切期待着光荣和仁慈,
我总是无畏地注视着前方:
彼得的光荣岁月的开始
被叛乱和酷刑搅得暗淡无光②。

但是他以真理打动了人心,
他以学术醇化了风习,
在他看来,狂暴的射手,
则不同于多尔戈鲁基③。

他用独断专行的手
勇敢地播撒着文明,
但他并不蔑视自己的祖国:
他深知它那注定的使命。

时而是院士,时而是英雄,

---

① 普希金把这首诗看作是自己进步政治见解的宣告,并想以此规劝尼古拉一世。最后一句,表现了请求赦回十二月党人的愿望。但普希金的友人则把这首诗看成是诗人对以前的信念的背叛和对沙皇的阿谀。因此,诗人后来又写了《给朋友们》(1828)一诗进行辩解。
② 指特种常备军的叛变和彼得对它的残酷镇压。
③ 多尔戈鲁基(1639—1720),彼得一世的重臣,以耿直、廉洁和对沙皇大胆直言著称。比如,有一次在枢密院,他认为彼得签署的命令有欠公正,竟当场撕毁,而彼得却宽恕了他。多尔戈鲁基曾一再受到十二月党人的歌颂。

时而是航海家,时而是木工,
他以一颗包罗万象的心
永远充当皇位上的劳工。

请以宗室的近似而自豪吧,
请在各方面都像祖先那样:
像他那样勤奋而又坚定,
也像他,能给人以善良的印象。

(魏荒弩译)

答 Ф. Т. ＊＊＊[①]

不,她[②]不是切尔克斯姑娘;
但从来就没有这样的少女
从阴森的卡兹别克高峰上
来到这格鲁吉亚的谷地。

不,她眼里不是玛瑙闪动,
但是倾东方所有的宝贝
也抵不上她南国的眼睛
发出的令人愉快的光辉。

(魏荒弩译)

---

① "Ф. Т."究竟为谁,不能确定。一说为费·杜曼斯基。
② 指索菲亚·费奥多罗夫娜·普希金娜(1806—1862),诗人的远亲,诗人从流放地回到莫斯科,曾向她求过婚。

冬天的道路

透过烟波翻滚的迷雾,
月亮露出了自己的面庞,
它忧郁地将自己的光华,
照在忧郁的林间空地上。

一辆轻捷的三套马车
在寂寥的冬天的道路上飞奔,
听起来实在令人厌倦,
那叮当响着的单调铃声。

从车夫的悠长的歌声里
能听出某种亲切的情绪:
一会儿像是豪放的欢乐,
一会儿像是焦心的忧虑……

不见灯火和黝黑的茅舍,
只有一片莽原和冰雪……
只有一个个带着花纹的
里程标,在前面把我迎接……

寂寞,忧郁……尼娜①,明天。
我将回到心爱的人儿身边,
坐在壁炉前我将忘怀一切,
对着你,怎么看也不觉厌倦。

时针滴答响着完成了
自己节奏匀整的一圈,
午夜打发走那些讨厌的人,
可并不能把我们拆散。

愁人啊,尼娜;我的旅程太寂寞,
我的车夫瞌睡了,不再响动,
只有铃声在单调地响着,
月亮的脸被遮得一片朦胧。

(魏荒弩译)

在犹太人家的破屋里②

一个犹太人家破屋的角落里,
一盏长明灯光线惨淡,

---

① 这里讲到尼娜,显然含有和索·费·普希金娜结婚的意思。他在从米哈伊洛夫斯克村去莫斯科时和她匆匆地见了一面。然而诗人并没有成功,他的求婚被拒绝了。

② 这是普希金构思的一部作品的开头部分,没有完成。作品涉及"永恒的犹太人"问题,同时反映了普希金在沙皇尼古拉反动时期的沉重心情。普希金谈到这篇作品时,说过这样的话:"一家犹太人的破屋里,婴儿夭折。大家正在痛哭时,有人对母亲说道:'不要哭了,死并不可怕,可怕的是生。我是一个云游四方的犹太人……'"

一个老汉在灯前诵读《圣经》，
白发直垂《圣经》的书面。
一个犹太少妇哽咽哭泣，
守着一张空空的摇篮。
另一个角落里，低头
坐着一个犹太青年，
愁思悠悠无限。
在这满屋悲伤的室内，
一个老妪在烧饭。
老汉合上了圣书，
他把书的铜锁扣得紧严。
老妪把可怜的饭菜
摆在桌子上面，
招呼全家，可是
谁也不想吃饭。
时间默默流逝过去。
夜深万物进入梦境。
唯独这个犹太人家，
感受不到香甜美梦。
市镇钟楼敲响
午夜到来的钟声。
突然有人咚咚敲门
全家为之一惊。
犹太青年站起身来
疑惑地打开了门扉——
一个陌生的云游教徒
手持长旅拐杖走进屋中。

（乌兰汗译）

致 * *①

你就是圣母,毫无疑问,
但却不是以自己的美色
来狐媚神圣灵魂的人,
人人都为你的美所迷惑;
你却不是不让丈夫过问、
就擅自生下基督的女人②。
尘世上还有另一个上帝——
美女对他都百依百顺,
他是帕尔尼、提布卢斯、莫尔③的神,
他使我苦恼,也给我欢欣。
他完全像你——我的圣母,
你,这阿摩尔的母亲!

(魏荒弩译)

---

① 这首诗是致拜伦所拥戴的英国诗人托马斯·莫尔(1478—1535)的。
② 指基督教的圣母马利亚,据说耶稣是她的私生子。
③ 帕尔尼、提布卢斯和莫尔都是写爱情诗的诗人。

摘自致韦利科波利斯基函[①]

我又该和你算一笔账了,
又欢愉、又忧伤的爱情歌者;
你在竖琴上弹得很巧妙,
你在牌戏上却玩得够笨拙。
关于这,你输的那五百卢布
已经是一个十足的证人。
我和你本来同一个命途,
现在,朋友,你明白了这原因。

(查良铮译)

"只要双唇娓娓动听地把你提及"

只要双唇娓娓动听地把你提及,
他的智慧闪射出来的活跃火花
在瞬息之间就会
神奇地导入你的心里。

---

① 韦利科波利斯基(1797—1868),是普希金在普斯科夫熟识的人,偶尔也写诗。在这八行诗后,普希金对他写道:"这五百卢布请别交给我,而是交给加甫利·彼得罗维奇·纳西莫夫。"韦利科波利斯基对这封信感到不快,曾写了书信诗反讥。

诗人重新制造的晶体啊,
请你装饰我平静的角落,
你是温柔情谊的保障,
你保证能写好神圣诗歌。

你身上蕴藏着万能的热力。
....

(乌兰汗译)

"祝这对美满的青年家庭"①

祝这对美满的青年家庭,
祝你们万事如意,——
不过,你们的幸福有些奇异,
你们对此从不提及。

对于我的理智来说,
这是何等新奇,又是何等糊涂,
管他呢! 随你们的便吧,
反正我一字也不会吐露。

我也好,我心上人玛莎也好,

---

① 据苏联专家考证,这几段可能是普希金为某一轻歌剧写的歌词。

都认为这一天大吉大利；
至于我们的幸福生活，
我们永远不会多说一句。

站住——我马上能猜透
你心中的悲郁。
我明白，我明白！——
千万不要胡言乱语。

我们最重视你们的话，
还有严厉的审判。
可是只有你们关于我们的幸福
一字也没有谈！

————

他跟我是同年生，他那么可爱，
我一向把他看成是自己的兄长，
他爱我，如同哥哥爱小妹。
请您告诉我，我有什么不对。

————

不，玛莎，你没有什么不对。

————

这个婚礼办不成。

（乌兰汗译）

给奶娘①

我严峻的岁月中的女伴,
我的年迈了的亲人!
你一个人独自在松林的深处
长久地、长久地等待着我。
你坐在自己房间的窗口悲叹着,
像一个哨兵守在岗位上,
而拿在你满是皱纹的手里的编针
每分钟都因为悬念而迟疑。
你凝视着那早就被遗忘了的大门
和那黑暗而遥远的路程:
哀愁,预感,忧虑
一阵一阵地紧压着你的胸膛——
于是你觉得……

(戈宝权译)

---

① 在普希金的一生中,他的奶娘阿林娜·罗季翁诺夫娜是位相当重要的人物,普希金的童年和1824—1826年在米哈伊洛夫斯克村两年禁居的生活,都是和她一同消磨掉的。普希金在《冬天的夜晚》等诗中都提起过她。

这首未完的诗,大约是普希金从米哈伊洛夫斯克村回到莫斯科之后,在1827年1月至7月间写的。普希金本来应允了他的奶娘,说这年夏天要回到米哈伊洛夫斯克村过夏,因此这位奶娘就焦渴地期待着他。奶娘是不识字的,她曾在这年3月6日,用口述的方法请奥西波娃的女儿代笔写了一封信给普希金:"你永远不断地存在我的心头和记忆中,只有当我睡着的时候,我才忘记你和你待我的恩爱。你答应夏天到我们这儿来,这使我很高兴。来吧,我的天使,到我们米哈伊洛夫斯克村来吧——我要把所有的马都派到大路上去迎接你。"普希金这年夏天在米哈伊洛夫斯克村住了两个半月,10月才离开当地。此后不久,他的奶娘也到彼得堡去,住在普希金的姐姐奥莉加·谢尔盖耶夫娜,即帕夫利谢夫夫人家里,1828年底在她家去世。

函索波列夫斯基摘录①

到特维尔时,你可以
在哈良尼或科隆尼餐馆②
要帕尔玛干酪拌的
通心粉,还要份炖煎蛋。

在托尔什克,有空闲时
别忘了到波查尔斯基
点它一份油煎肉饼(要肉饼),
吃完以后轻快地离去。

当乡下佬把笨重的马车
向着亚日里比茨拖行,
我的朋友啊,你一定会
瞪直了贪婪的小眼睛。

人们向你兜售蛙鱼了!
你立刻叫人把它清炖上,
你看着,等鱼刚一发青,
就把白葡萄酒倒进鱼汤。

---

① 索波列夫斯基(1803—1870)是普希金弟弟的同学。本诗写出诗人自莫斯科旅行到诺夫哥罗德一路上用餐的情况。
② 都是意大利人开的餐馆。

为了使鱼汤称心可口，
可以趁它煮得沸腾，
撒下一小撮胡椒粉，
再放进一小截大葱。

亚日里比茨是瓦尔达后的第一站。在瓦尔达
问问：有没有新鲜的青鱼？如果没有，

可以找和气的农妇
（瓦尔达以此而著称）
喝杯茶，买些面包圈，
然后快快上车赶路程。

我建议每到一站就往车外扔空瓶子；这样你
在无聊中就有事可做了。

(查良铮译)

断 章

起来吧，起来，俄罗斯的先知，
披上袈裟，甘心丢丑，
颈上套着绳索，去吧，
去见可憎可恶的刽子手。

* * *

其实我也能够像侍从丑角……

  * * *

为了显示晨装的多样……

  * * *

当我们的心灵冰冷的时候……

（乌兰汗译）

1820—1826

乌兰汗 译

"我在海滨神树林沉睡的地方"

我在海滨神树林①沉睡的地方,
连连呼唤你的芳名;
我常常在那儿独自漫步,
眺望远方……期待与心上人相逢。

(乌兰汗译)

记赫沃斯托夫伯爵译的悲剧一书②
(书内刊有科洛索娃的剧照)

命运为诗人与美人
做了如此的处置:
读诗就不能看剧照,
看剧照就难以读诗。

(乌兰汗译)

---

① 普希金把橄榄树林称为"神树林"。
② 诗人德·伊·赫沃斯托夫翻译了法国作家拉辛的剧本《安德罗玛克》。1821年第5版译本上附有女演员亚·米·科洛索娃饰格尔米昂的剧照。

“您处处不走运”[1]

您处处不走运，
与幸福没有缘：
标致但不逢时，
聪明却无处展。

（乌兰汗译）

“啊，烈火熊熊的讽刺的诗神”

啊，烈火熊熊的讽刺的诗神！
听到我的呼唤，请你降临！
请赐我一根尤维纳利斯[2]的皮鞭，
我不需要铮铮锹锹的竖琴！
不是对冷酷无情的模仿者，
不是对腹中无物的翻译员，
不是对默然从命的押韵家，
我的讽刺诗针对各种弊端！
祝你们安然无恙，不幸的诗人！

① 这首短诗是献给安娜·尼古拉耶夫娜·武尔弗的。她一生不幸，而“安娜”一词在古犹太文中有“美满”、“幸福”的意思。

② 尤维纳利斯，又译朱文纳尔（约60—约140），古罗马讽刺诗人，被誉为“辛辣讽刺作品”的经典作家。

祝你们安然无恙,报刊的帮凶,
祝你们安然无恙,温顺的蠢人!
而你们,卑鄙下流的哥儿们,——
请出来!我要用耻辱的刑法
来折磨你们这群恶棍!
倘若我把某位仁兄忘记,
请求你们提醒我,先生们!
啊,多少苍白无耻的面孔,
啊,多少顽固不化的脑门,
都在等待我给他们盖上
永远磨灭不掉的印痕!

(乌兰汗译)

讥亚历山大一世[①]

我们的沙皇是位了不起的大官,
他接受的是鼓点声中的教育:
在奥斯特利茨城下他逃之夭夭,

[①] 这是一首讽刺沙皇亚历山大一世的诗。1805年亚历山大亲自指挥俄国军队与法国军队作战。在奥斯特利茨城下,俄军被拿破仑指挥的法军打得一败涂地。

亚历山大非常重视"线式战术"。这种战术通过连续不断极其野蛮的严格训练,把士兵们变成没有灵魂的自动步枪。在训练中,士兵稍有过失就会受到最残酷的刑罚。

1815年拿破仑军队被击溃,亚历山大成为神圣同盟的首领之一。这时他不再过问国内大事,把精力几乎全部集中在镇压欧洲诸国的革命运动上。当时奥地利极其反动的大臣梅特涅施展权术,使俄国政策受他左右。

普希金这首讽刺诗就是针对亚历山大这种行径而作。沙皇被诗人讽喻为外事部门的一名八等文官。

一八一二年，他又吓得浑身战栗。
不过，他却是线式战术的教授！
最后这种战术也使这位英雄玩腻——
如今，他在外事部门充当了
一位小小的八等官吏！

（乌兰汗译）

"巴拉丁斯基在幻想什么"[①]

巴拉丁斯基在幻想什么，
普列特尼奥夫在思考什么？

（乌兰汗译）

[①] 这两句诗是帕·弗·安涅科夫提供的。他附带作了一个说明："尼·费·谢尔比纳记得有一次列夫·普希金在桌前为他背诵了一首诗，讥笑两位非常可爱的人 C.佩列和尚别尔滕，还有一篇致朋友的诗，其中就有这么两句……"

1827

卢永 戈宝权 等译

"在西伯利亚矿山的深处"①

在西伯利亚矿山的深处,
保持住你们高傲的耐心,
你们的思想的崇高的意图
和痛苦的劳役不会消泯。

不幸的忠贞的姐妹——希望,
在昏暗潮湿的矿坑下面,
会唤醒你们的刚毅和欢颜,
一定会来到的,那渴盼的时光。

爱情和友谊一定会穿过
阴暗的闸门找到你们,

---

① 写这首诗的直接动力就是许多十二月党人的妻子,其中包括诗人特别喜欢的马·尼·沃尔康斯卡娅,要出发去西伯利亚和她们的丈夫一起服苦役的英雄行为。当时他想托沃尔康斯卡娅把这首诗信带去。但当后者临出发的时候,他的诗还没有写成,因此,也像给普欣的诗信一样,是后来托1827年1月初出发的亚·格·穆拉维约娃带去的。诗人亚·伊·奥多耶夫斯基曾以十二月党人的名义向普希金写了酬答诗。这两首诗当时以手抄本的形式广为传诵。奥多耶夫斯基诗句"星星之火可以燃成熊熊烈焰"中的"星星之火"被列宁用为第一份布尔什维克报纸的报名(《火花报》)。列宁关于十二月党人的名言"他们的事业没有消亡",即与普希金这首诗有关。

就像我的自由的声音
来到你们服苦役的黑窝。

沉重的枷锁定会被打断,
监牢会崩塌——在监狱入口,
自由会欢快地和你们握手,
弟兄们将交给你们刀剑。

(卢永译)

夜莺与玫瑰[①]

在庭园的寂静中,春夜的阴暗里,
一只东方的夜莺站在玫瑰上歌唱。
但是可爱的玫瑰既无感觉,也没有倾听,
只在慕恋的颂歌中摇摆着身子和微睡入梦乡。
你不就是这样为了无情的美人儿在歌唱?
想一想吧,哦,诗人,你追求的是什么?
她既没有倾听,也没有感觉到你这位诗人;
你瞧,她在开花;但对你的招呼——却毫无回音。

(戈宝权译)

---

① 这首诗是模仿东方诗歌中"夜莺与玫瑰"的传统题材而写成的。

讽刺短诗①

（摘自一本诗集）

弓在响，看，箭正中，
皮同②倒毙了，像团云朵；
胜利的光在你脸上闪动，
你这古物博物馆的阿波罗！
有谁能出面为皮方辩护，
是谁杀死了你的偶像？
你呀，你这阿波罗的对手，
古物博物馆的米特罗方。

（卢永译）

"有一枝珍奇的玫瑰"

有一枝珍奇的玫瑰
在惊异的竖琴之前，
受着维纳斯的祝福，

---

① 这首诗用来反对一位拙劣诗人（这里用他和冯维辛《纨绔子弟》里的人物——别利维杰尔斯基·米特罗方作对比），也就是后来变成了教会问题作家的安·尼·穆拉维约夫(1806—1874)。他很喜欢和吉·沃尔康斯卡娅沙龙里的有名的阿波罗·别利维杰尔斯基雕像的复制品比高低，坐在台座上写他的十分恶劣的歪诗。

② 古希腊神话里的龙，为阿波罗所杀。

开得又嫣红,又鲜艳。
尽管冰霜的寒气吹拂,
琴和诗情都已凋残,
只有那枝不谢的玫瑰
独傲于瞬息的玫瑰间⋯⋯

(查良铮译)

给叶·尼·乌沙科娃①

古时候常常这样,一旦
出现一个精灵,或称鬼精,
这样一句普通的格言
就能把撒旦赶出家门:
"阿门,阿门,该死的!"而在我们的时代
魔鬼和鬼精,恐怕已经很少很少,
它们究竟藏在哪儿,只有上帝知道,
但你呀,我狠心的或善良的天才②,
当我如此亲近地看见
你的侧影、你的眼睛、你金色的鬈发,
当你的声音就响在我的耳边,
还有你的又活泼又生动的谈话——
我简直入迷了,我全身似火,

---

① 这首诗是作者在叶·尼·乌沙科娃(1809—1872)十八岁时(1827 年 4 月 3 日)写在她的纪念册上的。普希金和她在 1826 年末贵族会议的舞会上认识,此后他就成了乌沙科夫家的常客了。

② 此处"天才"即"精灵"之意,或直译为"精灵"。

我在你的面前不住地颤动,
对着一颗充满梦想的心灵:
"阿门,阿门,该死的!"——我说。

(卢永译)

给吉·亚·沃尔康斯卡娅公爵夫人①

在人们漫不经心的莫斯科,
在威斯特和波斯顿②的胡扯里,
面对舞会上流言蜚语的嚼舌,
你竟偏爱那阿波罗的游戏。
你呵,缪斯和美的女皇③,
你以你的温情的手执掌
魔术一般的灵感的权杖,
而在若有所思的额头之上,
晃动着荣获的**双重桂冠**,
一个天才在盘旋,在炽燃。
不要把你的谦恭的贡品——
被你俘虏的歌手推向一旁,
请带着微笑听听我的声音,

---

① 普希金写成这首诗后,连同他刚出版的长诗《茨冈人》一起,送给了吉·亚·沃尔康斯卡娅(1792—1862)公爵夫人。
② 两种纸牌游戏的名称。
③ 吉·亚·沃尔康斯卡娅公爵夫人不仅是莫斯科最著名的沙龙的主人,而且还是具有多方面才能的诗和歌的爱好者,所以普希金称之为"缪斯和美的女皇",获有"双重桂冠"的人。

就像卡塔拉尼那次来访,
那么关注游牧的茨冈女郎①。

(卢永译)

给叶·尼·乌沙科娃②

虽然距离您很远很远,
我还是不能和您分离,
慵倦的嘴唇,慵倦的双眼,
还将是我的痛苦的回忆;
无论孤寂中怎样悲伤,
我也不希求别人的宽慰,——
如果我有一天被吊在刑场,
您呢,会不会为我叹一口气?

(卢永译)

三注清泉

在平静、凄凉和一望无边的草原上,

---

① 卡塔拉尼,意大利歌手,19世纪20年代在俄国享有盛名。当他在莫斯科听到一位茨冈女郎斯杰西的演唱时,十分动情,赠给她一条披巾。

② 这首诗写于1827年5月普希金去彼得堡前夕。结尾部分虽带有戏谑的意味,也反映了诗人对十二月党人被处死的经常的回忆和对由于他的《安德烈·谢尼耶》一诗所引起的自身政治情况急骤变坏的痛苦的思考。

神秘地涌流着三注清泉:
一注是急速而狂烈的青春之泉,
它闪着银光,发出喧响,在沸腾和奔流;
一注是诗歌之泉①,它用灵感的波涛
饮了那些在平静的草原上的放逐者;
最后一注清泉——就是冰凉的忘怀之泉,
它比一切都能更甜蜜地滋润心头的焦渴。

(戈宝权译)

阿里翁②

我们很多人都在独木舟上;
有些人跑过去拉起风帆,
有些人友好地摇橹开船,
有力的橹将我们引进大洋。
聪明的舵手寂静中俯身把舵,
无言地操纵着沉重的独木舟;
而我——憧憬着未来毫无隐忧——
为航海家歌唱……突然旋风怒吼,
一个来袭,掀起滔天大波……
死去了,我们的航海家和舵手!——

---

① 诗歌之泉,原文为卡斯塔利亚水泉,据古希腊神话传说,帕纳塞斯山是诗神阿波罗的住所,诗泉即在当地。
② 阿里翁,古希腊诗人和音乐家(前7世纪—前6世纪)。传说他在海上遇难,被一只被他的歌声迷住了的海豚搭救。普希金以此来暗喻他和十二月党人运动的关系以及他对爱好自由的理想的坚定信念。诗写成于十二月党人就义一周年后第三天。

只有我,我这个神秘的歌手,
被风暴和海浪推到了海岸,
我仍然唱着昔日的颂歌,
同时把我的湿透了的衣着
借着阳光放在岩石上晒干。

(卢永译)

给莫尔德维诺夫①

在冷凄的晚年,叶卡捷琳娜
最后一只苍鹰在抑郁地退隐,
翅膀沉重了,他忘记了天空
  和品都斯的陡峭的高峰。②

这时你站起来:你的光给他温暖,
他向天振起双翅,并抬起了眼睛。
他带着喧腾的喜悦,跳跃着,高高飞起
  去迎接你给他带来的黎明。

莫尔德维诺夫,彼得罗夫③不曾白白地爱你,

---

① 莫尔德维诺夫伯爵(1754—1845),叶卡捷琳娜和亚历山大两朝的重臣,主张立宪政体。十二月党人很推崇他,拟定在革命成功后,委之以临时政府的要职。他在国务会议上经常大胆地表示自己对财政问题的意见。普希金在 1824 年说他"包括尽了一切反对派的意见"。
② 这一节是讲老诗人瓦·彼·彼得罗夫的。
③ 彼得罗夫(1736—1799),俄国诗人,曾在 1796 年写过一首献给莫尔德维诺夫的颂诗。

在科齐特河①岸上他都以你为荣誉:
你证实了他的颂诗,你永远不会背叛
　　诗的先知对你的希冀。

你多么忠实地实现了他的预言!
你闪耀着学识的渊博、英勇和光荣,
在议会里,你坚守着自己的主见,
　　再世的多尔戈鲁基②啊,你岿然不动。

像从高山掉进了泡沫四溅的激流中,
你,皓首的峭壁耸峙着,两岸枉自颤动,
雷声徒然轰鸣,浪花在四周翻滚,
　　又是盘旋纠缠,又是飞溅喧腾。

你孤身一人肩负着重大的责任,
你警醒地守护着沙皇的库金,
寡妇可怜的分文,西伯利亚矿坑的贡品,
　　这一切你都视为同样神圣。

(魏荒弩译)

天 使

温柔的天使在天堂门口

---

① 科齐特河,神话中冥府河流之一。即"哭泣"河。
② 多尔戈鲁基,即瓦西里·鲁基奇·多尔戈鲁基公爵(1670—1739),曾任俄国最高枢密院议员,因主张削弱专制权力而被处死。

低低地垂下头,十分耀眼,
而阴暗的和反叛的恶魔
这时候正飞临地狱的深渊。

否定的精灵,怀疑的精灵,
抬头观望着纯洁的精灵,
它第一次模模糊糊弄懂
感动的无法抑止的热情。

"请原谅,"他说,"我看见了你,
你并非徒然地向我辉耀:
我并非憎恨天上的一切,
并非世上一切我都不屑一瞧。"

(卢永译)

"什么样的夜呵……"①

什么样的夜呵,天寒地冻,
天上没有一片云影;
蓝色的天穹像块缝织的幕,
星斗满天,百般姿色。
家家户户,一片模糊,
门全拉上闩,上了金锁。
到处人们都已经入梦;

---

① 这是一首未完成的关于伊凡雷帝时代的诗。

嚷叫声静息了,没有了叫卖声;
只有院落的守卫者不肯安眠,
叫着,响着脖子上的铁链。

　　整个的莫斯科都已入睡,
忘却了恐慌带来的不安。
广场站在夜晚的黑暗里,
昨天行刑的景象清晰可见。
到处是新的苦难的痕迹:
这里是一具被砍断的尸首,
那里是柱石,铁叉;大锅几口,
满锅的树脂已经结冻;
这儿又是被遗弃的断头台;
钢铁的利齿依旧坚挺,
夹着骨头的灰堆正在腐败,
吊在那儿的死人还在抽动,
但已冻得僵直,黑影憧憧……
不久前,血还从八方四面
像一股股细流把雪地遍染,
一声微弱的呻吟还听得见,
但死亡的触角像梦一样伸出,
一下子就抓住了它的猎物。
谁在那儿?谁的马以最大速度
沿着可怕的广场向前奔突?
谁的尖嗓子,谁的雷鸣般的话声
透过漆黑的夜清晰可闻?
这是谁?一个大胆的苦恼的人。
他像飞一样去奔赴约会,

一个愿望在他胸中鼎沸,
他说道:"我的勇敢的马,
箭一样飞吧!我的忠实的马!
快,快!……"但这匹英俊的马
突然抖了一下编成的马鬃,
停下来。黑夜里,几根立柱当中,
在一根横木上一具尸体
在摇晃。骑者神情严峻,
正准备从尸体下面穿过去,
但是快马却迎着皮鞭跳动,
不住地打响鼻,掉头向后跑去。
"向哪儿跑?我的强悍的马!
什么事?什么使你如此害怕?
不正是我们昨天在这里急奔,
不正是我们猛烈地前进,
燃烧着急切的复仇的心愿,
要让那些大胆的叛徒就范?
你的宝钢制成的四蹄,
难道不是曾用他们的血冲洗!
如今你竟然看见他们不认识?
我的快马啊,我的剽悍的马,
快跑吧,飞奔!……"疲倦的马
一跃…………跨过了柱石。
………………………

(卢永译)

给基普连斯基①

反复无常的时髦的宠儿,
你,虽不是英国人,法国人,
你却重新创造了,亲爱的魔法师,
创造了我这个真正缪斯的门人,——
我一向嘲笑坟墓,我永世
和致命的枷锁没有缘分。

我看自己和照镜子无异,
但这面镜子却会把我奉承。
它向我宣布,我不会贬低
庄重的阿俄尼亚的偏心。
因此,我的肖像将来定会
在罗马、德累斯顿、巴黎闻名。

(卢永译)

---

① 普希金 1827 年住在彼得堡的时候,他的一幅很有名的肖像就是这位著名的肖像画家奥·阿·基普连斯基(1782—1836)画的。画家曾打算把这幅画带到准备在西欧举行的画展上去展出。

给叶·尼·卡拉姆津娜的颂歌[①]

船夫终于到达了大陆,
由于天意从风暴中逃生,
他为此谨向神圣的皇后
恭敬地献上自己的贡品。
我也想这样情满心头,
把我朴素、凋萎的花冠敬奉,
献给你,在透明的寂静的天国
高高地高高地辉耀着的明灯,
献给你,为了我们这一伙
虔诚的人亲切照耀的星。

(卢永译)

诗人[②]

当阿波罗还没有要求诗人
去从事一种崇高的牺牲,
他毫不经心地一头栽进
纷乱的人世的日常杂务中;

[①] 此诗写在历史学家的女儿叶·尼·卡拉姆津娜的纪念册上。
[②] 这首诗写于米哈伊洛夫斯克村,普希金于1827年7月末由彼得堡来到这里。

他的神圣的竖琴默默无言;
心灵体味着一种冰冷的梦,
在凡俗世界的孩子们中间
他也许比谁都不值得垂青。

  但是只有上天的语声
和诗人敏感的听觉相碰,
他的心灵才会猛地一惊,
就像一只被惊醒的鹰。
他在人世的欢愉中受苦,
世间的各种流言和他无缘,
他不让自己骄傲的头颅
倒向人世的偶像的脚前;
他跑开了,粗野而威严,
充满叫喊和反叛的声音,
跑向无边的波浪的海岸,
跑进涛声滚动的橄树林……

(卢永译)

"在黄金的威尼斯统治着的地方附近"①

在黄金的威尼斯统治着的地方附近,
一位夜间的船夫正驾着小游艇

---

① 这首诗是法国诗人安德烈·谢尼耶的一首诗《"在岸边那儿,威尼斯——大海的女皇……"》的俄译。

在金星的光照下,沿着岸边荡漾,
一边把里那德、高弗莱多、艾米尼亚①歌唱。
他爱自己的歌,他歌唱只为了游兴,
没有更多的向往,他既不希求光荣,
也不介意恐怖和希望,与沉静的缪斯为伍,
他能在波涛的深渊之上求得旅途幸福。
生命攸关的海上,风暴正滥施淫威,
在孤寂的黑暗里,将我的帆篷猛追,
在那儿我也像他一样,尽自快活地歌唱,
我喜欢把我的神秘莫测的诗意构想。

(卢永译)

译自阿尔菲耶里②

怀疑、恐怖、罪恶的希望,
我已无力在我的心中保存;
我是腓力的不忠实的夫人,
他的儿子我也敢于去爱!……
不过又怎能看着他而不爱他?
炽热、善良、骄傲、高贵的性格,
高深的智慧,美丽的心灵
美丽的外表……为什么大自然

---

① 三人都是意大利诗人塔索《解放了的耶路撒冷》的主人公。
② 这首诗是意大利剧作家阿尔菲耶里(1749—1803)的悲剧《腓力》(1776)第一场第一景易莎贝拉开场独白的翻译。悲剧《腓力》描写西班牙国王腓力二世对王子唐·卡洛斯和他的恋人的谋害,揭露了国王的冷酷与暴戾。

和苍天把你造成这般模样?……
我说什么?嗨!那么我还来得及
从我的心底把可爱的形象铲除?
呵,他会不会对我起了疑心,
怀疑起我的情焰!在他的面前,
我总是那样悲伤;但是我避免
和他会面;他知道,在西班牙
欢乐已被禁止。又有谁能够
猜透我的心思?嗨,连我自己
都不能;他,也会像别人一样
迷惑不解,像回避别人一样
他也会回避我……嗨,我多么可怜!
在痛苦中我没有什么别的安慰,
除了眼泪,而眼泪——又是罪过。
我要回自己的家:在那儿我会舒畅……
我看见了什么?查理!——我们走吧。
语言,目光——什么都靠不住:我们走吧。

(卢永译)

给杰尔维格的信[①]

请收下这副颅骨,杰尔维格,
它完全应该归属于你。

---

① 普希金将这首诗和杰尔普特(爱沙尼亚塔尔图城的旧名)的一位"学生"——阿·尼·武尔弗——送给他的一副颅骨一起交给了杰尔维格。

我要让你知道,男爵,
知道它的哥特式的荣誉。

  这副大个的颅骨不止一次
因为巴克斯的热气而变暖;
立陶宛的刀剑曾在不祥的时机
在它上面敲打,响声不断;
阿波罗的无所不至的光线
也不曾把这副颅骨照穿;
总之一句话,这副颅骨
保存了男爵,杰尔维格男爵
很有分量的脑子。男爵
自然是一位出众的猎户,
骑者,酒杯的真正的同道,
诸侯和他们的妻子的风暴。
严峻的世纪就是如此,
朋友,你的死脑筋的祖先
也许曾为武士的心苦思,
当他就在自己的眼前
看见你战衣不披在身
你的头颅用桃金娘装点,
戴着眼镜,手拿金色的竖琴。

  在教会的书笈里他很早
就被当成了已死去的人,
在里加和自己的祖先们一道
享受着永不苏醒的沉梦。
这位男爵在凄凉的寺院里

毕竟也还满意他的命运,
以及牧师在葬仪上的恭维、
刻在封建的墓碑上的徽纹
和那上面不太高明的碑记。
但是在我们不安宁的世纪,
故去的人也得不到安宁。
毛发蓬松的自然之骄子,
又是数学家,又是诗人,
不多言的、自命不凡的好事者,
法学家,生理学家,外科医生,
思想家和研究语言的学者,
长话短说——一位公认的学生,
牙缝里咬着管弯弯的烟斗,
披斗篷,蓄胡子,木棍在手,
来到了里加。他傲慢不逊,
住下等饭店,把啤酒痛饮,
团团烟云在眼前盘旋;
他在海岸边来来去去地走,
梦想着绿蒂,或者满怀忧愁
写诗,或者把犹太人追赶。
这学生就住在饭馆楼梯边
一间黑暗的小屋里,孤孤独独;
那儿,就像反射镜和画幅,
短斗篷、男式无檐帽、长剑
横排成一列,挂在墙上,
一本纪念册显得污脏。
费希特和柏拉图的原著,
还有两本东方的辞书,

满爬着蜘蛛网躲在一角,
在地板上乱成一堆睡大觉,——
这是学者各种劳作的对象,
也是饥饿的老鼠的向往。
我们知道:大的思想家
不追求空虚的堂皇富丽;
一边嘲笑愚蠢的世俗浮华,
一边在杂物房吹口哨,逍遥无比。
智者预言:适度,稳健,
是一切崇高的心灵的标记。
但是,这个学生总算
注意到了,在自己的生活里
还有重大的不足:一件实物
他不可缺少……这就是头骨,
哲学家喜欢的一种东西,
心灵和眼睛也会对它着迷,
万般钟情,却无法表达;
但是到哪儿才能找到它?
有这么一次,一个星期天,
他遇到一个城市教堂看守,
于是,这位看守的职业特点
一下子拨动了他想象的弦,
他决定和看守交个朋友。
我的幻想家一杯啤酒下肚,
就向看守打开自己的心灵,
告他说:"能不能,我的朋友,
你什么时候有个闲空,
就领我到墓地的地下室,

那儿,没用的骨头有的是,
看能不能找到一副头骨,
而且帮我忙把它拿出?
我以冥王的名义向你起誓:
这将是我们的友谊的保证,
并且直到我的最后的一日,
也将是我的居室的美名。"
吃惊的看守感到惶惑。
"什么样的想法?什么样的情热?
要到远离尘世的地下室,
扰乱那一群可敬的死尸,
而且要偷出其中的一个!
谁去干?……他,坟墓的守护者!
这些死者日后将怎么说?"
但是啤酒,恐惧的催眠者,
使愤怒的良心感到慰安者,
终于将他的怀疑解脱。
喏,就这么办吧,他说了算,
到夜晚一切会准备齐全,
给朋友说定了会面的时间。
然后他们分手。
　　　　　天色向晚;
黑夜来临。
　　　　身上披起斗篷,
我们这位有名的英雄
站在坟墓的暗廊跟前,
犯罪的看守同他肩并肩,
手里拿一盏暗淡的灯,

准备去完成这命定的功勋。
接着,生锈的锁吱吱地响,
不可靠的大门吱吱不已,
于是这时勇士们一起
拥向庄严的地下室的黑巷;
靠着这盏微弱的灯光
把那些幽暗的穹隆照亮,
他们走进去——棺木的回声
幽静中显得惊慌不定,
缓缓地将它们的足音重复。
他们面前是一长排棺木;
到处是盾牌,纹章,王冠;
周围,在重虚荣的腐物中,
像是一个永远醒不了的梦,
一个个高贵的男爵在长眠……

  如果你的曾祖父的棺木落到了这位大学生的手里,你的曾祖父竟抓住他的衣领,或者用拳头威胁他,或者用别的什么办法表示自己的不满,想要为自己辩护的话,我是怎么也不敢在写这首诗的时刻留下诗韵的;可惜,盗墓顺利地完成了。大学生把男爵全身一件件地拆了下来,把骨头塞满了自己的口袋。回到了家里,他又非常巧妙地用一根铁丝把它们连在一起,用这个办法给自己做了一副很像样的骨骼。但是不久,关于把男爵的骨头转移到饭店储藏室的消息在全城传了开来。犯罪的看守被解除了职务,大学生也不得不逃出里加,而因为情况不允许他取得通行证,因此,他只得又一次把男爵卸开,分赠给自己的朋友。大部分高贵的骨头落到了一位调剂师的手里,我的朋友武尔弗收到一份赠礼——颅骨,并用它置放烟草。他把它的历史详细地告诉了我。因为他知道我非常喜欢你,因此就把其中一个人的颅骨让给了我,为了你的存在我要感谢他们。

  请收下这副颅骨,杰尔维格,
它完全应该回到你的手上。
请你把它加加工,男爵,
加一个合乎礼仪的边框,
请你把这件棺木的制品
变成一只消愁解闷的茶杯,
让葡萄酒在里面泡沫翻滚,
用它喝粥,用它尝鱼汤味。
你可以模仿海盗的歌者①,
你可以在家庭的宴会里
使斯堪的纳维亚军人天国②复活,
或者像哈姆雷特—巴拉丁斯基③,
沉思地梦想着这个天国:
啊,这生命的死去的布道者,
他的酒有的是,或一切皆无,
在智者看来,作为交谈者,
他值得一副有生命的头颅。

(卢永译)

---

① 指拜伦。他写过一首诗《颅骨大杯上的签名》。
② 斯堪的纳维亚传说中的战士陵园。传说这些灵魂用被打死的敌人的颅骨喝葡萄酒。
③ 巴拉丁斯基写过一首诗《颅骨》,普希金因此把他和莎士比亚的哈姆雷特手执颅骨说出的一段有名的独白联系了起来。

"贵族的马厩哪儿都很漂亮"

贵族的马厩哪儿都很漂亮；
干干净净，奴仆成群，马满圈，
一匹匹良马也都满意这一切：
饲料上好，照顾周到，单马栏。
马具在橡木的支架上发光，
单马栏里的快马油光闪亮。
只是对有些人马厩却不成体统——
家神常常要来光顾马厩。
每到夜晚总要到马厩里来，
精心地照料、清洗贵族的马匹，
把它们的鬃毛编成辫子，
把它们的尾巴紧紧地打上结。
他怎么能不喜欢那匹乌黑色马。
每当晚霞降临的时候我总要
绕着贵族的马厩走上一遭，
总要到单马栏里去看乌黑色马——
那匹马站在那里庄重而恭顺。
而每天早晨当你一打开马厩，
它却并不安闲，周身汗，热气蒸腾，
血色的泡沫从鼻子里滴下来。
整整一夜家神都在骑着它跑，
沿着群山，沿着树林，沿着沼泽，
从月夜一直跑到天色发亮——

跑到月落············

  你呀,你这年迈无知的饲养员,
老家伙,你可知道那件怪事?
年轻的马夫爱上了漂亮的姑娘,
这位年轻的马夫,贪杯的小伙——
他趁着黑夜打开了马厩的门,
轻手轻脚地给乌黑色马备上了鞍,
不慌不忙地把乌黑色马牵出大门,
一跃而起骑上了这一匹快马,
直奔向漂亮的姑娘家去做客。

(卢永译)

"诗人在显贵的金色的圈子里"[①]

  诗人在显贵的金色的圈子里,
受着沙皇们的垂青福分不浅。
他将痛苦的真理掺进谎言,
掌管起笑,又掌管起眼泪,
使麻木了的趣味变得新鲜,
给贵族的傲慢以荣誉的桂冠,
让他们的筵席搞得富丽堂皇,
然后注意听取聪明的表彰。
而同时,被仆役驱赶着的人们,

---

① 这是未完成稿的一个片段。

拥挤在黑色的台阶一旁,
不能靠近一扇扇沉重的铁门,
远远地谛听着歌手的吟唱。

(卢永译)

"在猎人喜爱的卡里亚小树林里……"①

在猎人喜爱的卡里亚小树林里藏着个山洞,
四周,一棵棵威武的松树,枝叶纷披,郁郁葱葱,
它的入口影影绰绰,把山岩和裂罅的情人,
用水湾处游荡的常春藤从外面掩蔽了起来,
一条快活的小溪流过,淹没了山洞的洞底,
跳过一块又一块岩石,像一具发着声的马轭。
它穿过深深的河床,沿着这里的密密的小树林,
左旋右转地流向远方,欢声淙淙,甜蜜动人。

(卢永译)

一八二七年十月十九日②

愿上帝保佑你们,我的朋友,

---

① 这是一个未完成稿的片段,关于山洞的描写很接近于奥维德的代表作《变形记》里的一些记述狄安娜和阿克特翁的神话故事的诗篇。

② 10月19日是皇村学校开学日,普希金这一届的毕业生,每到这天必在彼得堡欢聚庆祝。本诗最后一句指失败后的十二月党人,他们的同学。

生活和皇差都顺适无忧,
祝你们常有友情的欢宴,
也不乏爱情的甜蜜的盛馔!

愿上帝保佑你们,我的朋友,
安然度过风暴和日常的忧愁,
无论在异乡或荒凉的海角,
或是在人间幽暗的地牢!

(查良铮译)

护符[①]

那儿,大海永远喧嚣,
拍打着荒凉的悬崖绝壁,
那儿,月亮更温暖地辉耀,
在甜蜜的傍晚的夜色里,
那儿,在和妻妾的享乐中,
穆斯林把他们的日月欢度,
就在那儿,巫师曲意奉承,
交给了我一个护符。

他满脸堆笑,对着我讲:
"你要保存好我的护符:
它里面有一种神秘的力量!

---

① 这首诗也是献给伊·克·沃隆佐娃的。

这是爱情赐给你的礼物。
遇上暴风雨,或电闪雷鸣,
或者是病痛,或者是坟墓,
我的亲爱的,谁救你的命?
请不要去祈求我的护符。

"它不能把东方无穷的财富,
给你拿过来归你享有,
它不能让那些先知的使徒
一个个向着你帖耳俯首;
使你尽快投入朋友的怀抱,
使你尽快离开悲惨的异土,
从南到北把故乡找到,
没这个本领啊,我的护符……

"但是一旦狡黠的眼睛
出你意外地在把你诱惑,
或者在夜的黑暗里有人
并非出于爱而吻你取乐——
亲爱的朋友!使你不犯罪,
不受心灵的新的痛楚,
不致背叛,不致被遗弃,
它就会保护你,我的护符!"

(卢永译)

题帕维尔·维亚泽姆斯基纪念册[①]

帕维尔,我的宝贝儿,
你要照我的办法行事儿:
你要爱那个那个,
你可别干这个这个。
好像这已经明白不过。
再见吧,我的漂亮小伙。

(卢永译)

"春天,春天,恋爱的季节"[②]

春天,春天,恋爱的季节,
你的出现多让人忧伤,
在我的血里,在我的心上,
心潮起伏,却慵懒倦怠……
一点都不想把欢乐品尝……
使人开心、雀跃的一切
都只能给人以满腔惆怅。

[①] 这首诗是写在彼·安·维亚泽姆斯基七岁的小儿子帕维尔的儿童纪念册上的。
[②] 这是个草稿。后来普希金加以改动,变成《叶甫盖尼·奥涅金》的一个诗节。

给我一场狂风和暴风雪吧,
来一个冬天的漫长的黑夜。

(卢永译)

"呵你,是你促成……"①

呵你,是你促成
如此纯真的趣味、漂亮的风格,
准确的智慧和深沉的感情结合,
呵你,是你有幸
摆脱那种矫揉造作的温情脉脉,
而在那最轻薄的向女性献诗中
你善于…………

(卢永译)

"我知道那个地域……"②

我知道那个地域:大海
孤寂地在那里拍击着海岸;

---

① 这是一首未加工的草稿。
② 这是一首未完成的诗稿的片段。

大雪很少落在那个地带,
那里万里无云,阳光灿烂,
照射着像被烧光了的草原;
看不见橡树林——大海的上面
一片光裸裸的荒野在伸展。

(卢永译)

"皮条客闷闷不乐地坐在桌边"①

皮条客闷闷不乐地坐在桌边,
　　把纸牌一张张地翻弄,
小姐们坐在四周,留神观看,
　　皮条客在为她们算命:
"三个九点,一个红心爱司
　　和一个红方块十三——
要吵架,说话多了会惹事,
　　除此以外新花样不断……
可是按照纸牌——今天我们
　　必定等来一些客人。"
就在这时,突然,有人敲门;
　　皮条客和小姐们
一齐站了起来,把桌子一推,
　　全都挤向……
悄悄议论:"卡嘉,来人是谁?

---

① 这是一首诗的草稿,诗人不准备发表。

你快向门缝那儿瞧。"

怎么回事？一位很体面的人……
　　　这位拉皮条的认识他，
他和……相交很深，
　　　他见了她们，像回到了家。
小姐们一跃而起，撒腿就跑，
　　　推推搡搡拥进了厨房，
在一个个木盆之上，周周遭遭，
　　　拿出了香水到处喷香。
这期间，皮条客殷勤周到，
　　　招呼着新来的客人，
请他完全躺下来，睡上一觉，
　　　可是他却这样发问：
"怎么样，你们这里的行情？
　　　你们的钱可赚了个够？"
皮条客于是不由得板起面孔，
　　　唉声叹气地唠叨不休。

"要知道我的日子常常很糟，
　　　但是目前这样的磨难
我可是连做梦也不曾遇到，
　　　真不如到海外去，走得远远。
你信不信，自彼得节以来，
　　　正好到星期六以前，
我这里所有的姑娘，一无例外，
　　　全都没有事儿可干。

"不过上帝开恩,总算给我们
　　送来了四位稀客。
我于是把姑娘领来见他们,
　　请他们每人挑一个。
整个夜晚,简直闹闹腾腾不止,
　　闹腾完了,怎么样?
谁也不付钱,一个个一走了事,
　　就这样?老天在上!"

客人说:"我的确对你很同情。
　　你好啊,朋友然涅达,
多么好的帽子!多么好的披巾,
　　走近点呀,然涅达。
哎,路易莎——来呀,亲亲嘴,
　　让我挑,别人可别生气,
就这样,不管对谁……
　　眼前见到的总是你。"

"哎,怎么样,"皮条客接着说,
　　"挑然涅达,你可中意?
她现在身上可正烧着一把火。
　　或者,就带走这一位?"
客人对可怜的皮条客这样相告:
　　"不,请你不要担忧。
我眼下无论什么也不需要,
　　姑娘们,不用发愁。"

他走了——突然变得鸦雀无声,

皮条客十分懊丧。
姑娘们一个个在周围打着盹,
蜡烛……
皮条客重新又拿出了他的牌,
又默默地在算着命,
但是任何人,任何人也没有来,
皮条客渐渐地入了梦。

(卢永译)

驳贝朗瑞[①]

你记得么,嗯,这位法国麦歇,
上尉公…………尊敬的先生,
我们这里的百姓在怎样谈起
俄罗斯人战胜没有良心的孽种?
不过,这对我们算不了什么事,
可以这样说,我们不是别的民族;
但古代我们曾经对你们严加惩治,
你记得么,你说………………

你记得么,苏沃洛夫曾经怎样
越过群山,出其不意揍你们?
我们的老头子怎样使你们着慌,

[①] 这首诗是为反对拿破仑的军歌而作。普希金以为军歌的作者是法国诗人贝朗瑞(1780—1857),其实军歌并非贝朗瑞所作。

挤跳蚤一般挤你们这些冷酷的人？
不过,这对我们算不了什么事,
可以这样说,我们不是别的民族；
但古代我们曾经对你们严加惩治,
你记得么,你说⋯⋯⋯⋯⋯

你记得么,你们的狂人波拿巴怎样
把整个欧洲都赶了过来打我们一家？
那个时候,有多少法国佬的洋相
我们都看到了,也有你上尉的大驾！
不过,这对我们算不了什么事,
可以这样说,我们不是别的民族；
但古代我们曾经对你们严加惩治,
你记得么,你说⋯⋯⋯⋯⋯

你记得么,你们的皇帝怎样着了魔,
突然变成了个傻瓜,像光秃的板鼓,
你们怎样在莫斯科燃起熊熊烈火,
用这把火烤我们的莫斯科的家鼠？
不过,这对我们算不了什么事,
可以这样说,我们不是别的民族；
但古代我们曾经对你们严加惩治,
你记得么,你说⋯⋯⋯⋯⋯

你记得么,走调的唱诗班的歌手,
你可记得我们祖国雪地上的严寒
和我们炮兵连的热情激奋的枪手,
士兵的刺刀,以及哥萨克的套环？

不过,这对我们算不了什么事,
可以这样说,我们不是别的民族;
但古代我们曾经对你们严加惩治,
你记得么,你说……

你记得么,我们曾经怎样待在巴黎城,
那里,我们的哥萨克,我们军团的神父
怎样坐在葡萄酒旁把你们哄弄,
还不断夸奖你们的老婆……
不过,这对我们算不了什么事,
可以这样说,我们不是别的民族;
但古代我们曾经对你们严加惩治,
你记得么,你说……

(卢永译)

"钟爱忠贞的象征"

钟爱忠贞的象征,
她对丈夫十分尊重
…………

(卢永译)

1828

苏杭 谷羽 等译

给朋友们①

不,我不是一个佞人,虽然
我写诗对沙皇由衷地颂赞,
我大胆地表达自己的感情,
我的诗是发自肺腑之言。

我对他的的确确是喜欢:
他统治我们忠心耿耿、精神饱满;
他用战争、希望和勤恳的工作
蓦地使俄罗斯生机盎然。

不是啊,虽然他血气方刚,
但是他统治者的心性并非凶残:

---

① 这首诗是对把他1826年写的《斯坦司》误解为对沙皇的"阿谀"的回答。新上台的尼古拉一世企图招纳社会意见,作出许多自由主义的姿态:罢免了亚历山大王朝最令人痛恨的反动政客,同情为反抗土耳其压迫而斗争的希腊人,向被处决的雷列耶夫的未亡人颁发养老金(他暗地里给予恩典)。这一切都是玩弄自由主义,即被列宁称之为自叶卡捷琳娜二世起俄国沙皇统治的特征。然而,普希金却认为这便是实现了他在《斯坦司》中对尼古拉所寄予的"重托"——走彼得一世的道路。因此,本诗中充分地表现出诗人虚妄的希望。同时,他在诗中坚决地批驳那些货真价实的"奸佞"——沙皇周围最亲近的人,他认为这些人有碍于实现政府的自由主义的纲领。因此,尼古拉虽出于礼貌对此诗赞赏,但却禁止发表。

对被当众受到惩罚的人,
他暗地里给予恩典。

我的生命在放逐中流逝,
我忍受同亲人别离岁月的熬煎,
但是他向我伸出了帝王的手——
于是我又出现在你们中间。

他尊重我心中的灵感,
他任凭我的思想鹏展,
我的心啊受到了感动,
我怎么能不把他颂赞?

我是佞人!不,弟兄们,佞人奸险:
他会给沙皇招惹来灾难,
他要从他的君主的权柄中
唯独排除掉一个恩典。

他会说:蔑视人民吧,
要把天性的温柔的声音掐断。
他会说:文明的果实
是一种反叛精神,是淫乱!

对于一个国家这是一种灾难——
如果只有奴才和奸佞围绕宝座转,
而上天挑选的诗人却站在一旁
沉默不语,两眼瞧着地面。

(苏杭译)

致《讽赌徒》一诗作者韦利科波利斯基函[①]

我们的道德家,是否如此:
你已把哀歌的竖琴放弃,
而改为弹唱正经的讽刺?
我赞扬诗人——让世界合理!
鞭条的嘘声对它有裨益。——
我很惋惜你的阿里斯特:
他曾是怎样热诚地祈祷,
却又怎样不幸地赌输了!
青年人就这样:头脑一热
就把一切输光而沉没!
你的达蒙是个可怕的人,
请规避他那危险的住所;
不过,我的朋友,我该承认,
你在那里应付得很出色:
在牌桌上对谁也不干预,
只温柔地安慰着阿里斯特,
还给了一些有益的建议,

[①] 伊·叶·韦利科波利斯基在1828年2月发表了讽刺诗《致艾拉斯特》,其中描写阿里斯特在一夜间输光所有的财产,丧尽荣誉而发了疯。但韦利科波利斯基自己却爱狂赌,曾输给普希金很大的金额。普希金此诗发表后,韦利科波利斯基回答书信诗一首,提到了普希金赌输的事,其中有两句是:
　　　　《奥涅金》的第二章
　　　　谦谨地来到大王牌上。
这篇书信诗由于普希金不同意而未能发表,从而构成他们之间的龃龉。

而自己一个卢布也没有输。
我赞赏：诗人本应该如此！
其实，传道者有时也犯错误，
尽管他教训不智的人世。
请听吧，我这里有个故事，
波尔西①的继承者：
有一次，
我的某一个邻居忽然苦于
高贵的渴望，他喝了一杯
卡斯达里的灵感的泉水，
便和你一样，开始写起
恶毒的讽刺诗嘲笑赌徒，
并热情地把它向友人宣读。
而他的朋友，作为回答，
就拿起牌来，无言地洗牌，
然后分发。我们道德的作家
唉，一整夜就在那儿赌起来。
你可认识这恶作剧的人？
但我若碰见他倒会开心：
我将和他一夜不睡觉，
直坐到天光大亮的日午，
一面读着他道德的宣教，
一面记下他输钱的数目。

（查良铮译）

---

① 波尔西，1 世纪时罗马讽刺作家。

"自从异教徒受到条顿人血洗"①

自从异教徒受到条顿人血洗,
一百年的时光已经过去,
黑暗的国家由条顿人统治。
普鲁士人带上了锁链,
有些人逃走,躲得远远,
把流亡的头领护送到立陶宛。

  在彼此仇视的两岸之间,
涅曼河水缓缓地流淌;
这边是光彩闪耀的钟楼,
耸立在古老的城墙之上,
而四周是精灵们的圣地——
古老的森林不停地喧响。
对岸是日耳曼人的象征——
标志宗教信仰的十字架,
那十字高高地刺向天空,
展示抱负,威严而可怕,
显然它想从空中占领
整个巴列蒙而称王称霸,
把信仰不同的民族,

---

① 这是普希金把波兰诗人密茨凯维支的长诗《康拉德·华伦洛德》翻译成俄文的开头部分。

踩在自己的脚下。

　　头戴毛茸茸的山狸帽,
把整张的熊皮披在肩,
携良弓,执利箭,
成群的立陶宛青年
在河岸上来往巡逻,
监视敌人,机警而干练。
对岸站岗的德意志人,
头上是圆形尖顶盔,
穿铠甲,骑战马,
瞭望敌情,圆睁双眼,
一边祷告,一边装子弹。

　　每一处渡口都有人把守。
原本热情好客的涅曼河,
成了他们彼此对立的见证,
成了他们永不来往的边界:
友好的歌声已经暗哑,
每一个想要渡河的人,
死亡或坐牢便是他的代价。
只有立陶宛岸上的啤酒花,
受到德意志杨树的引诱,
穿过丛丛芦苇在水中游,
大胆放肆地游过涅曼河,
游到誓不两立的对岸,
温柔地拥抱它的朋友。
只有阔叶林和山上的夜莺

依然如故不知道相互敌对,
飞到自古以来共有的岛屿,
彼此做客,与朋友聚会。

(谷羽译)

"有谁知道那个地方……"

Kennst du das Land……
Wilh. Meist. ①
去采酸果,去采酸果,
去采浆果,去采浆果……

有谁知道那个地方——天空闪耀着
神秘莫测的蔚蓝色的光芒,
大海环绕着古城的遗址
拍打着那暖洋洋的波浪;
四季常青的月桂树和柏树
在自由中骄傲地生长;
庄严的托夸多②曾在那里歌唱;
就是现在,每到幽冥的夜里,
亚得里亚海的波涛依然反复地
吟咏着他那八行诗格的诗行;
拉斐尔曾经在那里作过画;

---

① 德文:你可知道那地方……——威廉·迈斯特。
② 托夸多,意大利诗人塔索的名字。

卡诺瓦①的雕刀在我们的时代
依然使温顺的大理石焕发容光,
还有拜伦,这严酷的殉难者,
曾经在那里爱恋、诅咒和忧伤?
………………………
………………………
神奇的地方啊,神奇的地方,
那崇高的灵感的故乡,
柳德米拉②望着你那先知的庇荫,
望着你的古老的天堂。

  在那秀丽如画的海水的堤岸上,
在她的身旁,人们尽情地享受着
那狂欢的酒神节的美好时光;
狂欢极乐欢迎她的来访。
柳德米拉以她北方的俊美,
连同她那天真烂漫和懒洋洋,
使意大利的男子汉心神荡漾,
而且她在自己的身后吸引着
他们五彩缤纷的滚滚波浪。
  在欢欣鼓舞的情感的洋溢下,
柳德米拉把她那明媚的目光
投向晌午的大自然的天堂,
投向那闪耀的天空,那清澈的水乡,

---

 ① 卡诺瓦(1757—1822),意大利雕刻家。
 ② 指马利亚·亚历山德罗夫娜·穆欣娜-普希金娜伯爵夫人,她去意大利旅行返回以后,由于思念祖国而在一次上流社会的集会上故意引人注目地要吃酸果,诗前第二段题词即与此有关。

投向那无言的艺术的奇迹,
她满心惊奇,她喜气洋洋,
在自己的面前没有发现
有什么东西能比自己更漂亮。
是否要带着严肃的目光
站在佛罗伦萨基普里达①面前,
她们俩……她面前的大理石雕像
仿佛由于受到羞辱而忧伤。
心中满怀崇高的幻想,
她要不要默默地注望
弗尔纳利娜②或年轻的圣母
充满深情的温柔的形象,
她以她那深沉的俊美
比画像更使人心神激荡……

  告诉我吧:有哪一个诗人,
有哪一支画笔,哪一把热情的雕刀,
燃烧着深受感动的喜悦的火光,
能给惊喜的后代留下
她那天仙一般的貌相?
那永恒的美的女神的
无名的雕塑家,你在何方?
还有受美惠女神加冕的你,
你啊,充满灵感的拉斐尔?

---

① 基普里达,藏于意大利佛罗伦萨乌菲齐博物馆中墨狄齐的维纳斯古代雕像,系佚名的雕塑家之作。
② 弗尔纳利娜,意大利画家拉斐尔的模特儿。

忘记那年轻的犹太姑娘,
忘记那圣婴的摇篮,
去洞悉那天堂的美,
去洞悉那天堂的欢乐,
给我们画一个别样的马利亚,
手里抱着的婴儿也要别样。
....

(苏杭译)

给弗·谢·菲里蒙诺夫①
(为收到他的长诗《红色的尖帽》而作)

缪斯,那些可爱的老妈妈,
给您适时地扎了一顶尖帽,
菲伯又拿些响铃挂上它,
就把它在您的头上戴好。
现在,但愿我以同样装饰
也在您的面前炫耀一番,
并且像您一样,对很多事
表示自己的坦率的意见;
可是,我的旧帽子磨损了,

---

① 弗·谢·菲里蒙诺夫(1787—1858),在 1828 年发表幽默长诗《红色的尖帽》(或《愚人的帽子》,它原是丑角所戴的红色尖帽,法国革命时雅各宾党人都戴这种帽子,作为解放了的奴隶的象征),并有致普希金的献辞,本诗即其答复。该献辞为:
　　您在世界上享有盛名,
　　诗人! 您戴着桂花之冠。
　　但请原谅这无名歌者:
　　我戴着尖帽对您呈现。

尽管诗人对它还很珍惜;
它已不得不被我抛弃,
因为红色如今不够时髦。
所以,我为了略表心田,
只好脱下呢帽,拍额致敬,
在您谨慎的尖帽下面,
我认出一个智者兼诗人。

(查良铮译)

献给道先生①

为什么你那神奇的铅笔
把我这黑人的侧影素描?
纵然你能使它万世流传,
靡非斯特也会对它讪笑。

请描绘奥列宁娜的容貌。
一旦那内心的灵感燃烧,
是天才就应该全身心地
只为那青春和美所倾倒。

(苏杭译)

---

① 原题为英文。道先生,是指英国画家乔治·道(1781—1829),他曾在俄国侨居多年。

回忆

当喧闹的一天为凡人而沉寂下来,
  在都市的静谧的广场上
覆盖下来那半透明的黑夜①的影子
  和梦——那白天劳碌的奖赏,
这时候,寂静中折磨人的不寐时刻
  对我来说拖得那么漫长:
在夜晚偷闲中,内心的毒蛇的咬噬
  使我的胸膛更加发烫;
幻想在沸腾;在被忧伤压抑的心里,
  交集着万千种沉痛的缅想;
回忆在我的眼前默默地展现出
  它的画卷源远流长;
我满心厌恶地审视着我的一生,
  我咒骂,我内心惶惶,
我痛苦地抱怨,痛苦地流着眼泪,
  但却洗不掉悲伤的诗行。

(苏杭译)

---

① 指彼得堡的白夜。

你和您①

她一句失言:以亲热的"你"
代替了虚假客气的"您",
使美妙的幻想立刻浮起,
再也捺不住这钟情的心。
我站在她面前,郁郁地,
怎样也不能把目光移开;
我对她说:"您多么可爱!"
心里却想:"我多么爱你!"

(查良铮译)

"枉然的馈赠……"②

1828 年 5 月 26 日

枉然的馈赠,偶然的馈赠,
　　为什么把你给了我——生命?
　　　换一句话说,为什么你竟

---

① 这是写给艺术研究院院长的女儿安娜·奥列尼娜的。普希金曾向她求婚,以后又收回此言。据奥列尼娜说,她对普希金说话时错用了"你"字,第二个星期日诗人就拿来了这首诗。

② 手稿中有"为生日而作"字样,题首的 5 月 26 日是普希金生日。

被神秘的命运判处死刑?

是谁凭仗不怀好意的权柄
从虚无之中呼唤我降生,
使我的心灵充满了情感,
用疑惑使我的理智焦虑惶恐?……

我的眼前茫无目的:
心灵空虚,头脑空洞,
唯有生活的单调的喧嚣
用忧伤折磨得我痛不欲生。

(苏杭译)

给伊·瓦·斯辽宁[①]

我不爱时髦的纪念册:
那是高贵的夫人的社交
招引来的炫人的集合,
只宣示着她们的骄傲。
外省小姐的纪念册
却亲切、单纯、可爱得多,
那些殷殷絮叨的言辞
五光十色,却毫无做作。
可是,无论哪一种本子,

---

① 伊·瓦·斯辽宁(1789—1836),彼得堡的出版家和书商。

大胆说吧,我都不愿意
让我自己在那儿落笔。
然而,你的纪念册却不同,
我愿意对它致以赞颂。
你向阿波罗的养子
打开它,不是出于虚荣:
你热爱赫利孔的仙子①,
她们对你也没有忘情;
我可以作为率直的诗人
走进它,像走进友人的宅子,
我要对友人招呼致敬,
并且写下家园的祝诗。

(查良铮译)

"冷风还在飕飕地吹着"

冷风还在飕飕地吹着,
给草原送来清晨的寒霜。
初春的小小野花只不过
刚刚出现在融雪的地方,
从芬芳的蜜制的窠中,
像来自奇异的东方的王国,
就飞出了第一只蜜蜂,
尽绕着早开的小花嗡营,

---

① 指缪斯。

它是在打听:美丽的春天——
这尊贵的客人几时来临?
草原是否很快地变绿?
是否在白桦树的枝丛里
很快就长满胶质的嫩叶,
喷香的樱花有没有消息?

(查良铮译)

"年轻的小牡马呀"[①]

年轻的小牡马呀,
高加索种的精英,
你干吗奔跑,飞快的马?
你呀也该消停消停;
不要惊怯地斜着眼,
不要让两条腿腾空,
不要那样使着性子
在广阔的平原上驰骋。
等着瞧吧;在我座下,
我要驯服你的烈性:
我要勒紧马勒,让你
顺着一定的圈子奔腾。

(苏杭译)

[①] 这首诗是据古希腊诗人阿那克里翁的颂歌随意改写的。

她的眼睛①

她多么可爱——我在私下里说——
她是宫廷的骑士们的祸水,
她那双切尔克斯人的眼睛
足可以同南方的星星,
更可以同诗歌相媲美,
她大胆地频频飞送秋波,
它燃烧得比火焰更妩媚;
但是,我应该承认,我那
奥列尼娜的眸子才算得美!
那里藏着多么深沉的精灵,
又有多少天真稚气的明媚,
又有多少懒洋洋的神情,
又有多少幻想、多少欣慰!……
她含着列丽②的微笑低垂着眸子——
那副美惠女神的洋洋得意;
抬起眸子来呢——拉斐尔的天使③
正是这样仰望着上帝的光辉。

(苏杭译)

---

① 这首诗是为回答维亚泽姆斯基的《乌黑的眼睛》一诗而作。维亚泽姆斯基在诗中歌颂女皇马利亚·费奥多罗夫娜的宫廷女官亚·奥·罗塞特(1809—1882)。
② 列丽,普希金时代人们观念中的古斯拉夫的神,是爱神和牧人及歌手的保护者的名称。
③ 著名油画《西斯廷的圣母》里的人物。

"美人儿,不要在我的面前再唱……"①

美人儿,不要在我的面前再唱
那悲哀的格鲁吉亚的歌吧:
它们使我回想起
另一种生活和遥远的海岸。

唉!你残酷的歌声
使我回想起了
那草原,那黑夜,和在月光照耀下的
那远方可怜的少女的倩影②!……

当我看见你时,
我就忘记了那可爱的命运的幻影;
但当你歌唱时——又在我的面前,
我就重新想起了它。

美人儿,不要在我的面前再唱

---

① 1828年夏天,普希金时常到距离彼得堡十八俄里远的奥列宁家的消夏别墅去,并在那儿见到了俄国著名的作曲家格林卡。格林卡有一次在钢琴上弹了一段格里鲍耶陀夫告诉他的格鲁吉亚的曲调,在座就有人建议,最好请谁为它填上词,普希金当时就答应了。后来格林卡在歌曲的原稿上写道:"这首格鲁吉亚的民族歌曲,是由格里鲍耶陀夫告诉格林卡的。至于大家早就熟悉的这首歌的歌词,是普希金在偶然听了它的旋律后写成的。"这首诗是献给奥列尼娜的。当时她正跟格林卡学习,并演唱了这支格鲁吉亚的歌曲,它使普希金回想起1820年夏天同拉耶夫斯基一家人游览高加索的情景。美人儿即指奥列尼娜。

② 指拉耶夫斯卡娅。

那悲哀的格鲁吉亚的歌吧:
它们使我回想起了
另一种生活和遥远的海岸。

(戈宝权译)

致雅济科夫

我早就准备看你一趟,
去到你所歌颂的德国城①。
和你共饮酒,像诗人那样,
那酒啊,曾被你如此歌颂。
你歌唱过的吉色辽夫②
已经邀我和他同路,
我也全心高兴,一有时间
就离开涅瓦河边的幽禁。
可是呢?债据的麻烦③
却拉住了我的衣襟;
我不得不有违心愿,
依旧钉在涅瓦,寸步难行。
啊,青春,勇猛的青春!
怎能不叫我对你慨叹?
以前,每当我缠进债务,

---

① 指德尔普城,今之塔尔都,当时颇多德国居民。
② 吉色辽夫(1802—1869),雅济科夫在德尔普大学的同学。
③ 普希金在1828年负债上万卢布,大部分是赌债。

为了逃避一群债主,
我就要准备到处飞奔;
而现在,我得厌烦地访问
我的懒洋洋的债主;
我变得稳重了,我痛恨
金钱和岁月的担负。

原谅我。宴饮、笑闹吧,歌者!
和维纳斯、菲伯一起欢乐!
要是你不理会贵人的傲气,
也不理会殷勤的债主,
根据俄国贵族的权利
你不必清还自己的债务。

(查良铮译)

肖 像①

她有一颗燃烧的心灵,
她有暴风雨般的激情,
北方的女性啊,有时候
她会出现在你们当中,
无视上流社会的礼俗,
使尽全副力气向前冲,

---

① 这首诗是写给阿·费·扎克列夫斯卡娅(1799—1879)的,普希金在《叶甫盖尼·奥涅金》第八章第十六节里提到的"涅瓦河上的克娄巴特拉",一说是指她。

像规矩的天体圆周里
一颗不循轨道的卫星。

（苏杭译）

知己[①]

我贪婪地倾听你那自白、
那温柔的抱怨的每句叫声：
那疯狂的和暴烈的激情的
语言是那样地引人入胜！
但是请你打住你那故事吧，
收藏起、收藏起你的幻梦：
我怕受到它们火焰的感染，
我怕知道你知道的事情！

（苏杭译）

"被你那缠绵悱恻的梦想……"

被你那缠绵悱恻的梦想
随心所欲选中的人多么幸福，
他的目光主宰着你，在他面前

---

① 这首诗和《肖像》是献给芬兰总督扎克列夫斯基的夫人的，她举止随便而又热情异常。

你不加掩饰地为爱情心神恍惚,
然而那默默地、充满嫉妒地
聆听你的自白的人又多么凄楚,
他心里燃烧着爱情的火焰,
却低垂着那颗沉重的头颅。

(苏杭译)

预感①

静静地,险恶的阴云
又来到我的头上凝聚;
又一次,嫉妒的命运
要示以灾祸,使我畏惧……
我可还对它一样轻蔑?
是否当命运与我为敌,
我还能以青春的骄傲
对它摆出坚强和耐力?

我被狂暴的生活折磨够,
只淡漠地等待着风险:
也许,这一次我又得救,
又会找到避难的港湾……
然而,预感到我们的分离,

---

① 这首诗是写给安娜·奥列尼娜的。此时诗人因他所写的《安德烈·谢尼耶》一诗以手抄稿形式流传颇广,引起沙皇政府的不满,有加以迫害之意,所以有此预感。

那难免的可怕的一刻,
我的安琪儿,我要快快地
最后一次把你的手紧握。

温柔的、娴静的天使啊,
请悄悄地说一声:"再见。"
忧伤吧:任凭你仰视
或者低垂下多情的眼,
它将留在我的心灵里;
我将以对你的怀念
取代心中的骄傲、希望、魄力,
以及青年时代的勇敢。

(查良铮译)

溺 鬼

(民间故事)

一群孩子跑回了家,
慌慌张张喊叫爸爸:
"阿爸!阿爸!咱家的网
把个死人拖上来啦。"
"胡说八道,这帮鬼东西,"
父亲把他们一通大骂,
"咳,这帮孩子真叫我没办法!
会有死人的,你们等着瞧吧!

"官差一到,你们可得去回话;

我这辈子跟他也纠缠不清;
有什么办法哪;孩子他妈
给我长衫:慢慢走去看看吧……
死人在哪儿?""那不是,阿爸!"
真格的,就在沙滩上,
在铺开的湿漉漉的大网旁,
有一个死人,一点不假。
那可怕的尸首全身上下
铁青而又浮肿,让人恶心。
也许是一个不幸的苦命者
毁灭了自己的有罪的灵魂,
也许是一个渔夫让浪涛卷走,
或者是一条汉子喝得醉醺醺,
要不然就是一个没有料到
碰上一群强盗被抢的商人?

这跟庄稼汉又有什么相干?
他环顾四周,急得手忙脚乱;
他一把抓住死人的两条腿,
把他拖向波涛汹涌的水面,
接着急忙操起一支船桨,
把他推离开陡峭的河岸,
死尸又顺水向下游漂去,
去寻找那十字架和黄泉。

死尸好久好久地漂浮着,
像活人一样戏弄着浪潮;
目送他游得很远很远,

我们的庄稼汉才转身往家跑。
"小崽子们,快跟我回家!
等到家里有你们好瞧,
要当心,千万别多嘴多舌,
不然就敲碎你们的后脑勺。"

夜晚,突然风雨交加,电闪雷鸣,
河水急遽地上涨,波涛汹涌,
在庄稼人烟雾腾腾的茅屋里
那根松明眼看着就要烧尽,
孩子们睡觉,女主人打盹儿,
丈夫躺在高板床上,蒙蒙眬眬,
暴风雨在怒吼;他忽然间听见:
有人在外面轻轻地敲着窗棂。

"外面是谁呀?"——"喂,开门,主人!"——
"怎么啦,你出了什么事故?
深更半夜,游荡什么,你这个该隐?
定是魔鬼把你往这儿放逐;
我哪儿有地方安置你呀?
屋子里挤挤插插,黑糊糊。"
说话间懒洋洋地抬起胳膊,
他磨磨蹭蹭地支起了窗户。

月亮从乌云后面滚动出来——
也罢!赤裸裸一条汉子站在眼前:
水顺着大胡子直往下淌,
两眼凝滞不动,瞪得滚圆,

一双胳膊无力地耷拉着,
身上的一切令人愕然,
几只青虾紧紧地抓住
他那通体浮肿的躯干。

庄稼汉砰的一声关上了窗户:
他认出了这赤身裸体的来客,
一下子惊呆了:"你这该天杀的!"——
他全身颤抖,口里嘟囔着说。
心里头着实慌乱得要命,
整整一夜,一直不停地哆嗦,
可是在窗户下、屋门外,
依然在敲,直到红日喷薄。

百姓中有一种可怕的风传:
大家都说,从那时起,每年
这一天,那个倒霉的庄稼汉
都在等候着那位客人求见;
从大早起,天气就开始变坏,
到了夜里,必然有暴雨狂澜,
溺鬼也一定要来敲敲打打,
站立在他家的窗下和门前。

(苏杭译)

"诗韵啊,清脆悦耳的朋友"①

诗韵啊,清脆悦耳的朋友,
你陪伴着充满灵感的消闲,
你陪伴着充满灵感的劳碌,
你变得木讷,沉默寡言;
哎,难道你飞向他处,
背叛了——而且永远、永远!

往日里,你那亲切的絮语
平息了我的心灵的震颤,
它减轻了我的悲伤,
你对我亲热,你把我召唤,
你又从尘世间把我
带到了迷人的天边。

你时常地倾听我的声音,
你紧紧地追随我的梦幻,
像一个听话的孩子;
可如今,你嫉妒,你悠闲,
你既任性而又懒惰,
同梦幻争辩,嬉皮笑脸。

---

① 未定稿。古代诗歌中本无韵。因此,依据诗韵的精神,普希金创造了这一关于韵的神话。

我没有同你分过手啊,
多少次了,我尽量实践
你那机灵的异想天开;
好像一个心地慈善
而又谦卑恭顺的恋人,
我受你折磨,又让你爱恋。

啊,在奥林匹斯山诸神
在天上聚会的期间,
若是你也能前来多好!
你就能和他们同住做伴,
你的家谱也就可以
和神一样光辉灿烂。

赫西奥德①或者是荷马
拿起神的七弦琴轻弹,
就这样地向世人宣告:
在那绿树成荫的塔耶托斯山,
福玻斯有一次为阿德墨托斯
放牧羊群,脸色阴沉,形只影单②。

他在黑魆魆的森林里漫游,
但是在众多的男女神祇中间,

---

① 赫西奥德(前8世纪),古希腊诗人。
② 宙斯对阿波罗(即福玻斯)发怒,将他从奥林匹斯山贬谪到人间并强迫他在塔耶托斯山为弗赖国王阿德墨托斯放牧。

由于对宙斯畏惧,谁也没有
去探望他,嘘寒问暖——
问候这七弦琴和芦笛之神,
和这光明与诗歌之神叙谈。

出于对早年相会的怀念,
唯独摩涅莫辛涅女神
飘忽而至安慰他的落难。
于是阿波罗的这位情侣
在赫利孔山寂静的丛林,
把一颗喜悦的果实奉献。

(苏杭译)

"一只乌鸦向另一只乌鸦飞翔"[①]

一只乌鸦向另一只乌鸦飞翔,
一只乌鸦向另一只乌鸦叫道:
乌鸦!我们该到哪儿饱餐一顿?
这件事怎么样才能够打听到?

另一只乌鸦回答这只乌鸦说:

我知道,我们一定会有酒肉吃;
在辽阔的原野上一棵柳树下,

---

① 此诗据一首苏格兰民歌的前半阕随意改写。

躺着一个被人家害死的壮士。

被谁害死的,又是为什么哪,——
只有那苍鹰知道他的凶死,
还有那匹大青色的小牡马,
再有就是他那年轻的妻子。

苍鹰已经朝树林展翅飞去,
仇人跨上了牡马扬鞭飞驰,
主妇在家盼望着心上人儿——
是那位活着的人,而不是死尸。

(苏杭译)

"豪华的京城,可怜的京城"[①]

豪华的京城,可怜的京城,
不自由的内心,端庄的外形,
湛青而又苍白的上天的穹隆,
大理石、百无聊赖和寒冷——
但是我依旧对你有点儿同情,
因为有时候,就在这座城中

有一双小脚儿在款步行走,

[①] 这首诗为普希金准备由彼得堡去米哈伊洛夫斯克村时所作。

一绺金黄色的鬈发随风飘动。①

（苏杭译）

一八二八年十月十九日②

竭诚地向上帝做完了祈祷，
对皇村学校欢呼完了乌拉，
再见了，弟兄们，我该上路了，
而你们早就应该爬上卧榻。

（苏杭译）

"喷泉发出沁人心脾的凉爽"

喷泉发出沁人心脾的凉爽，
水花向四周的围墙飞溅；
诗人经常在这里，以铿锵的
珠玑般的诗歌愉悦可汗。

他用他那偷梁换柱的手
拿一根无聊的嬉戏的线，
串起黄金般睿智的念珠，

---

① 最后两行指安·阿·奥列尼娜。
② 写于皇村学校校庆日。校庆活动后，普希金立即离开了彼得堡。

还有晶莹的阿谀的项链。

萨迪的子孙喜爱克里米亚,
有时东方的能言善辩之士悠然
在这里铺展开自己的诗稿,
使巴赫奇萨拉伊大为惊叹。

他的故事铺展开来,
就像艾里万编织的地毯,
这些故事辉煌地装点起
基列伊可汗的盛宴。

但是没一个可爱的魔术师,
那拥有智慧的天赋的奇男,
能如此有魅力、如此巧妙地
臆想出童话,构思诗篇。

如同那个奇异的国度的
有远见而又奔放的诗仙①,——
那里的男子汉威严、多毛,
而女人们个个都像天仙。

(苏杭译)

---

① 诗仙,据最新研究,指亚当·密茨凯维支,《克里米亚十四行诗》的作者。

毒树①

在那草木枯萎的、吝啬的荒原，
在那被酷热燎烤的大地上，
一棵毒树孤立于寰宇间，
就像一名戒备森严的哨岗。

焦渴的原野的大自然
生育了它，适逢盛怒的一天，
于是拿来毒汁把它的根
和暗淡无光的枝叶浇灌。

毒汁从它的皮下一滴滴溢出，
由于炎热，晌午时化成稀汤，
到黄昏时分，它又凝成了树脂，
那质地让人看上去又稠又亮。

连鸟儿也不向它这里飞来，
老虎也不会问津：只有黑旋风
才会向这棵死亡之树袭来——
然而飞去时，却已腐烂透顶。

---

① 毒树的形象是由荷兰东印度公司驻爪哇的医生弗·福尔什关于此树的报道（据后来过分夸大的材料）所提供的。由于普希金事先未将此诗呈送尼古拉一世，尤其是诗中有"沙皇"字样，诗发表后引起政府强烈不满，因而加强了对诗人的审查监督。

如果乌云翻来覆去地滚动着,
给它的茂盛的叶子洒些雨露,
那么雨水就会沾染上毒汁,
从它的枝头滴进炎热的沙土。

然而有人却把别人派到
毒树那里,——是那样地颐指气使,
于是那人恭顺地上路了,
次日天一亮就带回来了毒汁。

他献上了致命的树脂,
还有叶子已经凋萎的树枝,
汗水有如清凉的小溪,
从他苍白的前额流淌不止。

献完了——也就精疲力竭地
倒在窝棚拱顶下的树皮上,
这个可怜的奴隶就这样
死在了无敌的君主的脚旁。

而沙皇就是用这种毒汁
浸透了他那恭顺的羽箭,
然后同毒箭一起把死亡
向四面八方的邻邦发遣。

(苏杭译)

答卡杰宁[1]

热情的诗人啊,你枉然地
向我举起你的神妙的酒瓯,
要我为了健康一饮而尽:
我不想喝,我亲爱的酒友[2]
可爱而又狡黠的朋俦,
你杯子里不是琼浆玉液,
而是令人沉醉的鸩酒:
它随后就会引诱我再去
追求荣誉,跟在你的身后。
征募壮丁时,老练的骠骑兵
难道不正是这样向它拱手
献上巴克斯的快乐的礼物,
直到黩武的狂热把他
就地撂倒,才肯善罢甘休?
我自己就是军人——如今
我也该回家把清宁享受。
你留在帕纳塞斯山的队伍里吧;
工作之前尽可以斟杯美酒,

---

[1] 当时失宠被黜于自己家乡的帕·亚·卡杰宁是指责普希金的《斯坦司》的"朋友们"之一。他在寄给普希金的诗体中篇小说《俄罗斯往事》中隐喻地表达了这一点。同时还有一首献诗,呼吁诗人把酒杯中往昔的浪漫主义的热爱自由一饮而尽,重新"振作起精神"并在筵席上吟咏"拜伦的歌唱",因而激起普希金的回应。

[2] 本句引自杰尔查文的短诗《答人们,沉醉的和清醒的……》。

独自去摘取高乃依或者
塔索的月桂冠①,一醉方休。

(苏杭译)

答安·伊·戈托夫佐娃②

我虽则多疑却也殷切地
一直望着你的鲜花朵朵。
有哪一个严格的坚韧不拔的人
竟对美惠女神和美人的致意冷漠?
我为她们骄傲——却也战战兢兢;
对你的言犹未尽的谴责
我怎敢全盘地妄加猜度?
难道招致你的愤怒的真是我?
啊,给自己带来多少痛苦啊——
这美人儿的轻率的评论者,
假如对曾经效劳过的异性,
他竟背信弃义地妄加菲薄!
就让他受到疯狂难抑、
焦躁激动的爱情的折磨:

---

① 卡杰宁曾翻译过高乃依的悲剧,"使高乃依的雄伟天才复活了"。高乃依在被遗忘和贫寒中结束了自己的一生。托夸多·塔索曾被菲拉拉公爵关进了疯人院。

② 安·伊·戈托夫佐娃在1829年《北方之花》上发表了《寄亚·谢·普希金》这一充满热情的诗,但在末尾对他的某一部作品中的对女性的"不公平的评论"表示不满(可能指《书商和诗人一席谈》或者单独发表的准备作为《叶甫盖尼·奥涅金》第四章的片段——《女人们》)。在同一本小册子《北方之花》中还发表了普希金的答诗。

而你呢,但愿永远是对他的
极不光彩的诽谤的驳斥者。

(苏杭译)

一朵小花儿

我发现忘在书中的小花儿——
它早已枯萎,失去了芳妍;
于是一连串奇异的遐想
顿时啊充溢了我的心田:

它开在何处?何时?哪年春天?
是否开了很久?又为谁刀剪?
是陌生人的手还是熟人的手?
又为什么夹在书页里边?

可是怀恋柔情缱绻的会面,
或是对命定的离别的眷念,
也许为了追忆孤独的漫步——
在静谧的田野,在林荫中间?

可那个他抑或她,尚在人寰?
如今,他们的栖身处又在谁边?
或是他们早已经凋谢,
如同这朵无名的小花儿一般?

(苏杭译)

诗人和群氓

> 这些凡俗人,离远些。①

诗人用手指漫不经心
拨弄着充满灵感的七弦琴。
他吟唱着——周围一群冷漠、
目空一切而又凡俗的人
一窍不通地听着他的歌吟。

于是迟钝的人群议论纷纷:
"他干吗吟唱得响遏行云?
枉费心机地使耳朵震惊,
他想把我们向何处指引?
他乱弹什么?教给我们什么?
干吗像随心所欲的魔法师
激动和折磨我们这颗心?
他的歌吟像风儿一样奔放,
然而也和风儿一样无迹可寻:
它能把什么好处给予我们?"

---

① 原文为拉丁文。这个题词系维吉尔《埃涅阿斯纪》第六卷女祭司的话。

诗人

　　住嘴吧，一窍不通的人们，
卖苦力的奴隶，只知为温饱操心！
你们鲁莽的怨言我感到厌恶，
你们是人间的群氓，不是上天的子孙；
在你们看来，好处就是一切——
你们把阿波罗雕像拿去评两论斤。
它的种种好处你们却全然不见。
然而，要知道，这大理石可是神！……
那又怎样呢？陶罐对你们更珍贵：
你们可以拿它给自己烧煮食品。

群氓

　　不，如果你是上天的选民、
上帝的使者，你就该为我们
发挥你的天赋，谋求福利：
解救我们哥儿们的心。
我们卑贱，我们奸诈狡猾，
不知廉耻，忘恩负义，残暴凶狠；
我们是一群心肠冷酷的人，
是诽谤者，是奴隶，是蠢货，
陋习在我们心里扎堆生根。
你爱你的亲人，但是也可以
给我们一些大胆的教训，
而我们都准会听命于你。

诗人

走开吧——性喜平和的诗人
同你们有什么关系！任你们荒淫，
放开胆子让心肠变得铁石般硬，
琴声不会使你们振作起精神！
心灵厌恶你们，犹如厌恶荒坟。
为了你们的恶毒和愚蠢，
你们依然拥有鞭子，拥有
牢房和斧头，直到如今；——
够了，你们这些疯狂的奴隶！
你们城市的喧嚣的街上
在清扫垃圾——这活儿有益身心！——
然而，你们的祭司是否能够
忘记自己的祭祀、祭坛和祭礼
而拿起扫帚来拂拭灰尘？
不是为了生活中的费神劳累，
不是为了战斗，不是为了贪心，
我们生来就是为了灵感，
为了祈祷和美妙的琴音。

（苏杭译）

"我原先那样……"

> 我原先那样,我现在还是那样。①

我原先那样,我现在还是那样:
无忧无虑,绸缪多情,你们知道,朋友们,
凝视着美色,我怎能不动感情,
又怎能没有怯懦的温柔、内心的激动。
爱情在我一生中对我的戏弄还不够?
在吉普里达撒下的虚妄的情网中,
我久久地挣扎着,像一只幼小的鹰,
曾一百次受辱都还不知悔改,
现在我又把自己的怨献给新宠……

(魏荒弩译)

为婴儿题的墓志铭②

在永恒的造物主宝座旁,
愉快、安宁,周身在辉耀,

---

① 原文为法文,引自法国诗人安德烈·谢尼耶的诗句。
② 这是普希金为朋友马·尼·沃尔康斯卡娅两岁的儿子写的墓志铭。她是被判处终生服军事苦役的十二月党人谢·戈·沃尔康斯基的妻子,被禁止携带婴儿去西伯利亚。此诗镌刻在彼得堡亚历山大-涅夫斯基大寺院中婴儿的墓碑上。

他含笑地望着尘世间的放逐,
为他的母亲祝福,为父亲祈祷。

(顾蕴璞译)

"唉,爱情的絮絮的谈心……"

唉,爱情的絮絮的谈心
既不能畅达而又简单,
以它那没条理的散文
只教你,安琪儿啊,厌烦。
但沽名钓誉的阿波罗
可爱的少女却喜欢听,
他那韵律和叠唱的歌
她听来却甜蜜而动心。
爱情的倾诉使你吃惊,
你常常撕毁求爱的书简,
可是一篇诗体的信
你却会含笑把它读完。
从今起,但愿我的才赋
能够成为命运的祝福。
唉,在这生命的荒原
虽然它培育心灵的火焰,
迄今却只招惹来迫害,
口是心非的指摘,
或是幽禁,或是诽谤,
也偶尔有冷冷的赞扬。

(查良铮译)

给尼·德·基谢廖夫①

请到别的国度去寻找健康和自由,
　　但是忘记了北方却理当引咎。
听我说:快把卡尔斯巴得的泉水喝下去,
　　然后我们再一起畅饮葡萄酒。

(苏杭译)

基尔查里②

　　布德冉克的绿色草原,
　　有条名叫普鲁特的界河,
　　呈弓形绕过俄罗斯领土,
　　在荒瘠贫穷的入海口处,
　　有个罕为人知的村落。
　　家家户户保加利亚人,
　　无忧无虑在蒙昧中生活,
　　保持着祖祖辈辈的风俗,
　　养家糊口……凭辛勤劳作,
　　他们从来就不关心

---

① 这首诗是普希金写在基谢廖夫的笔记本上的,并画上了自己的像。
② 这是普希金一部未完成诗稿的开端。

威胁与主宰他们命运的强国
相互之间怎么样征战掠夺。

（谷羽译）

"费奥多罗夫"①

费奥多罗夫，
请不要走近我的身边；
别为我催眠，
我睡着了你也别呼唤。

（谷羽译）

安·彼·凯恩纪念册上的题诗

* * *

如果天下能有
迷人的精灵，
他一定像你，
理由是：
不可能！

---

① 费奥多罗夫(1798—1875)，作家，诗人，编辑，曾编写过一些枯燥乏味的儿童读物。这是普希金为他戏写的一首题赠诗。

* * *

爱情,流放——
纯属扯谎!

* * *

我岂敢认真地
翻译巴尔科夫的诗,
甚至不敢大声叫出
他的名字!①

* * *

她亭亭玉立,目光闪闪,
出现在我的眼前②……
这时我心想:"她已离了婚,
就在雷神节那一天!"

* * *

拉着我走吧,走吧,不必后悔,
和我同行,快乐无穷。

---

① 巴尔科夫(1796—1855)曾将一首众人熟知的诗写错。普希金认为,这样一来这首诗不可再译成其他外文,故写此打油诗予以讥笑。
② 此诗头两行是借用安·波多林斯基的短诗《肖像》中的句子。普希金的用意一方面是借他人的诗句献给凯恩,另一方面是对波多林斯基的诗的讽刺性模拟。

我的头

再不能想琐事,

我的嘴

再不能进甜食,

没有你呀,我的心肝儿,

即便是水果软糕也不好吃。

(乌兰汗译)

"我出生的时候先天不足"[1]

我出生的时候先天不足,

从小愚钝,孤儿似的踯躅;

可怜的我未成年当了丈夫;

新的家庭对我并不喜欢,

尊贵的妻子从不给予爱抚。

(谷羽译)

---

[1] 这是普希金一首残稿的片段,仿照民歌写成。

"大胡子村长阿甫杰依"①

大胡子村长阿甫杰依,
向他的女主人躬身施礼,
献上一只有学问的椋鸟,
把节日的红蛋顶替。
你们知道:这种鸟儿
比有些聪明人更有头脑,
它忧伤地思念着天国,
鸟喙高扬,神情骄傲,
含含糊糊地说道:
"耶稣复活了! 耶稣复活了!"

(谷羽译)

"我的心随着涅蒂……"②

我的心随着涅蒂
  向特维尔,向莫斯科飞去,
为了 N,为了 W

---

① 这是普希金一首诗稿的片段。
② 这是普希金写给安娜·武尔弗的一首戏谑诗。NW——即涅蒂·武尔弗;R——可能是罗塞特;O——可能是奥列尼娜。

我常常把 R 和 O 忘记。

（乌兰汗译）

"多么快啊……"

多么快啊，在辽阔的原野上
我的新装蹄铁的马在飞奔！
冻结的土地在它的蹄子下
发出多么清脆、响亮的回音！
这北方爽人的冰霜寒气
有益于俄罗斯人的身体，
他那面颊，比玫瑰还更鲜艳，
血液和寒冷在上面嬉戏。

―――

凄凉的树林，凋零的山谷，
白天亮一会——转瞬便昏黄，
而风雪，仿佛迟暮的过客，
敲着我们的窗，沙沙地响……

（查良铮译）

"利欣斯基完蛋了"①

利欣斯基完蛋了——
真是祖国的灾难!
谢尔盖公爵还活着——
诸位,心尽可放宽。

(谷羽译)

"谢世者舞文弄墨身材消瘦"②

谢世者舞文弄墨身材消瘦,
为金钱写作,靠名气饮酒。

(谷羽译)

---

① 这是普希金一首题赠诗草稿,诗中人物所指不详。
② 这是普希金一首题赠诗的草稿。

断章①

* * *

我的朋友,忘了我吧,
忘记我,像人们忘却
恼人而又忧伤的梦境,
当早晨随风飘散了
云影……

* * *

你们只不过敬重我的年龄

---

① 1828年的这些残章断句是普希金构思一首长诗时写下的片段草稿。长诗虽未写成,但保存了草拟的提纲:
 年轻人:宴会的主持人,这第一盏酒应当敬你。
 老诗人:谢谢你的美意——你敬重的是我的高龄,而并非才华——我的才华已尽,如灯光熄灭。
 年轻人:我们尊敬你的声望。
 老诗人:声望算得了什么?我已经充分享受过荣耀,然而声名已逝。时代不同了,有不同的灵感,不同的诗人。
 第一个人:你给我们唱支歌儿吧。
《诗人的宴会》一诗的草稿与这一构思也有内在关系。

* * *

抛弃了令人困惑的荒谬道路，
因生活的焦灼而力尽筋疲，
我的心极度渴望暂且休息，
无比珍贵的朋友，让我靠近你。

* * *

  我醒来——适才的梦
消逝——……飞散，
然而……天空
仍在……睡眠

* * *

玲珑的酒杯在我面前，
泛沫的葡萄酒酒星儿迸溅。

（谷羽译）

1829

顾蕴璞 李海 等译

给伊·尼·乌沙科娃①

您是造化的一个宠儿,
它让您一人得天独厚;
我们无尽无休地夸赞,
反使您觉得厌烦难受。
您自己早已十分清楚:
理所当然要令人倾倒;
您有阿尔米达②的秋波,
您有西尔菲达③的柳腰,
您那两片鲜红的芳唇,
像和谐的玫瑰般妖娆。
我们的诗,我们的散文,
对您只是纷扰和徒劳。
可是那对美人的回忆
一经勾起了我的心魂,
我就要把一挥而就的诗,

---

① 伊·尼·乌沙科娃(1810—1872),普希金的女友,是他另一女友叶·尼·乌沙科娃的妹妹,在她的纪念册里保存了不少普希金画的素描。
② 意大利诗人塔索的长诗《解放了的耶路撒冷》的女主人公,是个有魅力的美女。
③ 西欧某些民族神话中的女气精或气仙女,常用来比喻婀娜多姿的美女。

往您的纪念册里留存。
也许您将会不禁想起,
有个人曾经将您歌唱,
当普列斯尼亚广场①四周,
还没有围起一道板墙。

(顾蕴璞译)

给叶·彼·波尔托拉茨卡娅②

假如上帝把我们赦免,
假如我居然没被绞杀,
那我将跪在您的脚前,
在乌克兰的樱桃树下。

(查良铮译)

"当驱车驶近伊若雷站"③

当驱车驶近伊若雷站,
我抬眼望了一下高天,

---

① 普列斯尼亚广场,在乌沙科娃住宅所在的中普列斯尼亚近旁。
② 叶·彼·波尔托拉茨卡娅,安·彼·凯恩的妹妹。凯恩在回忆录中写道:"他有一次来到我处,适逢我给我在俄罗斯的小妹妹写信,他就在信上附笔写了《假如上帝把我们赦免》这首诗。"
③ 伊若雷站,由托尔若克至彼得堡路上最后一个驿站的名称。

立刻回想起您①的秋波,
您那蓝光荧荧的双眼。
虽然我如今满怀惆怅,
为您贞洁的美色销魂,
虽然我在特维尔②省里,
一向有万皮尔③的雅名,
但我还没有一点胆量
在您的石榴裙下屈尊,
我不愿用钟情的哀求,
去扰乱您的那颗芳心。
也许我带着嫌恶之情,
陶醉于上流社会的浮华,
因此我将暂时地忘却
您那容貌的闭月羞花,
那轻盈的腰身,匀称的动作,
您那小心翼翼的谈话,
还有您那谦恭的沉静、
狡狯的微笑和机灵的眼神。
如果不……我将在一年之后,
再一次踏着旧的脚印,
寻访您那可爱的地方,
直到十月末尽情爱您。

(顾蕴璞译)

---

① 指叶·瓦·维尔娅舍娃(1812—1865),普希金于1828年与她在特维尔省武尔弗的庄园认识。这首诗就是写给她的。
② 特维尔,俄国的一个省名。
③ 万皮尔,误传为拜伦所作的同名长篇小说的主人公。

征 兆①

我去看您,仿佛有一连串
活灵活现的梦把我缠搅。
月亮从我头顶的右上方
伴着我勤快的脚步飞跑。

我离开您,于是另一些梦……
忧伤充满了钟情的心,
月亮从我头顶的左上方
伴我的脚步踽踽而行。

我们诗人也和这一样,
永远孤独地沉湎于幻想;
一些迷信的征兆也如此
与心中的感情一齐消长。

(顾蕴璞译)

---

① 这首诗是诗人献给女友凯恩的。

文坛消息①

在乐土,特列佳科夫斯基
(他才气纵横,值得大家称颂)
对于主办杂志非常积极。
波波夫斯基立刻自告奋勇,
艾拉金也答应做撰稿人,
《俄文读本》想再卖弄一下才华,
库尔甘诺夫又忙于写评论。
据说,不久,他们就要印刷
这出色的杂志了,天保佑吧!
据说,他们人马齐备,只等待
卡切诺夫斯基快快赶来。

(查良铮译)

---

① 本诗是讽刺卡切诺夫斯基的,普希金认为他主编的《欧罗巴通报》非常陈旧,好似由死人主编的,诗中所提到的其他名字都是已故的文人。波波夫斯基(1730—1760),莫斯科大学哲学和修辞学教授;艾拉金(1725—1794),喜欢用古字的作家和翻译家;库尔甘诺夫(1725—1796),他出过一本综合逸事及教诲的书,名《俄文读本》。

嘲讽短诗[①]

因杂志而残酷地受到侮辱,
挑剌的人帕霍姆深感悲苦,
就打报告指控书报检查官;
检查官没错,我们笑,他失算,
当然,做出别的论争失体统,
不能写:**据说有那么个老者,**
戴眼镜的山羊,丑陋的诽谤者,
既恶毒又低劣! 这全是人身攻击。
但是,例如,您可以这样刊登出,
说此君是纯艺术的老信徒,
(自己论文中)无谓的演说家,
迥乎寻常的干瘪,乏味烦人,
佶屈聱牙,甚至还有些愚蠢;
并非什么人物,只是文学家。

(李海译)

[①] 原诗刊于《莫斯科通报》1829年第7期。这首诗是由于普希金在《文字编年史片段》一文中提到的一些情况而引发的。

"诗人贺拉斯兼赌徒啊"①

诗人贺拉斯兼赌徒啊,
你输去了成捆的钞票,
连祖先的田产、金银、马,
甚至连马车夫都输掉。
为了在可恶的牌上赌博,
你情愿押上你的诗稿,
可惜它一戈比也顶不得。

(查良铮译)

讽刺短诗

古代的糟老太婆夫斯基②
虽已枕着罗林永远安睡,
新近的特列佳科夫斯基③
却又继他之后在世间作祟:

---

① 韦利科波利斯基是个好赌的人,偶尔也写诗。本诗是回答他在1828年写给普希金的书信诗的,参见《摘自致韦利科波利斯基函》注解。
② 糟老太婆夫斯基,是普希金对特列佳科夫斯基的戏称,因他曾译过法国史学家罗林的《古代史》。这名字在原文中与"卡切诺夫斯基"也近似。
③ 指卡切诺夫斯基,《欧罗巴通报》的主编。他在《通报》上故意使用希腊字源的正字法和一些希腊字母,惹起时人的嘲笑。

>　　这蠢材呀，他背对着太阳，
>　　在自己的冰冷的《通报》上，
>　　不断泼溅着忘川的死水，
>　　让希腊的旧字母又在跳荡。

（查良铮译）

"谁在雪原培植……"①

>　　谁在雪原培植忒奥克里托斯②咏赞的玫瑰？
>　　谁在这铁的世纪预言过黄金的世纪？
>　　那希腊心、德国生的斯拉夫青年是谁？
>　　　　这就是我的谜。狡猾的俄狄浦斯③，你猜！

（顾蕴璞译）

"夜幕笼罩着格鲁吉亚山冈"④

>　　夜幕笼罩着格鲁吉亚山冈，
>　　　　阿拉瓜河在我面前喧响。

---

① 当杰尔维格 1829 年将其新出版的诗集赠给远在高加索的普希金时，普希金即寄去人面狮身青铜像作为回赠，并题此诗。
② 忒奥克里托斯（前 310—前 250），古希腊田园诗人。
③ 据希腊神话，底比斯境内有一人面狮身怪物，即斯芬克司，遇路人即提出谜语，猜不中的必死。只有俄狄浦斯猜中谜语，并杀死了怪物。
④ 这首诗系普希金在赴外高加索作战地区的途中所写。

我忧伤而又舒畅,哀思明净;
　　你的倩影充满我的愁肠,
你,只有你一人……无论是什么
　　都无法惊扰我的忧伤,
心儿又再次燃烧,又要去爱,
　　因为,它不能不把你爱上。

(顾蕴璞译)

给一位卡尔梅克女郎

别了,可爱的卡尔梅克①女郎!
一种值得称道的习惯②,
险些跟我的心计作对,
把我吸引到这片草原,
跟着你的大篷车游荡。
你的眼睛当然不够大,
鼻子扁平,额头太宽,
不会悄声絮谈法国话,
你没有用丝绸裹住大腿,
也不会按照英国的习尚,
坐在茶炊前把面包撕碎。

---

① 卡尔梅克,蒙古游牧民族,普希金在《1829年远征时游阿尔兹鲁姆》中谈到遇到过他们的车队。
② 指诗人在此以前居留吉辛辽夫时,曾在茨冈的帐幕中度过一些时日。

商玛尔①激不起你的赞赏，
对莎士比亚也兴趣索然，
不会沉浸于无稽的幻想，
当你脑子里空无一念时，
不会低吟："Ma dov'è"②；
你不会在俱乐部跳加洛普③……
又有何妨？整整半小时，
在仆人驾好我的马之前，
你的秋波，放浪的姿色，
使我理智和感情万般迷恋。
朋友们！把闲得发慌的心
寄托在哪里岂不都一样：
在辉煌的客厅，时髦的包厢，
或是在游牧民族的大篷车上？

（顾蕴璞译）

"世间有个贫寒的骑士"④

世间有个贫寒的骑士，
他沉默寡言，质朴异常，

---

① 《商玛尔》，法国浪漫主义诗人维尼（1797—1863）的一部颠倒历史的历史小说，普希金对它持否定态度，但当时在俄国颇受上流社会的赞赏。
② 意大利歌剧《狄多之遗弃》中的小歌曲："但你在哪厢？"
③ 加洛普，一种舞会上的舞蹈，1825年最先出现于法国。
④ 这首诗普希金生前因为检查上的原因没能发表。后诗人以更简洁的形式收入《骑士时代的几场戏》。

看起来阴沉而脸色苍白,
但生性勇敢,为人直爽。

他曾经见过一种幻觉,
那简直有点莫名其妙,
而幻觉却刻在心上,
印象竟是那样坚牢。

他曾远去日内瓦旅行,
在那道旁十字架附近,
亲眼目睹圣母马利亚,
那位天主基督的母亲。

从此他心里燃起激情,
对旁的女人不屑一看,
直到自己入土进棺材,
不想跟任何女性交谈。

从此他再也不从脸上
摘除那个钢质的面罩,
他再也不围上围脖了,
只用念珠把脖颈缠绕。

骑士从来不向人祈祷,
不向上帝、上帝之子①
或任何一个神灵祷告,

---

① 上帝之子,即耶稣。

他真是一个怪人奇士。

他度过多少个不眠之夜,
对圣母马利亚肃立景仰,
用哀伤的眼神凝望着她,
泪水像河水轻轻地流淌。

他满怀着信念和挚爱,
对笃信上帝十分虔诚,
他用鲜血在盾牌上写道:
"**圣母啊,祝你欢欣。**"①

与此同时,别的骑士们
正驰骋迎击战栗的敌人,
转战于巴勒斯坦平原,
嘴里喊出夫人们的芳名。

神圣的玫瑰,天庭之光!②
他的喊声大过任何人,
而穆斯林却从四面八方,
威风凛凛地向他逼近。

他返回遥远的城堡后,
遭到了严酷的囚禁,
一味钟情,一味忧伤,

---

① 原文为拉丁文。
② 原文为拉丁文。

未进神餐就去见死神。

正当骑士弥留的时光,
狡猾的精灵赶到病榻旁,
那恶魔想把骑士的灵魂
拖到自己所在的地方。

他说骑士不祷告上帝,
也不知道守规吃斋,
他只是殷勤地追逐
圣母马利亚的裙钗。

但这位圣母马利亚,
诚心诚意护佑着他,
并且允许那位骑士
永远进入她的国家。

(顾蕴璞译)

译自哈菲兹的诗[①]
(幼发拉底河畔的军营)

啊,年轻气盛的美男子,
切莫把征战的荣誉贪恋,

[①] 哈菲兹是14世纪波斯抒情诗人。这首诗据东方诗歌的情调写成,哈菲兹并没有这样类似的诗作。手稿里的标题是《给法尔加特·别克》。显然这首诗是写给在与土军作战的俄军穆斯林骑兵团服务的法尔加特·别克的。

切莫跟卡拉巴赫①的国人
进行你死我活的血战!
我知道死神不会碰上你,
阿兹拉伊②在刀光剑影中,
看到你那英俊的模样,
定然会对你手下留情!
但是我担心:在战场上,
你将会不可挽回地失去
你那动作的拘谨的谦逊,
你那柔情与羞怯的魅力!

(顾蕴璞译)

奥列格的盾③

尚武好战的大公啊,
当斯拉夫人的大军
随你向君士坦丁堡挺进,
让胜利的旗帜飘扬长空;
你把自己的金刚盾取下,
钉在察列格勒④的城门口,

---

① 卡拉巴赫,位于高加索南端的一个古老的小山国。
② 阿兹拉伊,穆斯林的死神。
③ 1829年俄土战争期间,俄国军队长驱直入,直逼当时土耳其的首都君士坦丁堡,土耳其罢战求和。普希金在这时写下这首诗,遥想907年基辅大公奥列格率军攻克君士坦丁堡后将盾牌挂在城门上的豪迈情景。
④ 察列格勒,俄国人对君士坦丁堡的旧称。

以便一显罗斯的军威,
叫顽固的希腊人又怕又羞。

同仇敌忾的血战来临,
我们又踏上你的征程。
而今当我们再一次光荣地
向伊斯坦布尔①威武地进军,
厮杀声震撼了你的山冈,
你嫉妒的呻吟使我们不安,
你那古老的盾牌喝令我军
在伊斯坦布尔城前停止追赶。

(顾蕴璞译)

"当我用这匿名的讽刺诗……"②

当我用这匿名的讽刺诗
给佐依尔③的面目涂上污斑,
必须承认:我没有料到
他会响应我这一挑战。

---

① 1453年土耳其人占领君士坦丁堡后改称伊斯坦布尔。君士坦丁堡原称拜占庭,罗马帝国皇帝君士坦丁大帝迁都于此后才改名为君士坦丁堡,曾经是东罗马帝国(拜占庭帝国)的都城。
② 普希金在嘲讽卡切诺夫斯基的短诗中未直呼其名,但《欧罗巴通报》所载匿名(实为纳杰日金所写)批评普希金的《波尔塔瓦》的文章里,作者却指责普希金"热衷于刻毒的小诗与谩骂"。这首诗就是普希金为回击这种攻击而写。
③ 佐依尔,公元前4世纪希腊的喜吹毛求疵的批评家,应指纳杰日金,但普希金误以为是卡切诺夫斯基。

这些传闻是不是可信?
他敢担保吗? 果真这样?
难道我的傻瓜竟招认:
他挨了我的一记耳光。

(顾蕴璞译)

"你跟漂亮的傻姐儿们厮混"[①]

你跟漂亮的傻姐儿们厮混,好不自在,
你办公你玩牌你赴宴——得意忘怀;
你的漫画不亚于圣·普里斯特[②],
你写诗如涅列金斯基[③],也算人才;
你在决斗中被子弹打得百孔千疮,
你在战场上被刀枪砍得血肉成块,
你虽然是个名副其实的英雄好汉,
但,你又是个十足的浪荡公子,实实在在。

(乌兰汗译)

[①] 这首诗是普希金写给他的朋友军官鲁·伊·多罗霍夫(1801—1852)的。
[②] 圣·普里斯特,业余漫画家。
[③] 涅列金斯基(1752—1829),俄国感伤主义诗人。

鞋匠①

（寓言）

有个鞋匠曾经端详一幅画，
他指出所画的鞋上有一处败笔；
画家立即拿起彩笔来修改。
鞋匠双手叉腰还接着评议：
"我觉得面孔稍稍有点偏斜……
这个胸脯是否也裸露太多？……"
阿佩列斯②听得已忍无可忍：
"朋友，超出鞋的范围不要多说！"
　这使我想起我的一位朋友：
我不知道他在哪方面内行，
尽管他在口头上相当严谨，
真见鬼，他竟对一切说短道长③，
最好他还是只谈修鞋的行当！

（顾蕴璞译）

---

① 这首诗是普希金针锋相对地回敬纳杰日金的，因为纳杰日金无理指责了他的《波尔塔瓦》等长诗。

② 阿佩列斯，是公元前4世纪的希腊画家，本诗借用他的口来贬斥对什么都横加评论的人。

③ 这句诗用于影射纳杰日金在其评《波尔塔瓦》一文中所引用的贺拉斯的诗句"不要做你力所不及的事"，以此揭露纳杰日金的言行不一。

顿河[①]

在辽阔的原野上闪耀,
它奔流着……顿河,你好!
我从你远方的子孙那里,
给你带来了他们的致意。

百川都知道静静的顿河,
把你视为光荣的长兄;
我从阿拉斯克和幼发拉底那里,
给你带来了他们的崇敬。

顿河的骏马穷追敌寇,
停下来稍稍地歇息,
如今饮着阿尔巴察的清流,
闻到了乡土的气息。

我朝夕思慕的顿河啊,
快给你骁勇的哥萨克骑手
备好由你的葡萄园产的
泡沫喷涌的闪光的美酒。 (顾蕴璞译)

[①] 1829年,普希金从俄土战争的前线外高加索回俄国不久写成这首诗。他回国途中,曾经过土耳其的幼发拉底河、外高加索与土耳其交界的阿拉斯克河及其左岸支流阿尔巴察河等。

途中怨

有时徒步,有时骑马,
有时乘四轮马车、带篷马车、
轿式马车、运货大车,
我还要过多久这样的生活?

看来,上帝注定了我的结局:
不是在祖传的洞穴里倒毙,
不是埋葬在父辈的墓地,
而是要在大道上死去。

死在马儿踏过的石板上,
死在车轮碾过的山坡上,
或是被大水冲到山沟里,
或是死在被拆毁的桥旁。

或者感染上了黑死病,
或者被严寒冻得僵硬,
或者被拦路打劫的伤兵
用木棒结果了我的性命。

或者正好走在树林里
被凶恶的土匪一刀扎死,
或是在某地的检疫所里

由于寂寞难耐而告别人世。

我为这饥肠辘辘所苦,
这非本愿的吃素还要多久?
总让人怀念的雅尔①的蘑菇,
就像怀念冷盘小牛肉?

若是待在原地不动,
在米雅斯尼茨基大街②上兜风,
闲来无事,思量着购买田地,
想着未婚妻,那才叫其乐融融!

能喝上一杯罗木酒多好,
晚上睡个好觉,早上喝杯茶;
弟兄们,真是在家千日好!
嘿,快马加鞭呀,哈,哈!……

(丘琴译)

"冬天。我们在乡下该做什么?"③
(11月2日)

冬天。我们在乡下该做什么?

---

① 雅尔,莫斯科旧日的餐馆。
② 米雅斯尼茨基大街,莫斯科基洛夫大街的旧称,手稿中写为"尼基茨基大街",娜·尼·冈察罗娃即住在这条街上。
③ 这首诗和下面的《冬天的早晨》,皆写于普希金赴彼得堡途中在帕·伊·武尔弗的特维尔庄园做客期间。

我询问给我端来早茶的仆人：
天气暖和吗？暴风雪是否已停？
地上可有积雪？能不能起身，
骑马转一转，或者还是翻一翻
向邻居借的旧杂志直到吃午饭？
新雪遍地。我们起了床上坐骑，
在田野信马闲行，沐浴着晨曦；
鞭子握在手，身后追赶着猎狗；
我们朝苍白的雪地定睛细看，
转转、跑跑，天色已经不早，
纵狗追不着双兔，便往家转。
多快活啊！黄昏了，风雪咆哮；
烛光幽微，愁绪紧压心头，
点点滴滴，啜饮寂寞的苦酒，
想念书，两眼枉然扫过字母，
神思悠远……我便合上了书，
我拿起笔，坐下来；我想强迫
睡意蒙眬的诗神胡诌上几句，
但声韵不合辙……我已失去
对诗韵这奇怪的女侍的一切权利：
诗句苍白、拖沓，冰冷而朦胧。
我心灰意懒，不想再跟竖琴争论，
我走进客厅，听到人们谈着
当前的选举和制糖工厂的事情；
女主人和天气一样紧锁眉尖，
灵巧地拨动着编织用的钢针，
或用纸牌红心的王给人算命。
苦闷啊！这样寂寞地苦度光阴！

但如黄昏时我们在屋角下跳棋,
忽然从远方驾着车朝荒凉的村寨
来了一家人:老太太和两个少女
(姊妹俩都是浅黄鬈发和苗条身材),
这偏僻的角落顿时会热闹起来!
我的上帝,生活变得多丰满!
开头是些凝神而斜视的目光,
继后说几句,接着就是交谈,
然后是会心的微笑,晚会的歌声,
飞旋的华尔兹,桌旁的细语绵绵,
慵倦的目光,还有轻佻的语言,
窄窄的楼梯上的幽会迟迟不肯散;
于是少女趁昏暗走出了门阶;
袒露粉颈和酥胸,任风雪扑面!
但北方的风暴无伤俄国的玫瑰,
严寒天的一吻该是炽热的火焰!
飘雪时的俄国少女有多么鲜艳!

(顾蕴璞译)

冬天的早晨

严寒和阳光;多么晴朗!
我俏丽的朋友,你还在梦乡;
美人儿,该起身了,醒醒吧!
放开你被愉悦遮蔽的目光,
你变成北国的一颗晨星吧,

出现在曙光女神的身旁。

曾记否,昨夜风骤雪乱,
在昏暗的天空到处逞狂;
月亮宛如苍白的斑点,
从云端透射黄色的冷光,
你也满怀忧伤地坐着,
可现在……快向窗外探望:

在那蓝莹莹的天穹之下,
白雪上闪着艳红的阳光,
犹如一条条华美的地毯;
只有透明的树林黝黑如常,
枞树透过白霜泛出翠绿,
河水在冰层下闪闪流淌。

满屋都辉映着琥珀的光彩。
在一只生火的炉子近旁,
响起了噼噼啪啪的欢歌。
多么惬意啊,在暖炕上遐想。
不过你可知道,现在该吩咐
驾栗色牝马拉雪橇去奔忙?

滑过清晨的茫茫雪原,
好朋友,让我们纵马前往,
驱赶着不慌不忙的马,
去把空闲的田野拜访,
拜访不久前还茂密的森林

和河滨这块亲切的地方。

(顾蕴璞译)

讽刺短诗

白发的嘶嘶托夫！你光辉的统治
应该结束了！何不让贤而隐退：
快让你那年轻而健旺的养子，
啊，我们伟大的歌者，前来继位！
瞧，可敬的座谈客听到这劝告，
果然照命运的意旨乖乖去做；
请看他年轻的继承者出场了，
那是嘶嘶托夫二世登上了宝座！

(查良铮译)

讽刺短诗①

小顽童把颂神诗呈给菲伯。
"志向倒不错，可惜没有头脑。
他有多大了，啊？""十五才过。"
"只有这么小？喂，拿鞭杖来教！"
听到这，这中学生就赶紧

---

① 这首诗是讽刺纳杰日金的。

端来整个奴才文章的习作。
格拉茜接过本子,咬着下唇,
打开第一页高声念给菲伯听。
菲伯像服了麻药,昏眩不止,
在盛怒之下把它撕得稀烂,
并且立刻把这成熟的白痴
交给手下人鞭挞,以绝后患。

(查良铮译)

"我爱过您……"①

我爱过您:也许,我心中,
爱情还没有完全消退;
但让它不再扰乱您吧,
我丝毫不想使您伤悲。
我爱过您,默默而无望,
我的心受尽羞怯、嫉妒的折磨;
我爱得那样真诚,那样温柔,
愿别人爱您也能像我。

(顾蕴璞译)

---

① 这首诗是写给安·阿·奥列尼娜的。

"我们走吧……"①

我们走吧,无论上哪儿我都愿意,
朋友们,随便你们想要去什么地方,
为了远离骄傲的人儿,我都愿意奉陪:
不管是到遥远中国的长城边上,
也不管是去人声鼎沸的巴黎市街,
到塔索不再歌唱夜间船夫②的地方,
那里在古城③的灰烬下力量还在昏睡,
只有柏树林子还在散发着馨香,
哪里我都愿去。走吧……但朋友们,
请问我的热情在漂泊中可会消亡?
我将要忘却骄傲而折磨人的姑娘④,
还是仍要到她跟前忍受她的怒气,
把我的爱情作为通常的献礼捧上?
……………………………………

(顾蕴璞译)

---

① 普希金此时心情不佳:因擅自去军队而受到当局的严厉斥责之后,又遭到娜·尼·冈察罗娃(未来的妻子)的冷遇,因此提出去法国或意大利旅行或随派往中国的外交使团同行的申请,结果也遭到拒绝。
② 夜间船夫,指意大利威尼斯的小游艇划手,塔索之所以不能把他们歌唱,是因为当时威尼斯正被奥地利人占领。
③ 古城,指两千年前古罗马的一些毁于火山喷射的城市,在普希金的时代已被完好无损地发现。
④ 指娜·尼·冈察罗娃。

"不论我漫步在喧闹的大街"

不论我漫步在喧闹的大街,
还是走进人很多的教堂,
或者坐在狂放的少年当中,
我总是沉湎于我的幻想。

我自言自语:岁月如飞,
这里无论我们有多少人,
都将要走进永恒的圆拱——
有些人的寿限已经逼近。

每当我望见孤零零的橡树,
我总想:这林中长老的年轮,
将活过我湮没无闻的一生,
如同它活过了多少代先人。

每当我抚爱我可爱的婴儿,
我早就想向他说声:别了!
让我来给你腾个位置吧:
我该腐朽,你风华正茂。

对于每一天,对于每一年,
我惯于让思索给它们送行,
我努力从岁月中猜度出,

何年何日将是我的忌辰。

命运将在哪里给我派来死神?
在战场,客中,还是浪尖?
或者是将由附近的峡谷,
来把我这具寒尸收殓?

纵然对无知觉的尸体来说,
在哪里腐烂反正都一样,
但我仍愿意我的长眠处,
尽量靠近我可爱的地方。

但愿在我的寒墓入口,
将会有年轻生命的欢乐,
但愿淡漠无情的大自然,
将展示它永不衰的美色。

(顾蕴璞译)

高加索

高加索在我身下。我兀立山巅,
在悬崖边缘的积雪之上出现,
一只苍鹰从远方的峰顶腾起,
几乎不动地翱翔在我的眼前。
从这里我见到了急流的源头,
和那可怕的雪崩的初次塌陷。

这里,乌云在我脚下温顺地飘移,
透过云层传来了瀑布倾注的喧响;
云幕底下矗立着光裸的巨崖险壁;
往下已有枯索的苔藓和灌木生长;
再往下面便是丛林和绿色的荫翳,
野鹿匆匆奔跑,小鸟则啾啾鸣唱。

在那里,一些人家居住在山坳,
只只白羊沿着青绿的陡壁攀高,
一个牧人朝着欢乐的谷地下山,
阿拉瓜河在狭窄的两岸间迅跑。
一个贫穷的骑手掩藏在山谷中,
捷列克河正充满狂喜,急浪滔滔。

它像一头从铁栏外见到食物的
初生的兽犊那样在咆哮、戏玩,
怀着枉费心机的敌意向河岸冲击,
用如饥似渴的波浪舐吮着山岩……
但却枉然! 没有食物,没有欢愉:
沉默的峭壁可怕地把它夹在中间。

(顾蕴璞译)

雪 崩

巨浪拍打阴郁的巉岩,

喧响不息,飞沫四溅,
苍鹰在我头顶上鸣叫,
　　松林在哀怨,
在雾海浮沉的崇山峻岭
　　正亮着银冠。

有一次突然从峰顶塌落
一大堆冰雪,它隆隆作响,
在峭壁间的深谷夹道中
　　筑起了屏障,
于是挡住了捷列克河
　　滔滔的巨浪。

捷列克河啊,你筋疲力尽后
安静了,突然停止了咆哮;
但又百折不回,怒捣冰雪,
　　凿出了通道……
你野性大发,淹没了两岸,
　　一片水滔滔。

崩裂的冰层一直躺在谷中,
这庞然大物仍未见消融,
愤怒的捷列克从底下冲过,
　　它掀起水尘
和喧嚣不息的飞沫,润湿着
　　冰冷的苍穹。

头顶上有一条宽阔的通路:

沿着它,骏马奔驰,老牛移步,
         草原的商人一步步前行,
            牵着匹骆驼,
         如今只有风神这空中居民
            从这里驰过。

                               (顾蕴璞译)

勇 士

山冈外传来对射的枪声,
敌营与我营正虎视眈眈,
山冈上,在哥萨克们眼前,
一个漂亮的勇士在盘旋。

勇士!可别闯入哥萨克战阵,
切莫把自己的性命送掉;
大胆的娱乐会使人突然遭殃:
只消你不幸碰上了梭镖。

喂,哥萨克,别投入战斗!
一个勇士驱策着战马,
他要用弯弯的军刀从肩头
把你那剽悍的头砍下。

对跑,遭遇,共同喊叫……
你们快瞧!结果可好?……

勇士身上是中了梭镖,
可哥萨克的脑袋飞了。

(顾蕴璞译)

卡兹别克山上的寺院

卡兹别克,你雄伟的天幕,
高高俯瞰着层峦叠嶂,
闪耀着这永恒的光辉。
有如天上的方舟翱翔,
你的寺院耸立在云端,①
依稀飞翔在群山之上。

我所渴望的迢迢的彼岸!
我真想对峡谷说声"再见",
然后攀上那自由的峰顶!
我真愿意和上帝为邻,
到那云外的禅室隐身!……

(顾蕴璞译)

---

① 指格鲁吉亚古老的茨明达·萨灭巴教堂。

昆虫集锦①

> 啊,多么小的小牛,
> 真的,小过一个别针头。
> ——克雷洛夫

我这里的昆虫集锦,
可供友人们一饱眼福,
这是何等斑斓的家族!
无论从哪里把它们搜寻,
它们的分类都浑然天成!
这儿是瓢虫格林卡②,
毒蜘蛛卡切诺夫斯基,
还有斯维宁——俄国甲虫,
加上奥林——黑蚂蚁
和小小的甲虫拉伊奇③。
它们真是美不胜收!
一个个被人刺穿后钉住,
在玻璃柜整齐地陈列着,
一排排配上警句神气十足。

(顾蕴璞译)

---

① 这首讽喻诗原来没有点出具体的人名,只是根据各自人名的音节数标上星点做记号,使全诗更有概括性。现诗中所列姓名是普希金的同时代人填上的。
② 格林卡(1786—1880),写过一些宗教诗,以软弱无力为其特色。
③ 斯维宁、奥林、拉伊奇,当时庸庸碌碌的批评家。

"当鼓噪一时的流言蜚语"①

当鼓噪一时的流言蜚语,
玷污你那青春的年华,
你便会丧失对荣誉的权利,
处在上流社会的判决下。

在这薄情的世人之中,
唯独我一人与你分忧,
为你向着漠然的神像,
发出毫不灵验的祈求。

但上流社会……决不会改变
它那残酷无情的惩罚:
它不会鞭挞自己的谬误,
反却替它们隐恶作假。

上流社会的爱慕虚荣,
它对伪善的孜孜追逐,
应受我们同等的蔑视:
让心儿披上忘怀之幕。

切莫啜饮这痛苦的毒酒;

---

① 这首诗是写给阿·费·扎克列夫斯卡娅的。

快从闷人的花花世界出走；
抛下这些疯狂的欢娱吧，
唯独我一人是你的朋友。

（顾蕴璞译）

题征服者的半身雕像①

在这里你枉然发现败笔：
艺术的妙手把一丝微笑
挂到这大理石铸的嘴边，
怒气抹在冰凉光亮的额角。
其貌不诚实并不是无因。
这位统治者也就是这样：
习惯于互相矛盾的感情，
相貌和生活与丑角相仿。

（顾蕴璞译）

"祝愿你去建立新的功勋"②

祝愿你去建立新的功勋，

---

① 诗中指的是亚历山大一世的半身雕像，为丹麦雕刻家托瓦尔辛(1768—1844)1820年于华沙所作。

② 此诗是未加工的初稿，标明"杜舍特，5月27日"。写这首诗的缘由是普希金同波斯诗人法齐利-哈诺姆的会晤。

去我们北方的路很险峻。
在那里春光停留得很短暂,
但是在那里有加费扎和萨季
众所周知的…………名字。

你将访问我们北方的疆域,
留下痕迹…………
你要将东方的幻想的花朵
遍撒在北方的漫漫的雪原。

(李海译)

"迷人的雅典城的克里顿"①

迷人的雅典城的克里顿,
这位风流阔绰的公民,
在风华正茂之年陶醉于
世俗生活的各种享受。
有一次,——请注意听,朋友,——
他在克里米克境内漫游,
突然看见,从原始林木中,
闪现出一位童贞的美女,
身着轻薄而随便的衣巾,
这是山泽森林女神出浴。
在浴室前的圆柱之间

---

① 此诗是未完成的构思的草稿。写作日期是 1829 年 7 月 16 日。

她只停留了瞬间工夫,
就走进了房屋。他不眨眼
一动不动地盯着门,梦幻
一样,盯着那美人隐身处。

(李海译)

戏题《涅瓦文集》中刊登的《叶甫盖尼·奥涅金》插图①

一

已在科库什金桥上穿行,
现在靠着…………花岗石,
亚历山大·谢尔盖·普希金
同奥涅金先生并肩而立。
对有权主宰命运的要塞②
不屑于正眼置之一顾,
他傲慢地屁股对着要塞:
我亲爱的,痰别往井里吐。

---

① 1829年《涅瓦文集》上刊登阿·诺特别克为《叶甫盖尼·奥涅金》作的版画。据米·伊·普欣说,1829年秋,普希金在高加索温泉时,曾为那期《涅瓦文集》上的插图写了诗。第二节诗原为十二行,但最初四行普希金已记不起来了。另一种说法是,这些诗是普希金写给文集出版者阿拉季英的。

② 要塞指彼得保罗要塞,此处也关押政治犯。

二

有黑色的汗毛透过衬衣，
可是外表……——很可亲！
达吉雅娜手里揉搓着纸，
因为她的肚子有些痛：
因此，在白色的月光里，
清晨她就早早地起了身
并在……撕碎，当然是
《涅瓦文集》这一本。

(李海译)

"我们又赢得了尊严荣誉"[①]

我们又赢得了尊严荣誉，
傲慢的敌人又被击败，
血腥战争解决在阿尔兹鲁姆，
和平宣布在埃迪尔奈[②]。

俄罗斯从此又前进一步，
南方又居强力统治地位，

---

① 作者为阿德里阿诺波利和约(1829 年 9 月 2 日签订)而写的诗作草稿。根据这次和约，俄罗斯获得多瑙河河口若干岛屿和高加索黑海沿岸若干城市；希腊获得独立。
② 埃迪尔奈，阿德里阿诺波利的土耳其名称。

于是半个埃弗克欣又都
揽到了自己紧紧怀抱里。

啊,希腊,振奋起来,快振奋。①
力量并没有白白地鼓起,
战争并没有白白地震惊
奥林普,平德,费尔莫皮雷。②

提尔泰奥斯③,拜伦,里加斯
烈火般诗歌的鼓舞之下
英雄和神祇的故国乡里
卸下了奴役的镣铐枷锁。

披着那些巅峰的古老荫覆④,
年幼的自由也已经产生,
在彼里克尔……棺木
在大理石雅典城……

(李海译)

---

① "啊,希腊,振奋起来……",引自希腊诗人里加斯(1757—1798)的诗句。
② 奥林普、平德、费尔莫皮雷,这些都是希腊同土耳其人进行解放战争的地区,前两个地区战后仍为土耳其领土。
③ 提尔泰奥斯(前7世纪),希腊诗人,以写战争哀歌著称。
④ 指高踞陡岩上的雅典卫城。

"集合号在响……"

集合号在响……从手上
滑落了衰老的但丁①,
在唇边开始的诗行
没有读完就归于沉静——
我的心神飞到了远方。
啊,熟悉的、生动的音响,
我多少次听见过你
在我静静成长的地方;
但那已经是往昔,往昔。

(查良铮译)

"期望得到我的蔑视"②

期望得到我的蔑视,
白发挑刺者就谩骂,
终于我失去了耐性,

---

① 指但丁的史诗《神曲》,普希金能读原文。
② 这首诗是由刊登在卡切诺夫斯基《欧罗巴通报》上的纳杰日金的谩骂文章《白发的挑刺者》引起的。

就用讽刺诗①来回答。
受知名度欲望刺激,
如今,希望得到答复,
杂志小丑,滑头奴婢——
本要开口谩骂。——啊,不!
如同弥撒前的魔鬼,
让他无处找到安宁:
家奴,就等在前庭里,
同你的老爷把账结清。

(李海译)

"我也当过顿河哥萨克"②

我也当过顿河哥萨克,
也曾把奥斯曼③匪帮追赶,
我带回来了一根马鞭,
当作战斗和帐篷的留念。

在远征中,在战场上,
我把三弦琴保存在身边——
和它形影不离,在墙上
我也挂上了我的马鞭。

---

① 指《如同用无名的讽刺》一诗(载《欧罗巴通报》1829 年 10 月号),因此,这首诗应写于 1829 年底或 1830 年初,因为那时纳杰日金的谩骂文章仍在继续发表。
② 这首诗是普希金依据自己旅途笔记中所载与顿河哥萨克的一次谈话写成。
③ 奥斯曼,土耳其人的旧称。

对朋友我用不着隐瞒——
我对妻子十分爱恋,
我常常会思念起她来,
因此保存好我的马鞭。

(顾蕴璞译)

"一份全然不是欧罗巴的杂志"①

一份全然不是欧罗巴的杂志,
老新闻工作者②一息奄奄,
以自己奴性的散文形式
一个笨蛋中学生却出现。

(李海译)

"叶莲娜,为何如此惧怕"③

叶莲娜,为何如此惧怕,
以如此醋意的快速
到处追逐在我的后头,

---

① 针对纳杰日金刊登在《欧罗巴通报》上的文章而写的讽刺诗,未完成。
② 指卡切诺夫斯基。
③ 这是一篇未完成的草稿。

我总在你的匆忙监视下，
一步不离……我归你所有。

（李海译）

"白肋花喜鹊喳喳叫"

白肋花喜鹊喳喳叫，
它就在我篱笆门下，
跳过来又跳过去
预告有客来我家。

不寻常的铃铛响声
在我的耳朵里响起，
霞光中…………血红，
细雪银白灰尘扬飞。

（李海译）

皇村回忆[①]

美丽的花园啊，薄暮冥冥，
被联翩的回忆搅得不宁，

[①] 这首诗写于1829年12月14日，即十二月党人起义四周年之际。诗未修改完，有一些词是后人根据推测定下来的。

我怀着令人心醉的惆怅的心情,
　　低头走进你神圣的幽境。
《圣经》上那个挥霍无度的少年,①
把悔恨的苦酒喝得一点也不剩,
最后见到他的祖居之所的时候,
　　就这样垂下头泣不成声。

为了那毫不足取的幻想,
　　任凭转瞬即逝的热情正旺,
啊,在那一无所获的浮华的涡流中,
　　我耗去多少心灵的宝藏。
我久久地流浪,而且常常困顿风尘,
满怀悔恨之情,预感到灾祸光降,
我总要想起你,想起这幸福的地方,
　　总要把这些花园怀想。

我想象从前那幸福的日子,
　　皇村学校再现在你们眼前,
我又听到我们游戏的欢声笑语,
　　重新看见亲如一家的友伴。
我此刻顿觉诗兴勃发,怡然忘情,
又像位娇少年,忽而热烈,忽而倦怠,
心中怀着一些模模糊糊的幻想,
　　在草地和默默的树林徘徊。

我分明十分清晰地看见

---

① 指《圣经》上关于浪子的劝诫故事。

过往岁月的骄傲的痕迹。
看见伟大的夫人①喜爱的花园,
　　那里洋溢着她的气息,
那里满目都是殿堂、大门、立柱,
到处都是塔楼、一尊尊崇拜的偶像,
还有叶卡捷琳娜的英杰们②的
　　大理石的荣耀、黄铜的褒奖。

这些英雄的一个个幽灵,
　　都在给他们的立柱旁坐定,
瞧,这就是驱散敌军的英雄,
　　加古尔河两岸逞威的彼隆③。
这就是北国旗舰的强大首领④,
他目睹烈火般的海飞舞、翻腾;
这就是他忠实的胞兄⑤,阿尔希贝拉克⑥的英雄,
　　这就是汉尼拔⑦,纳瓦林要塞的功臣。

　　我从童年时起就在这里,

---

① 伟大的夫人,指叶卡捷琳娜二世(1729—1796),原为彼得三世的皇后,后通过宫廷政变废彼得三世自立为女皇。
② 指叶卡捷琳娜时代的统帅们。
③ 指彼·亚·鲁缅采夫-扎杜纳伊斯基胜利地进行了 1768—1774 年"第一次土耳其战争"。
④ 指阿·戈·奥尔洛夫-契斯缅斯基(1768—1808),在他的指挥下,俄国舰队曾烧毁一个土耳其分舰队。他是叶卡捷琳娜宫廷政变中的得力干将。
⑤ 指费·戈·奥尔洛夫(1734—1783),切斯马海战参加者,曾支持叶卡捷琳娜实行政变。
⑥ 阿尔希贝拉克,意大利的一个群岛。
⑦ 汉尼拔,普希金外祖父伊·阿·汉尼拔(1736—1801),即"彼得大帝的黑奴"阿·彼·汉尼拔的长子,在 1770 年攻克了土耳其的纳瓦林要塞。

在多次圣洁的回忆中长成,
这时候人民战争的滔滔洪流①
　　汹涌澎湃,一片愤恨声。
一种对血战的关切笼罩着祖国,
俄罗斯前进了,从我们身边驰过
乌云般的骑兵、大胡子的步兵,
　　还有那闪亮的铜炮一座座。

————

··························

我们嫉妒地望着年轻的士兵,
　　贪婪地倾听战场遥远的声音。
于是我们愤愤不平地诅咒童年,
　　并且诅咒学科紧缚着我们。
许多人未能生还。伴着新的歌声,
他们光荣地倒在鲍罗金诺战场,
在库兹明高地,在立陶宛密林,
　　死在靠近蒙马尔特②的地方。

(顾蕴璞译)

————

① 指俄国 1812 年的卫国战争。
② 蒙马尔特,1860 年后巴黎的一个郊区,在巴黎公社的起义中负有盛名。

"啊,福玻斯……"①

啊,福玻斯,崇高重要的歌曲
你注意聆听,静默的七弦琴
我要挂在你破损的圣殿,
当暴风雨震撼它的立柱,
就再让它发出它的响声,
发出悲哀声音……再一曲颂歌——
灶神,注意听我唱,我给你们
唱誓约颂歌,宙斯的谋士们,
不管你是否身居天庭深处,
还有,那些至高无上的神祇,
据圣贤们的意见,一切事物
根由,伟大的宙斯及他那位
淡色头发妻子和聪慧女神,
力量的贞女,雅典的帕拉斯②
庄严地跟随你们,——赞美你们。
神秘的力量,请接受颂歌!
虽然长期因放逐而远离了
你们的祭品和寂静的奠酒,
诸神啊,我从未疏于爱你们。
在荒原忧伤的长久时刻,

---

① 这首诗为未定稿,是英国诗人骚塞《灶神颂歌》的译文的开头部分。
② 帕拉斯,即雅典娜。

我的心灵极难堪地请求
休息,在你神圣的祖宅旁边
休息,——……因为那里祥和。
我如此久地爱过你!我呼唤
你们来做见证人,我以如此
神圣的激动遗弃了……人类,
以便来护卫你们隐遁之火,
自己同自己进行交谈,是的。
这是无法言传的幸福时刻!
这时刻让我得知心的深邃
在它的强大和软弱之中,
这时刻教给我去爱,教我
珍爱的,不是死亡,是神秘情感。
他们把首要科学教给我们:
敬重你自己。啊,不,我永远
不会停止虔诚地向你们,
向你们这些家宅神祈福。

(李海译)

"捷列克奔流在两山峭壁间"①

捷列克奔流在两山峭壁间,
波涛削切着荒野的河岸,
在巨大的山岩周围翻腾,

---

① 一次山崩切断了捷列克河的水流,诗写的就是这件事。

在这里,在那里,挖掘道路,
如同一头咆哮的活野兽,
突然又变得平静而驯顺。

  它流得越来越低下平稳,
它已流得像是不再流动。
暴风雨后洪水衰落安静,
雨水正是这样缓缓流动。
于是…………裸露出
那条河槽里的累累石头。

(李海译)

"又可怕又烦人"

又可怕又烦人。
这里,新的居处,
道路和夜宿。
又拥挤又窒闷。
荒野的山谷——
积雪和乌云。

太阳不发光,
几乎不见天空,
像监狱里的天。
太阳难展愁容。
旅人不会遇上

(除了一片黑暗)
……………

(顾蕴璞译)

断章①

* * *

阴郁峭岩之间的峡谷
在我们面前越来越宽,
险河捷列克变得平缓,
太阳光芒更耀眼刺目。

* * *

在为俊好的乌沙科娃形象尽力。

* * *

啊,我们面临多少美妙的发现,
为我们准备这一切的既有
启蒙教育的精神以及经验,

---

① 第一部分是组诗片段,写于去阿尔兹鲁姆旅行时;第二部分是写在叶·尼·乌沙科娃纪念册里普希金为她画的肖像下的。据乌沙科娃的侄子说,这行诗是普希金未保留下来的一首诗的开始。

还有天才们,奇谈怪论的朋友,
还有机遇,发明家上天神灵。

(李海译)

1830

丘琴 查良铮 等译

库克罗普斯[①]

我忽然失去言行的能力,
只能用一只眼睛望着你:
我的额头上只有一只眼睛。
如果命运之神施我以恩惠,
如果让我长出一百只眼睛,
这一百只就全都会望着你。

(丘琴译)

"我的名字对于你有什么意义?"[②]

我的名字对于你有什么意义?
它像那拍击遥远海岸的沉闷涛声,

[①] 这首诗是为参加庆祝与土耳其签订合约而举行的宫廷化装舞会的叶卡捷琳娜·费奥多罗夫娜·蒂森豪森伯爵夫人(库图佐夫的孙女)而写的。根据她所选定的库克罗普斯衣着,她应该向皇帝和皇后朗读贺诗。库克罗普斯为希腊神话中的独眼巨人。

[②] 这是应波兰美女卡罗琳娜·索班斯卡娅之请写在她的纪念册上的诗。诗人在流放南方时曾见过她,后来,在彼得堡又再度与她相遇。

它像那密林深处夜半的幽响,
不会再在这个世界上留存。

在纪念册的一页上,
它会留下无声的痕迹,
就像用难以辨认的文字
刻在墓碑上的潦草字体。

能有什么意义呢?在奔波
和烦扰中你早已把它忘记,
它也不会给你的心带来
什么清晰的温柔的回忆。

但是,当你悲苦时,在静夜里,
你会满怀思念地叨念起我的名字,
你将会说,世界上还有人记得我,
还有一颗心为我跳动不已……

(丘琴译)

回答[①]

我的女神啊,我认出了你!
我所依据的不是那

[①] 这首诗是对叶·尼·乌沙科娃来信的答复。来信虽然没有署名,可是普希金根据笔迹和语气把它认了出来。

龙飞凤舞般的秀美笔迹,
而是那令人愉快的俏皮话,
而是那尖酸刻薄的嘲弄,
而是那撩人的问候的话语,
而是那么不公正的……问罪
和那又生动又美妙的文笔。
我正在不由地感到厌倦,
捧读来书,心儿顿然陶醉,
我不禁要放声高呼:该走了!
到莫斯科去,马上到莫斯科去!
这个城市的人高傲,消沉,
心儿有如花岗石,谈吐冷冰冰,
这儿没有不让人讨厌的轻浮,
没有缪斯、普列斯尼亚①、美惠女神。

(丘琴译)

"在欢娱或者百无聊赖的时刻"

在欢娱或者百无聊赖的时刻,
我便常常拿起我的竖琴,
抒发我的慵倦、激情和狂热,
让它发出柔婉的声音。

每当你那庄严的歌声

---

① 普列斯尼亚,街名,乌沙科娃一家当时住在莫斯科市中普列斯尼亚。

使我的心儿猛地抖颤,
我便不由自主地停止弹拨,
那俏皮的琴弦。

突然,我的泪水有如涌泉,
你的那些芳香的语言
像纯洁的圣油滴在我的伤口上面,
使我的良心感到慰安。

如今,从精神的高峰
你伸出手来抚摩我的创伤,
你的温柔,你的情爱
平息了我心中的渴望。

心中燃烧着你的火焰,
摒弃了对人间纷纷扰扰的厌烦,
于是,诗人便敬畏地倾听
六翼天使琴弦的震颤。

(丘琴译)

十四行诗[①]

> 不要轻视十四行诗,批评家。
> ——华兹华斯[②]

严肃的但丁对十四行诗没瞧不起;
彼特拉克的爱的情热向其中流注;
麦克白的创造者喜欢它那种俏皮;
卡蒙斯用它把他感伤的思想倾吐。

在我们时代它也迷住了一位诗人:
华兹华斯拿它来作为自己的武器,
当他远远地离开纷扰不已的人群,
就用十四行诗把自然的风光描绘。

受着遥远的塔夫利达群山的滋养,
立陶宛的歌手转瞬就把他的理想
信笔植入那行数有限的十四行诗。

[①] 这首诗是普希金根据华兹华斯的一首十四行诗改写的。诗中把华兹华斯提到的作者略去几个,又加上两个新的:立陶宛歌手密茨凯维支和杰尔维格。威廉·华兹华斯(1770—1850),英国浪漫主义诗人。他把日趋衰落的古典主义时期的古体十四行诗加以恢复。过去,这一古体十四行诗曾培育出许多伟大诗人:但丁、彼特拉克、莎士比亚、著名英雄史诗《卢济塔尼亚人之歌》的作者葡萄牙诗人路易斯·卡蒙斯等。

[②] 原文为英文。

在我们这里姑娘们对它还不熟悉,
而杰尔维格喜欢它简直如醉如痴,
竟把六音步的神圣曲调全然忘记。

(丘琴译)

讽刺短诗①

你的不幸,不在于你是波兰佬:
柯斯丘什科和密茨凯维支都是波兰人,却声名大噪!
就算你是鞑靼人——
我看,那也不必羞为人道;
即使你是犹太人——也用不着烦恼;
糟糕的是你这维多克·菲格里亚林的名号。

(丘琴译)

---

① 这一首诗是抨击暗探作家法·维·布尔加林(1789—1859)的。普希金给他起了这个可耻的绰号:菲格里亚林。菲格里亚林是布尔加林的变音读法,是个俏皮的双关语,暗示他的文风粗野又小丑似的狂妄。

致达官贵人①

(莫斯科)

只待和暖的西风吹遍田野,
只待第一棵菩提树又绿上枝头,
世界从北方严寒的枷锁中挣脱出来,
我就去造访你,亚里斯提卜②和蔼的后代,
就去造访你,去看看这座宫殿,
看看建筑师的圆规、雕刻刀、调色板
怎么样遵照着你的高明的设计,
各显神通,出奇制胜,魅力无边。

幸福的人啊,你理解人生的真谛,
你活着就是为了生活。你从青年时代起
就善于使你漫长显赫的一生多彩多姿,
你寻找各种机会,进行适度的嬉戏。
一个接一个的欢乐和官运接踵而至,

---

① 这首诗是普希金写给19世纪下半叶俄国封建农奴制("达官贵人制")文化的一个典型代表人物、拥有大量土地的大地主尼古拉·鲍里索维奇·尤苏波夫(1751—1831)的。尤苏波夫的青年时代几乎全是在西欧和南欧旅行中度过的。他到过英国、法国、西班牙和意大利。后来,他在这些国家还担任过许多重要的外交职务。尤苏波夫结识了启蒙时期的许多杰出的活动家。1789年前不久,他还参观了法国凡尔赛王宫。他从国外旅行归来时,带回了印刷精美的图书和出色的绘画与雕塑,布置了他在莫斯科近郊的领地阿尔罕格尔村中的居室。普希金的双亲曾在莫斯科尤苏波夫的家中住过一些时候;因此,诗人从童年时起就认识他。后来,普希金常见到他,还不止一次到阿尔罕格尔村去过,诗中对此即有描写。

② 亚里斯提卜,前4世纪古希腊的哲学家,他认为幸福就在于享乐。

你曾作为女皇的青年使臣访问菲尔奈①
会见这位玩世不恭的白发老人,
多谋而勇敢的思想界和新潮流的领袖,
他喜欢他在北国所享有的无上权柄,
用十分低沉的声音向你亲切致意,
又亲切地和你交谈,极其愉快,热烈,
你听他的赞扬,仿佛啜饮人间的仙酿。
告别了菲尔奈,你又来到了凡尔赛。
那里只知寻欢作乐,谁还去想未来如何,
年轻的阿尔米达②首先向人们发出号召,
要人们穿华丽的衣服,尽情欢乐,
她的命运已经注定,她全然不知道,
还在宫中和轻佻的侍从一道嬉戏。
你可还记得垂阿农③和喧闹的游宴?
它们的甜蜜的毒汁并没有打倒你;
你那时还认真地咀嚼,退避一边。
忽而是预言的爱好者,忽而是怀疑论者,
忽而是无神论者,闯入你严酷的筵席。
狄德罗④坐在摇摇晃晃的三脚椅上⑤,
抛掉假发,极度兴奋中把眼睛闭起,

---

① 菲尔奈,位于法国和瑞士边界的伏尔泰的领地,伏尔泰在这里度过了生命的最后几年。尤苏波夫奉叶卡捷琳娜二世的指派曾去该地访问伏尔泰。
② 指法国女王马利亚-安图阿涅塔。
③ 垂阿农,凡尔赛公园中的两个亭子,其中之一的小垂阿农亭是马利亚-安图阿涅塔喜爱去的地方。
④ 狄德罗(1713—1784),法国哲学家和作家。最初他是天主教徒和唯心主义者,后来才坚决转向无神论和战斗的唯物主义世界观。他的出色的即兴谈话特别著名。
⑤ 据希腊神话,在设置于山岩缝隙(从那里冒出令人晕眩的气息)上的三脚供桌上,阿波罗神的女祭司(皮蒂娅)宣读她的《预言》。

便开始宣讲。你慢慢地把酒品尝,
静听无神论者或自然神论者①的教导,
像好奇的西徐亚人听雅典诡辩派演说。

但是,伦敦又吸引了你的注意。
你勤奋地仔细研究上下两院的会议:
一边是激烈的攻讦,一边是严酷的回击,
这是新的文明的所向无敌的动力。

也许,你在悭吝的泰晤士河上感到寂寞,
想作远游。眼前闪现出快活的博马舍,
他像自己书中出色的主人公那样,
一副好为人效劳的模样,殷勤、活泼。
他猜透了你的心思:用迷人的话语
向你细细评说女性的秀足和双眸
和那个国家的安宁——那里天空晴明如洗,
懒洋洋的生活过得十分称心如意,
就像少年的梦充满激情和欣喜;
那里女人毫不畏惧嫉妒的西班牙夫君,
趁着夜晚来到阳台眼角流霞,
笑容可掬地听人讲话,招引异邦人。
于是,你心旌难抑地飞往塞维拉。
真是个幸福的地方,令人着迷的乡土!
那里,月桂树在轻轻摇动,柑橘在成熟……
啊,请告诉我,那里的女人怎样

---

① 宗教哲学流派的代表,主张上帝作为造物主而存在,但是,反对对开天辟地以来固定下来的自然界现象的规律做任何进一步的触动。伏尔泰就是自然神论者。

把信仰和恋情动人地结合在一处,
怎样在大披肩底下做出一个暗示,
请告诉我,信儿如何投出围篱,
如何用金币麻痹忧闷的大婶的监视,
请告诉我,披着斗篷的二十岁的情人
在窗下如何心火如焚,浑身战栗。

物换星移。你看到飞旋的风暴,
智慧与复仇女神结盟,一切都在瓦解,
威严的自由曾经制定了法律,
凡尔赛和垂阿农走上了断头台,
宴乐嬉戏为阴森森的恐怖所替代,
在新的如雷的声名下,世界在变易,
菲尔奈早已沉默。你的友人伏尔泰
是命运的反复无常的突出事例,
纵然在九泉之下他也得不到安息,
迄今仍然在各个墓地间游来荡去①。
德·霍尔巴赫男爵②、莫尔莱③、加尔亚尼④、
狄德罗、怀疑主义的百科全书派,
刺儿头博马舍和你那没有鼻子的卡斯齐⑤,

---

① 法国革命时期,伏尔泰的遗骸被庄严地移往名人公墓(埋葬法国伟人之处);复辟时期,反动势力猖獗,保皇党分子把遗骸掷到垃圾堆上。
② 德·霍尔巴赫男爵(1723—1789),法国唯物主义哲学家。
③ 莫尔莱(1727—1819),法国哲学家和经济学家,参加了著名的《科学·艺术和工艺百科全书或解读字典》编写工作。18世纪法国的一些杰出的唯物主义哲学家也参加了编写工作。
④ 加尔亚尼(1728—1787),意大利天主教修道院院长,经济学家,作家,与狄德罗及其他"百科全书派"友好往来。
⑤ 卡斯齐(1721—1803),意大利诗人,作品有讽刺长诗和情诗。

这一切都已逝去。他们的热情、论断、见解,
都已被人忘记。看吧:你的周围
新生事物如潮涌,过时的东西被扬弃。
亲眼目睹了发生在昨日的一切毁灭,
年青一代刚刚从惊愕中醒悟过来。
他们在收集严峻经验迟结的果实,
正忙于使收入和支出能够相抵。
他们没工夫开玩笑,去赴泰米拉①的午宴,
或者对诗歌进行争论。新的奇妙的琴音,
拜伦的琴音好不容易才使他们听得入神。

  只有你依然如故。一跨进你家的门槛,
就好像突然又回到叶卡捷琳娜时代。
一间藏书室、一尊尊雕像、一幅幅绘画、
一座座美丽的庄园都在向我讲解,
都在证明你默默地倾心于缪斯,
你在高雅的闲暇时刻也离不开诗篇,
我在倾听你:你无拘无束的谈吐充满
青春的活力。你对美的魅力十分敏感。
你热烈地称赞阿利亚比约娃②的娇媚,
兴致勃勃地称颂冈察罗娃③的美艳。
你怡然把玩柯勒齐④和卡诺瓦⑤的作品,
摆脱了人间琐事的各种烦扰纠缠,

---

① 诗中假想的女友的名字。
② 阿利亚比约娃(1812—1891),莫斯科早期的美人之一。
③ 冈察罗娃,普希金未来的夫人。
④ 柯勒齐,即柯勒志奥·安东尼奥·阿列格里(约 1489—1534),意大利著名画家。
⑤ 卡诺瓦(1757—1822),意大利著名雕塑家。

有时候,就站在窗口笑看人世,
把一切看作不过是周而复始的循环。

　　于是,罗马的达官贵人便忘却雪片般
飞旋的公文,一心献身于缪斯和安闲,
在云斑石浴室和大理石的宫殿安度晚年。
人们从远方前来晋见:有军人,演说家,
有脸色铁青的独裁者①,有青年执政官,
他们在这个地方痛快地休息一两天,
夸赞一番中转站,然后便上路重越关山。

(丘琴　刘光杰译)

新居②

我祝贺你迁移了新居;
和你移去的家神一起
你也搬去了心灵的欢乐,
恬静的世界,自如的工作。

你够幸福,你的小小家庭
总保留着智慧的习性;
像门户要防火,你防避着

---

① 在古罗马,在非常时期,国会将全部国家权力授予其掌管的人。
② 这首诗是写给米·彼·波戈金(1800—1875)的,他是莫斯科大学教授,历史学家,批评家,《莫斯科通报》的编辑。普希金在1830年4月26日访他未遇,留言说:"普希金来过了,祝贺你的新居。"

恶意的忧虑,委靡的懒惰。

(查良铮译)

"当我紧紧拥抱着……"①

当我紧紧拥抱着
你的苗条的身躯,
兴奋地向你倾诉
温柔的爱的话语,
你却默然,从我的怀里
挣脱出柔软的身躯。
亲爱的人儿,你对我
报以不信任的微笑;
负心的可悲的流言,
你却总是忘不掉,
你漠然地听我说话,
既不动心,也不在意……
我诅咒青年时代
那些讨厌的恶作剧:
在夜阑人静的花园里
多少次的约人相聚。
我诅咒那调情的细语,
那弦外之音的诗句,
那轻信的姑娘们的眷恋,

---

① 这是普希金写给他的未婚妻娜·尼·冈察罗娃的信。

她们的泪水,迟来的幽怨。

(丘琴译)

致诗人①
(十四行诗)

诗人!不要重视世人的爱好。
狂热的赞美不过是瞬息即逝的喧声;
你将会听到愚人的批评和冷淡的人群的嘲笑,
但你应该坚决、镇静而沉着。

你是帝王:你要独自生活下去。
你要随着自由的心灵的引导,沿着自由之路奔向前方,
致力于结成那可爱的思想的果实,
不要为你高贵的功绩索取任何褒赏。

它们都存在你的心中。你自己就是最高的法官;
你善于比谁都更严格地评价你的劳作。
严厉的艺术家啊,你对它们满意吗?

你满意吗?那么就让世人去责备好了,
让他们向燃着你的圣火的祭坛吐痰,
让他们孩子气地摇晃着你的三脚香炉吧。

(戈宝权译)

---

① 这首诗是普希金的愤慨之作。看他去世半年前所写的《我给自己建起了一座非手造的纪念碑》一诗和其他许多关于诗人的诗,就晓得他并不是和人民对立,而是为人民歌唱的。他所憎恨的世人,是指上流社会中那一批卑鄙和不学无术的人。

圣母[①]

(十四行诗)

我从来不愿意用古典大师们
许多作品装点我的居室,
使得来访的人盲目地吃惊,
听取鉴赏家们自我吹嘘的解释。

在工作间歇时我百看不厌的画
只有挂在素洁屋角的那一幅:
画面上仿佛从彩云中走下
圣母和我们的神圣的救世主——

她的神态庄严,他的眼中智慧无量——
他们慈爱地望着我,全身闪耀着荣光,
没有天使陪伴,头上是锡安[②]的芭蕉树。

我的心愿终于实现了,造物主
派你从天国降临到我家,我的圣母,
你这天下最美中之最美的翘楚。

(丘琴译)

[①] 这首诗是诗人献给未婚妻娜·尼·冈察罗娃的。诗中提到的那幅画是意大利画家皮耶特罗·班鲁琴(1446—1524)的作品。诗人在信中写道:"……我长时间地停留在这幅画着淡黄头发的圣母像前,她的容貌和你相似得有如两滴水珠那样没有区别。"诗人还开玩笑地写道:"如果它的售价不是四万卢布的话,我就把它买下了。"诗中对这幅画作了描述。

[②] 锡安,耶路撒冷所在地的一个山冈。

鬼怪

乌云在奔驰,在翻卷,
神不知鬼不觉,月光
偷映出雪花的飞旋;
天阴沉着脸,夜色茫茫。
我乘车在旷野中赶路,
铃声丁零零——丁零零……
走在这神秘莫测的原野上,
令人不由得胆战心惊!

"喂,车夫,快点走!……""不行啊,
老爷,马儿走不动;
暴风雪打得我睁不开眼睛,
道路全被大雪掩封,
即使打死我,路也看不清;
我们迷路了。怎么办?显然,
旷野上的鬼怪在戏弄我们,
使我们在原地打转。

"您瞧,它就在那儿玩儿呢,
又吹风,又把唾沫向我吐;
看哪,我那野性勃发的马儿
正在被它推下山谷;
它一忽儿变得出奇地高大,

令人厌烦地站在我的面前,
一忽儿又化作小小的火花,
一闪一闪地没入黑暗。"

乌云在奔驰,在翻卷,
神不知鬼不觉,月亮
偷映出雪花的飞旋;
天阴沉着脸,夜色茫茫。
我们已无力再打旋,
马儿停蹄,铃儿也不作响……
"你瞧,那里是什么?"
"谁能知道?是树桩还是狼?"

暴风雪在怒号,暴风雪在哭泣;
敏感的马儿在打响鼻儿;
瞧那鬼怪又在向前跑,
暗夜里,闪着两只眼睛;
马儿接着往前走,
铃声丁零零,丁零零……
在闪着白光的原野上,
我看见聚集着一群幽灵。

鬼怪丑陋不堪,大得无边,
这些鬼怪乘着月暗,
正在跳跳蹦蹦转圈圈,
像十一月落叶随风飞旋……
鬼怪有多少!要被赶到何处?
为什么歌声都那么凄苦?

是埋葬了老妖大放悲声,
还是妖女出嫁难以割舍父母?

乌云在奔驰,在翻卷,
神不知鬼不觉,月光
偷映出雪花的飞旋;
天阴沉着脸,夜色茫茫。
鬼怪一群一群地急驰,
正在无边无际的天空,
用它们幽怨的叫声和哀号
撕扯着我的心胸……

(丘琴译)

哀歌

想起过去荒唐岁月的那种作乐,
我就心情沉重,像醉酒般受折磨。
对时日飞逝的伤怀也像酒一样:
时间过得越久,心头越觉得苦涩。
我的道路坎坷难行。未来啊,
滔滔大海只会带给我悲哀和劳作。

但是,我的朋友啊,我不想离开人世;
我愿意活着,思考和经受苦难;
我相信,生活不仅是操劳、灾难和烦扰,
总会有赏心悦目的事和我相伴:

有时我会再次在和谐声中陶醉,
有时会因为捏造、中伤而泪洒胸前,
也许,在我悲苦一生的晚年,
爱情会对我一展离别的笑颜。

(丘琴译)

答无名氏①

啊,无论你是谁:用悦耳的歌声
祝贺我在幸福美满中复苏,
还是暗中紧紧握着我的手,
递给我手杖,指给我前路;
啊,无论你是谁:感人的长者,
还是我早年的青春的伙伴,
或是缪斯暗中保护的少年,
或是天使般羞怯的少女——
我都怀着感激的心情谢谢你。
我一向遭到冷落,离群索居,
至今,我已不习惯于领受别人的好意——
亲切的话对我已经十分陌生。
要求社会同情的人可笑之极!
冷酷的人群,他们看待诗人,

---

① 无名氏是伊万·古里亚诺夫(1789—1841),杰出的古埃及学家,俄罗斯科学院院士。在普希金举行婚礼之前,他曾送给诗人一首贺诗,但未署姓名。诗中表示,深信家庭幸福将是诗人获得新的创作灵感的源泉。

就像对待游方的江湖艺人:
若是他能深刻地表达内心的苦痛,
而动人的悲凄的苦吟的诗句
又以非凡的力量捶打着人的心灵——
这群人就鼓掌,连连称是,
或者只是点点头,并不赏识。
如果歌手突然心情特别激动,
如悼念亡人,拘禁,或者流放——
那些艺术爱好者们便会议论:
"这更好,这更好!他将吸取
新的思想和感情,再传给我们。"
但诗人的幸福谁也不会关心,
当它胆怯地在一旁默不作声……

(丘琴译)

皇村雕像[①]

姑娘失手,水罐在岩石上撞碎。
　　她拿着无用的瓦片,坐在那里流泪。
奇迹!破罐里流出的水源源不竭;
　　姑娘永远悲哀地坐着,伴着不息的流水。

(丘琴译)

[①] 指皇村花园中喷泉上的青铜雕像:卖牛奶的女人。雕像是雕刻家彼·彼·索科洛夫根据拉封丹的寓言《卖牛奶的女人和水罐》的题旨制作的。

少年①

一个渔夫把渔网摊在冰冷的海岸上；
　　孩子在给他帮忙。少年啊，抛开捕鱼行当！
等待着你的是别样的网，别样的奔忙：
　　你将去网打知识，你将去辅佐沙皇。

（丘琴译）

诗韵②

不眠的回声女神踯躅在宾内河畔。
　　福玻斯热烈地爱上了她，一见钟情。
他的极度兴奋在她身上结了果；
　　在爱说爱道的女河神中间，她忍受痛苦。
生下爱女，接产的是摩涅莫辛涅③。
　　活泼的姑娘在女神们合唱声中长大，
她酷似敏感的母亲，学会了严格的记忆，
　　缪斯很喜欢她，在人间，她就叫作**诗韵**。

（丘琴译）

---

① 诗中的少年指俄罗斯天才的科学家、诗人米·瓦·罗蒙诺索夫。
② 古希腊罗马的诗是无韵的。关于韵的产生的神话是普希金创造的。
③ 摩涅莫辛涅，希腊神话中的记忆女神，乌拉诺斯和该亚的女儿，宙斯化作牧人和她生了缪斯，她教导人们记忆，为每件东西取名。

题《伊利昂纪》的翻译[①]

其一

听见神圣的古希腊语言的沉寂了的声音,
激动地,我的心感到了古歌者伟大的幽灵。

其二

格涅季奇是独眼诗人,盲荷马的译者,
而他的译文也只有一方面近似原作。

(查良铮译)

工作[②]

我渴望的时刻来到了:多年的创作终于完成。
    为什么一种莫名的感伤悄悄烦扰着我?
是由于功业告成,我便如多余的短工般呆立着,
    领取报酬后,却不愿去从事另一项工作?

[①] 为尼·伊·格涅季奇的荷马译诗出版而作。第一节诗发表了,第二节诗仅留在手稿上,并被诗人有意抹去。

[②] 这首诗写于1830年9月末,诗体长篇小说《叶甫盖尼·奥涅金》脱稿之时。

还是不愿告别老行当,这长夜相随的无言的伴侣,
　　金色的奥罗拉①的朋友,神圣家神②的友人?

(丘琴译)

"聋子拉着聋子……"③

聋子拉着聋子去找聋子法官打官司。
一个聋子说:"我的牛是他牵走无疑!"
另一个聋子立即反驳说:"老天作证,
我已故的祖父早已占有了这块土地。"
聋子法官宣布判决:"尽管姑娘不检点,
还是嫁给小伙子吧,免得淫风再起。"

(丘琴译)

告 别④

最后一次了,在我的心头
我拥抱着你可爱的倩影,
并以全力唤起那心灵的梦,

---

① 奥罗拉,罗马神话中的曙光女神,即希腊神话中的厄俄斯。
② 神圣家神,原名为珀那忒斯,罗马神话中的家神。
③ 这首诗是普希金仿法国诗人保尔·比里孙(1624—1693)的寓言诗《三个聋子》写的。
④ 这首诗是为伊·克·沃隆佐娃写的。

我带着怯懦的温柔
郁郁地回忆着你的爱情。

我们的岁月迅速更替,
它改变一切,也改变了我们,
而今你,对于你的诗人,
已遮在坟墓的幽暗里,
对于你,他也已经不存。

遥远的女友啊,请接受
我这深心道出的珍重,
一如寡妇告别了亡人,
一如默默地拥抱一个朋友,
然后他就永远被幽禁。

(查良铮译)

少年侍从,或快满十五周岁

薛侣班就是这么大的年龄……①

我快要年满十五周岁,
我能否等到欢乐的时日?
它是推动我前进的动力!
即使是现在谁也不敢

---

① 原文为法文,薛侣班是法国作家博马舍的喜剧《费加罗的婚礼》中的少年侍从。

公然无礼地将我蔑视。

我已经不是小孩子了,
唇边的胡须我已能够捻起;
我像年迈的老人那样神气;
你们听,我的嗓音多么浑厚,
谁敢碰我,就让他来试试。

夫人们喜欢我,我温文尔雅,
她们当中有那么一位……
她高傲的目光如此疲惫,
她的面颊上一片红晕,
她比我的生命还要宝贵。

她很严厉,爱好专断,
她的聪慧使我感到惊异,
她的嫉妒心也大得出奇,
她对所有的人都很骄傲,
唯独我一人使她中意。

昨天晚上,她郑重其事地
对我发誓,提醒我注意,
如果我今后再三心二意,
她就要把我毒死,
瞧,她爱得多么痴迷!

人们的议论她全不在意,
就是沙漠,她也准备和我同去。

你们想知道我的女神,
我的塞维利亚伯爵夫人?……
不,我绝不说出她的名字!

(丘琴译)

"我的红光满面的批评家……"

我的红光满面的批评家,大肚皮讽刺家,
你总是想嘲笑我们的倦怠的缪斯,
到这儿来吧,请坐在我的身边,
让我们来排遣这可诅咒的忧郁。
请看这里的景象:一排残破的村屋,
屋后是黑土平原,一块慢坡地,
屋顶上飘着一片灰暗的阴云。
哪里是金色的田野? 哪里是绿茵茵的树林?
哪里是小溪? 矮篱笆围起的院落里,
触目的仅是两株可怜的小树。
而且只有两株。其中的一株
已被秋雨淋打得完全光秃,
另一株上水淋淋的树叶颜色枯黄,
只待北风起的时候落入泥涂。
这就是一切。院内甚至没有一条活狗,
不过,倒是有个农夫,两个老婆跟在身后。
他没有戴帽子,腋下夹着孩子的棺木,
远远地他就向牧师懒惰的孩子高呼,
快去把爸爸叫来,把教堂的大门打开,

快些!不能再等待!早就该把他掩埋。

"你为什么皱眉头?别总是那么不高兴!
可否唱支快乐的歌儿给我们听?"

———

"到哪儿去?""到莫斯科去。伯爵命名日
我可不能在这里闲逛。"
　　　　　　"且慢,检疫所!
要知道我们这里流行一种印度传染病①。
就像待在阴郁的高加索大门口,请坐,
你的忠顺的仆人就曾经这样坐着;②
怎么样,老弟?不开玩笑?哈哈,你也这么难过!"
　　　　　　　　　　　　(丘琴译)

"我在这儿,伊涅季丽雅"

我在这儿,伊涅季丽雅,
我在这儿,在你的窗下。
又是暗夜,又是甜梦,
都正拥抱着塞维利亚。

---

① 指霍乱。
② 普希金刚从阿尔兹鲁姆返回时,因黑死病流行,在阴郁的高加索大门口古麦尔检疫所待了三天。

我披着斗篷,
带着长剑和吉他,
我浑身是胆,
我在这儿,在你的窗下。

你现在正在睡觉?
我要用琴声把你唤醒,
倘若老头儿醒来,
我就用长剑将他刺杀。

你把绸带系在窗上,
你把它从窗口抛下……
你磨蹭什么?……快点呀,
莫非我的情敌在你家?

我在这儿,伊涅季丽雅,
我在这儿,在你的窗下。
又是暗夜,又是甜梦,
都正拥抱着塞维利亚。

(丘琴译)

讽刺短诗

阿甫杰依·符留加林,可悲的
不在于按血统你不是俄国贵族,
你是帕纳塞斯山上的茨冈人,

你在上流社会叫维多克·菲格里亚林:
可悲的是,你的小说①无聊得很。

(丘琴译)

招魂②

啊,假如这是真的,深夜里,
当活人都已经安然入睡,
圆月从天下洒落的清辉
滑过坟墓上的碑石,
啊,假如这是真的,那时候,
静静的墓地上阒无一人,
我呼唤幽灵,我等着雷拉③:
来吧,到我这儿来,我的朋友!

出来吧,我钟爱的幽灵,
我还记得你诀别前的模样:
脸色苍白,冷漠有如冬天,
临终前的痛苦使你变了相。
来吧,快来吧,怎么来都行:
无论是扮作远方的流星,

---

① 指布尔加林写的历史小说《自立为皇的季米特里》。
② 诗人很喜欢英国浪漫主义诗人白瑞·康瓦尔的《呼唤》这首诗。这是普希金写作同一题材诗作的动因。
③ 拜伦的长诗《异教徒》的主人公,在长诗结尾处,被杀死的莱拉的幽灵出现在她所钟爱的人的面前。

化为轻飘的声音,一阵微风,
或是变成可怕的幻影……

我呼唤你,并不是为了
谴责那些人,正是他们
恶毒地杀害了我的朋友,
或是想把坟墓的秘密探寻,
也不是由于有时候
我因怀疑而痛苦……但我忧郁,
我要说,我始终爱着你,
来吧,来吧,我仍然属于你!

(丘琴译)

"如今,加吾尔们是在歌颂……"

如今,加吾尔①们是在歌颂
伊斯坦布尔城了。等到明天,
它就要像一条沉睡的恶龙
被他们的铁蹄踏过,作践。
灾祸临头,伊斯坦布尔城不醒。

伊斯坦布尔舍弃了真主;
在那儿,东方古老的真理
已被狡狯的西方所蔽住;

---

① 加吾尔,伊斯兰教徒对基督教徒的蔑称。

伊斯坦布尔为了罪恶的甘蜜
而背弃先知的剑和祈求。
它已不惯于战斗的流汗,
在祈祷的时候都要饮酒。

　　在那儿,信仰的光辉已暗淡:
妇女们随意在市场行走,
人们把老妇送到十字街头,
而男人就随意闯进后庭,
太监被收买,也闭着眼睛。

　　可是,我们的阿尔兹鲁姆
多山也多路,就不如此:
我们不迷于可耻的奢侈,
也不想渎神地从酒中
舀一盅淫乱、邪火和喧腾。

我们斋戒:我们所饮的
只是泉水的醒人的清液,
我们的骑士成群结队地
奔赴战场,敏捷而暴烈。
我们对妻子嫉妒得像鹰,
我们的后庭不可侵凌,
那儿永远是一片安静。

　　伟大的真主!
　　　　从伊斯坦布尔城
被追击的土耳其精兵

朝我们来了,而一阵暴风
卷来了前所未闻的袭击。
从鲁舒克到斯密尔纳古城,
从特拉彼松德到杜立奇,
扑来了成群的刽子手,
还带着争肉食的恶狗;
土耳其兵的家屋被烧了,
都颤摇着,噼啪地倾倒;
到处突现着血染的垛口,
木头变成炭,还在燃烧;
木桩上的僵硬的尸首
烧得抽搐着,一片黑焦。
伟大的真主啊,那时候
苏丹的心是多么怒恼。

(查良铮译)

"我的结拜兄弟"[①]

我的结拜兄弟,
我们在同一片星空下诞生。
库普律斯、福玻斯和红脸酒神
却把我们的命运玩弄。

我们二人

[①] 这首诗从内容上看,是写给杰尔维格的,因为他们两人都遭到同样的攻击。

很早就出现在赛马场,
而不是杰尔查文墓地附近的集市,
迎接我们的是欢声回荡。

有那么一个爱嚼舌头的文人,
任意播弄你那铿锵的流畅的诗句,
无耻的新闻记者
把那充满希望的诗反复讨论不止。

而你,福玻斯之子,总是那么心不在焉,
可不能把你那些崇高的想法
亲自托付给小商贩
去进行锱铢必较的评断。

在某些杂志上他们咒骂我们,
我们也听到过那些非难:
我们嘛,很喜欢
饮酒时用那些混账话来佐餐。

我们对事情总爱究其原因。
由于慵懒和自信,
对于那些惹是生非的孩子的命运,
我们二人却很少加以关心。

(丘琴译)

写于不眠之夜的诗①

我睡不着,室内没有点灯:
　　到处漆黑,令人厌倦的梦。
　　只有身边的那个座钟
　　发出单调的滴答滴答声,
　　这是帕耳卡②老太婆的唠叨,
　　这是沉睡的午夜的颤抖,
　　这是卑琐的生活的律动……
　　你为什么要来把我烦扰?
　　这乏味的絮语说的是什么?
　　是在抱怨,还是谴责
　　我把今天空自放过?
　　你想要叫我做些什么?
　　呼唤我,还是预告灾祸?
　　我愿意理解你,关于你,
　　我正在苦苦地思索……

(丘琴译)

---

① 普希金逝世后这首诗才首次发表,最末一行还有一句:"我在琢磨你晦涩的语言。"
② 帕耳卡,希腊罗马神话里的命运三女神,其中一女神纺绩命运之线,二女神分配命运之线的短衣,三女神扯断人类生命之线。她们常被形容为丑恶的老太婆。

英 雄

什么是真理?①

友人

是的,荣誉有一个怪癖,
它像一条火舌到处游荡,
在它选定的人的头上飞旋,
今天离开了这个人的身上,
明天在那个人的身上升起。
人们习惯于不假思索地
一味顺从地追踪着新奇。
被这条火舌燎过额头的人
我们都认为神圣之极。
在王宫中,或是在战场上,
或者在其他公民当中,
你看这么多的候选人,
谁最能征服你的心?

---

① 题词是《圣经》故事中罗马总督彼拉多审讯耶稣时提的问题。这首诗是由于尼古拉一世于1830年9月29日在霍乱病流行时来到莫斯科而写的。诗末注明的日期即为尼古拉一世到达莫斯科之日(实际上这首诗写于同年10月)。根据普希金的要求,发表时未署名,诗人死后,作者才为人所知。

诗人

就是他,是他,那个好战的异邦人①,
一个个国君向他弯下腰身,
就是这位自行加冕的军人,
他已经消失了,如霞光一瞬。

友人

他那奇迹般的星辰何时
征服了你,使你着迷?
是他立马阿尔卑斯山顶,
遥望神圣的意大利谷底;
是他威武地掌握着大旗,
掌握着专制者的权杖;
是他将战争的猛烈的火焰
带到远远近近的家邦;
是一个连接一个的捷报
从这里、从那里向他飞递;
是这位英雄的军队
浪涛般地拍击着金字塔的基石,
也许莫斯科一片荒凉,
迎接了他,却沉默不语?

---

① 指拿破仑。接着,普希金提到使拿破仑崭露头角的 1796—1797 年的意大利战役;1799 年他搞政变,1798—1799 年远征埃及,最后是 1812 年占领莫斯科。

诗人

不,我看到他不是在战斗中,
不是在幸福的温床上,
不是在他成为恺撒的快婿①,
不是当他坐在岩石②上
忍受着寂寞的严酷的刑罚,
人们用英雄的诨名将他嘲弄,
他身上依旧披着战袍,
静静地等待死神的引领。
我看见的不是这般情景!
我看到一长列病床③,
每张床上躺着一具活尸,
致命的黑死病(病中之王)
正吞噬着每一个病人……
面对这种非战斗的死亡,
他心情沉重地进行慰问,
冷静地握住病人的手,
于是,这些濒死的人
顿时又焕发了新的劲头……
我对天起誓:谁面对死神
挺身而出对付恶病,

---

① 1810 年,拿破仑与奥地利皇室公主马利亚-露意丝结婚。
② 指圣赫勒拿岛。
③ 拿破仑的秘书布里耶恩·路易(1769—1834)于 1829—1830 年出版了十卷集《布里耶恩回忆录》,作者千方百计地"揭露"拿破仑,否定了关于他在远征埃及时曾到黑死病患者医院去探视患者并鼓励他们的这件事。此诗写成后,才发现《布里耶恩回忆录》是伪造的。

使垂死的人恢复活力，
我发誓：他就是天庭的友人，
不管混浊的尘世做出
怎样的判决……

友人

这是诗人的幻想，
严苛的历史学家不会承认它们！
啊！他的声音[①]一旦传开——
人世的魅力又向哪里去寻！

诗人

如果世人都庸庸碌碌、
贪得无厌、惯于献殷勤，
以此讨得别人的欢心，
世上的真理就该受到诅咒！
不！使我们变得高尚的谎话
比卑劣的真理我更珍重……
给英雄留下一颗心吧！没有它
他将是怎样的人？一个暴君……

[①] 指《布里耶恩回忆录》。

友人

你就宽慰自己吧……

1830年9月29日,莫斯科
（丘琴 译）

"我记得早年的学校生活"

我记得早年的学校生活；
校中有许多我们这样无忧无虑的孩子：
天真活泼,可是年龄参差不齐。

她身穿粗布衣,
谦逊温婉,面容端丽,
管理学校保持严格的纪律。

有时,我们一群孩子把她围起,
她便和颜悦色地甜甜地
和小同学们把话儿说上几句。

我记得,她的额头有如床罩那么平展,
双眸好像蓝天那么明净,
可是,我对她的教诲却很少听从。

她那额头、微闭的双唇和眉眼

凝结成一种庄严的美，
还有那充满宗教意味的语言，都使我心神烦乱。

我怕听她的责备和劝谕，
我把她谈话的明白含义
故意暗中加以歪曲。

我常常在迷人的夜晚
悄悄地溜进别人家的花园，
躲在红色假山的石洞里边。

在那里，我感到通体凉爽；
任凭少年脑海里的幻想飞翔，
这种浮想给我带来了欢畅。

我喜爱清澈的流水和树叶的哗响，
还有那树荫下的白色雕像
和它们那沉思的面相。

还有那石刻的圆规和竖琴、
手中的刀剑和文卷、
头上的桂冠和身上的披肩——

这一切使我产生某种甜蜜的敬畏，
每当看到它们
眼中便盈满清泪。

还有两座雕像堪称巧夺天工，

它们魔幻般的美吸引了我,
这俨然是两个魔鬼的逼真造型。

一个是少年(德里菲斯神像)①,
怒气冲冲,神情极为傲然,
浑身充满非人间的力量。

另一个是女性②,十分肉感,
假想的并非真实的形象——
神话中的魔鬼——虽属虚构,却很美艳。

面对它们,我忘却了自己;
少年的心在剧烈跳动,
浑身寒战,头发直直竖起。

对于未知享乐的过早希求把我折磨——
苦闷和慵懒好像铐在身上的枷锁——
虚幻的念头苦恼着少年的我。

在少年朋友中间我整日保持缄默,
我紧锁眉峰信步游荡——
心头又猛然浮起花园中那些石雕的印象。

(丘琴译)

---

① 阿波罗。
② 维纳斯。

"你离开了这异邦的土地"

你离开了这异邦的土地,
向祖国遥远的海岸驶去;
在那永世难忘的悲伤时刻,
我在你面前抑制不住地哭泣。
我的一双冰冷的手,
竭力想要把你挽留;
我恳求你不要松开拥抱,
在这断肠的别离的时候。

但是,你却把唇儿移开,
扯断了这痛苦的一吻;
你要我摆脱流放的生活,
黑暗的生活,到异地去安身。
你说:"我等待相会的日子,
头上是永远蔚蓝的天空,
在橄榄树下,我的朋友,
我们将重温爱的热吻。"

唉,就在那个地方,天穹
蔚蓝蔚蓝的一片光明,
水中倒映着橄榄树影,
你却长眠,一梦不醒。
你的美貌,你的苦痛,

全都消失在墓穴之中,
连同那再会时的抱吻……
可是我等着它;你曾应允……

(丘琴译)

译自白瑞·康瓦尔①

祝你健康,玛丽。②

为你的健康干杯,玛丽,
我的亲爱的玛丽。
我悄悄地把门儿锁起,
没有宾客,只我一人
为你的健康干杯,玛丽。

也许会有人比我的玛丽,
比这个娇小的美人儿
更加迷人,更加美丽;
但是,在活泼和温柔上
谁也比不上我的玛丽。

祝你幸福啊,玛丽,
我生命中的太阳!

---

① 这首诗是英国诗人白瑞·康瓦尔(1787—1874)一首诗的意译。
② 原文为英文。

但愿痛苦、失意
和阴雨的日子
不要去烦扰我的玛丽。

（丘琴译）

梅多克

（梅多克在瓦尔雷）①

一路顺风。船在航行。
船上挂满彩旗，
所有的帆都涨满了风，
航行，船尾的浪花向后漂去，
一切航海者都怀有许多幻想，
如今，当危险的航程即将结束，
他们又看到了故土，
一个人站在甲板上向远处眺望，
从那模糊的轮廓中
幻化出自己早就熟悉的一切，
海湾和半岛——直到凝视得眼睛发疼。
另一个人握着同伴的手，为回归祖国而欢欣，
感谢上帝的恩宠，痛哭失声。
还有一个人在向主的仆人和圣母
默念祷词，
当他发现一切平安无事，

---

① 这是英国诗人骚塞的长诗《梅多克》(1805)开头的译文草稿。长诗的内容是12世纪威尔士亲王发现墨西哥的事。瓦尔雷-威尔士，英国的一个郡。

便又是乞求恩赐,又是向远方敬礼,
把新的内容加进旧的誓言中去。
梅多克却远离众人,默然沉思,
心头泛起无数回忆,
回忆那光荣的功绩、梦中的希冀
和那痛苦的预感与恐惧。
美妙的夜晚,
风儿吹得绳索啸叫着,坚固可靠的船
欢叫着,冲破浪涛奔驰向前。
　　　　　　太阳已落山。

(丘琴译)

"面对着一个西班牙贵妇"

面对着一个西班牙贵妇,
两个骑士岿然不动。
两个人大胆而又坦率地
直视着她的眼睛。
两个人都长得十分英俊,
两个人都有一颗火热的心,
他们都把长剑拄在地上,
用力地握紧手柄。

他们爱她有如珍视荣誉,
他们爱她胜过生命;
但是,她只能爱他们当中的一个,

贵妇到底会把谁选中?
两个人同时对她说:
"究竟爱谁?请你决定。"
他们满怀年轻人的希望,
直视着她的眼睛。

(丘琴译)

我的家世①

俄罗斯一群耍笔杆儿的人
对同行进行恶毒的嘲笑,
他们硬说我是一个显贵②,
请看,这简直是胡说八道!
我既无军职,又非文官,
没有凭十字纹章登贵族之门③,
我既不是鸿儒,也不是教授,
我只不过是一个俄罗斯平民。

我理解时代的变化无常,
的确,我不想对此进行反驳:

---

① 俄皇尼古拉一世不准这首诗刊行,但是它的手抄本却广为流传,于是,也为诗人招来许多宫廷中的敌人。

② 1830年,普希金直接参加了杰尔维格的《文学报》。与这个报纸论战的记者们把报纸发行人及其工作人员呼为"文坛显贵"。

③ 按照彼得一世在1722年制定的"官级表",凡当过军官、八级文官,或获得服务三十五年勋章(即四级弗拉基米尔十字纹章)的人都成为贵族。

我们有了新兴的门第,
而它越新就越是显赫。
我是式微门第的残余
(不幸的是,不止我一个人),
我是古代贵族的后裔,
诸位仁兄,一个卑微的平民。

我爷爷没卖过油煎薄饼①,
没有给沙皇擦过皮鞋②,
没有和王宫执事同唱颂歌③,
没有一步登天变为公爵④。
在敷着发粉的奥地利军中,
他从来没有当过逃兵,

我怎么能算是一个显贵?
感谢上苍,我只是一个平民。

我的先祖拉恰凭着力气
侍奉过神圣的涅夫斯基;
他的后代愤怒之王伊凡四世
对我的先祖也很怜恤。
普希金家族从此和皇室结交;

---

① 指亚·达·缅希科夫公爵。据说,童年时,他曾在莫斯科街头卖过馅饼;他的曾孙亚·谢·缅希科夫是尼古拉一世的私人朋友,担任要职。
② 暗指伊·彼·库塔伊索夫。他先是保罗一世的近侍,后来,保罗一世把他升为伯爵,当了高官;他的儿子彼·伊·库塔伊索夫是枢密官。
③ 暗指伊丽莎白女皇的情人(后来是不公开的丈夫)阿·戈·拉祖莫夫斯基伯爵,曾担任王宫歌手。他的侄儿在亚历山大一世时任国民教育部长。
④ 暗指亚·安·别兹波罗德科公爵。他是叶卡捷琳娜二世时的著名国务活动家。

成为尼日哥罗德的市民①。
在同波兰人大动干戈时,
他们当中不少人立过功勋。

战争的怒火已经熄灭,
阴谋和叛变都已被摧毁,
人民于是做出了决议,
让罗曼诺夫家族登上王位。
我们也在决议上签了字,
那个苦行人之子②也赏识我们。
过去,我们受过王室垂青,
过去……但现在,我是一个公民。

矢志尽忠给我们带来不幸:
远祖③耿直是他的脾性,
由于和彼得皇帝意见相左,
他竟然被处以绞刑。
这件事给我们一个教训:
当权者不喜欢有人和他争论。
雅可夫·多尔果鲁基公爵很幸运,
他善于做俯首听命的人。

---

① 指库兹玛·米宁。
② 沙皇米哈伊尔·费奥多罗维奇(他的父亲是总主教费拉列特)被鲍里斯·戈都诺夫剃度为僧,后来,他又当了多年波兰的俘虏。
③ 费奥多尔·普希金因参与反对彼得一世的阴谋活动被彼得大帝处以死刑。

彼得果夫宫廷政变之时①,
和米尼赫一样,我的祖父
也同样矢忠于彼得三世,
直到彼得三世被颠覆。
奥尔洛夫兄弟获得荣耀,
可是,我的祖父却被幽禁。
我们家族的刚直遭到挫折,
于是,我生来就是平民。

我还保存着成捆的诏书,
上面盖有家族标识的印记②。
我没有同新贵交好,
我抑制着自己的傲气。
我只读书,我只写诗,
我是普希金,不是穆辛,③
我既非富翁,也不是王宫中人,
我自己就够伟大了:我是平民。

附记

菲格里亚林坐在家里断言,
我的外曾祖黑人汉尼拔④

---

① 诗人大胆地指称尼古拉一世的祖母叶卡捷琳娜二世由于1762年6月28日宫廷政变而登极的事为叛变。政变中,普希金的祖父列夫·亚历山德罗维奇·普希金和米尼赫元帅仍忠于彼得三世。
② 刻有普希金家族徽号的印章。
③ 18世纪,普希金家族式微,但它的旁系——穆辛·普希金却获得伯爵爵位,在彼得一世死后成为显贵。
④ 指阿·彼·汉尼拔。

身价只值一瓶甜酒，
卖到了一位船长名下。

这位船长很有名望，
他旋转着我们的乾坤，
祖国之舟由他来掌舵，
乘风破浪，飞速前进。

我的外曾祖感到他和蔼可亲，
他这个被廉价购来的黑人
也就对他无限赤诚、坚贞，
但他不是沙皇的奴隶，而是亲信。

他的儿子名将汉尼拔①，
在切斯马湾海战中威风凛凛，
击败了土耳其强大的舰队，
又一举攻占纳瓦林。

菲格里亚林颇富灵感：
他硬说我是贵族中的平民。
他在那个可敬的家中又算什么？
他……他是小市民街②上的贵人。

(丘琴译)

---

① 指伊·阿·汉尼拔。
② 彼得堡的一条街，当时是罪恶的渊薮。布尔加林的妻子年轻时曾和这条街有过联系。

茨冈

(译自英诗)①

在静静的傍晚时分,
在浓阴覆盖的河边,
帐篷中飞出笑语歌声,
篝火到处点燃。

你们好,幸福的种族!
我认识你们的篝火,
若是在从前的时候,
我就会随你们去漂泊。

明天,朝霞初放时分,
你们自由的足迹就将消失。
你们去了,但你们的诗人
却不能随你们同去。

他告别了流浪的行脚,
忘却了过去的欢乐,
只想在恬静的乡村中,
过舒适的家庭生活。

(丘琴译)

---

① 普希金这里标明译自英诗,实际上和英诗无关,只是对他自己过去经历的回顾。

"灌木在喧响……"

灌木在喧响……一只野鹿
欢快地跑上了陡峭的山顶,
从悬崖顶上,它畏怯地
遥遥俯瞰着下面的树林,
它望着一片明媚的原野,
望着幽深的蔚蓝的天穹,
还有那第聂伯河的两岸
像戴着冠冕,密林丛生。
它静止地,顽长地站在那里,
把敏锐的耳朵微微掀动……

但它战栗起来——它听到了
骤然的声响,便惊惧地
把它的长颈竖起,突然间
从山顶逃去……

(查良铮译)

"孩子们,你们快来观看"

孩子们,你们快来观看,

这瘦高个子费尔斯①想要一步登天,
既想赢**这些**钱,
又想使**那些**、**那些**和**那些**、**那些**赌债清还。

黑眼睛的罗塞蒂②
美艳绝伦,
她俘虏了**这些**人,
那些、**那些**和**那些**、**那些**人的心。

命运给我们
在黑暗中铺开一张怎样的网:
韵脚、金钱、女人**这些蛛丝**,
那些、**那些**和**那些**、**那些**念想。

(丘琴译)

"两种情感对我们异常亲切"

两种情感对我们异常亲切,
  心儿不断地得到它们的滋补:
   对我故乡家园的爱,
   爱我祖先的庐墓。

---

① 费尔斯,指谢·格·戈利岑。在同欠他赌债的人玩牌时,问道:"赌哪些钱,是这些还是那些?"("那些"指的是欠款)那个人答道:"反正都一样:既赌这些,也赌那些、那些和那些、那些。"

② 罗塞蒂,指宫廷女官亚·奥·罗塞特。

这是令人振奋的神圣的东西!
没有它,大地将会僵死,
如同⋯⋯⋯⋯沙漠一般,
如同没有上帝的祭坛。

(丘琴译)

"有时候,当往事的回忆……"①

有时候,当往事的回忆
在暗暗地啮咬我的心,
而已遥远的痛苦、忧郁,
像幽灵又来向我叩问;
有时候,看见到处的人们,
我就想到荒野去隐居,
我憎恨他们软弱的音响——
这时,我要忘情地飞往的
不是那一个明媚之邦
天空闪着难言的蔚蓝,
尽管它那温暖的海波
向着发黄的大理石泼溅,
尽管月桂和郁郁的杉柏
在那儿繁茂地随地生长,
而庄严的塔索曾经歌唱;

---

① 本诗未写完。其中所写的凄凉海岛,很像是索洛维茨基岛,亚历山大一世曾一度想把普希金流放到那里。

甚至如今,在幽暗的夜晚,
远远的,那振响的山岩
还把舟子的低音歌回荡。

不,我经常梦见飞往
寒冷的北国的波涛。
越过一片翻腾的白浪,
我看见一个开阔的小岛。
啊,凄凉的海岛——在岸边
丛生着严冬的越橘,
它布满了枯萎的苔藓,
受着寒冷的泡沫冲洗。
有时候,北国的渔人
就在那里大胆地停靠,
他把潮湿的渔网铺陈,
并且安排下他的炉灶。
而狂暴的气候将把我的

脆弱的小船掀到那里
…………

(查良铮译)

断 章

如今,我歌唱的
不是露水滋润的

帕福斯①玫瑰花，
我用诗歌赞美的
不是洒上酒滴的
菲奥斯②玫瑰花；
而是幸福玫瑰花，
我的艾丽莎胸前
那一朵凋萎的花……

（丘琴译）

"为他朗读了几首诗"

为他朗读了几首诗，
她的脸上便红云腾起。
心潮舒缓时她说：
"快来吧，我心中的未来夫婿。
我愿你能操起令人陶醉的诗琴。
我心中理想的人儿在哪里？
这个世界上谁能理解我呢？"
但是，安纳托利却不了解她的心曲。③

（丘琴译）

---

① 帕福斯，位于西色拉岛上的城市，据神话传说，阿佛洛狄特是在那里的海水泡沫上诞生的。

② 菲奥斯（泰奥斯）城，希腊抒情诗人阿那克里翁的故乡。

③ 这首诗是诗人根据法国作家于勒·热内（1804－1874）的长篇小说《忏悔》第八章的情节改写的。

断章

* * *

在沙漠中
一股清泉向外涌流,
泉眼四周镶砌着普通的石头。

* * *

她像一朵盛开的花,娇艳,丰满,
但是,只有一瞬间,一瞬间,
如今,她已枯萎——和……
         凋残,
莫非是你胸中的烈火
烤焦了那鲜嫩的玫瑰花瓣。

* * *

…………那严肃的目光
减少了我的多次迷误,
也许对我早年的放浪行为
给予了宽恕。

* * *

头上是晴朗的蓝空,
一颗小星星闪着亮光,
右边——是深红色的西方,
左边——是苍白的月亮。

(丘琴译)

1831

顾蕴璞 李海 等译

"在这神圣的坟墓之前……"①

在这神圣的坟墓之前
我低头肃立,黯然神伤……
全都沉寂了,唯有神灯
在漆黑的殿堂放着微光,
把根根大理石柱和一排
垂悬的旌旗抹一层金黄。

在石柱和旗帜下躺着墓主,
这个北国卫队崇拜的偶像,
强国的年高望重的捍卫者,
曾经制伏一切敌寇的猛将,
叶卡捷琳娜王朝一代英杰中
留存下来的最后一根栋梁。

在你的墓中洋溢着一片欢欣!
它向我们发出俄罗斯的声音;
它向我们反复提及那个年头:

---

① 这首诗写诗人在彼得堡喀山大教堂中库图佐夫墓前的沉思。

一种充满着人民信念的声音,
曾向你圣洁的苍苍白发呼吁:
"去拯救吧!"你挺身而起保国卫民。

如今你再听听我们的心声吧,
挺起身来,拯救沙皇和我们,
啊,严威的老人!请你面对
你所留下的团队的将士们,
到墓口片刻显一显你的雄姿,
鼓舞鼓舞我们的欢欣和热忱。

显现一下吧,并用你的手掌
为我们指出,在领袖们中间
谁是你的继承者、候选人!
但殿堂沉浸在默默无语中,
而你战墓中的永恒的梦境
依旧不动声色,一片寂静……

(顾蕴璞译)

给诽谤俄罗斯的人们

人民的雄辩家,你们吵嚷些什么?
为什么诅咒俄罗斯,威吓俄国人?
是什么触怒了你们? 立陶宛的风潮?
别吵嚷了:这是斯拉夫人的争论,
这是一场用不着你们来调解的

为命运所决定的古老的家庭纷争。

多少年来,这些民族,
彼此敌视,仇怨很深;
一会儿他们,一会儿我们,
多次迎着风暴弯下腰身。
谁赢得这力量悬殊之争:
傲慢的波兰人或忠诚的罗斯人?
斯拉夫人的细流岂不汇成俄罗斯大海?
它就能枯竭?这就是问题所在。

别吵嚷了:你们没有读过
这些染满了鲜血的碑文。
你们无法懂得家庭仇怨,
你们根本不懂其中底蕴;
克里姆林和布拉格不会理你们;
一种冒险的殊死斗争
莫名其妙地把你们迷住了——
因此你们才把我们憎恨……

为的是什么?回答呀:是因为
在那大火熊熊的莫斯科的废墟上,
我们没有认可那些使你们
发抖的人们的无耻意向?
或者是因为我们推倒了
压得各国喘不过气来的万众膜拜的神,
并且用自己的鲜血赎回了
欧洲的自由、荣誉与和平?……

你们嘴上很厉害,但干起来试试看!
难道这年迈的壮士,卧床上的亡人①,
连拧伊兹马伊尔②刺刀的力气都没有?
难道俄国沙皇的谕旨已经不起作用?
难道我们要同欧洲重新争论?
难道俄国人不再善于取胜?
难道我们人少? 难道从佩尔姆③到塔夫利达,
从芬兰寒冷的山崖到火热的科尔希达④,
从受到震惊的克里姆林宫
到岿然不动的中国的万里长城脚下⑤,
俄罗斯大地再也不能崛起,
任钢铁的鬃毛闪耀着光华?
雄辩家们,把你那恶狠狠的儿子
往我们的国家尽管派遣,
俄罗斯田野上有他们的地盘,
在他们并不陌生的墓地之间。

(顾蕴璞译)

---

① 指苏沃洛夫(1729—1800),俄国著名统帅。
② 伊兹马伊尔,现为乌克兰的一个州中心,1787—1791年俄土战争中,苏沃洛夫率俄军从土耳其手中攻取该城。
③ 佩尔姆,现为俄罗斯的一个州中心。
④ 科尔希达,西格鲁吉亚的古希腊时代的名称。
⑤ 此处的地理概念是不确切的泛指。

波罗金诺周年纪念①

每当我们用追念兄弟的酒宴
把伟大的波罗金诺日缅怀,
总要说:"不少外族曾来进犯,
气势汹汹,要给俄罗斯降灾;
欧罗巴不是曾经倾巢出动?
是谁的星辰引他们到这里!……
但我们却坚定地站稳脚跟,
用胸膛奋力抵御听命于
傲慢的意志②的民族的进逼,
使力量悬殊之争势均力敌。

"可如今他们一味自我夸耀,
竟忘却当年灾难性的逃跑;
忘记了俄罗斯的刺刀和白雪
把他们的光荣埋入荒村野郊。
熟稔的盛宴又把他们引诱——
斯拉夫人的鲜血醉人可口;
然而醉后他们会感觉难受;
不过他们的客子梦岂会长留,

---

① 这首诗写于诗人听到俄国军队攻占华沙的消息之时;这件事正好发生在波罗金诺之战周年纪念日:1831年8月26日。
② 指拿破仑。

在那北国田畴的禾苗之下,
在冰凉而拥挤的新居里头!

"快来吧,俄罗斯在呼唤你们!
但你可要知道,我们的贵客!
波兰不会再为你们做向导,
你们可要从波兰的白骨上跨过!……"
这些话兑现了——在波罗金诺日,
我们的战旗又一次破阵闯入
再度陷落的华沙城的缺口;
波兰好像一伙奔逃的士兵,
血染的战旗丢弃在尘埃之中,
被镇压的反叛便默不作声。

在战斗中阵亡者受到保护,
我们从不践踏敌人的尸骨;
如今我们不必给他们提醒:
人们把一个个古老的遗训
都保存在无言的传说之中;
我们不想焚毁他们的华沙,
他们看不见那专司报应的
女神那副金刚怒目的面容,
从俄罗斯诗人的竖琴之上,
不会听到怨天尤人的歌声。

而你们,议会中蛊惑人心的人,①

---

① 指法国议会里的发言人。

尽是些信口雌黄的雄辩者,

你们,平民遭灾的一种警钟,

是俄罗斯的死敌和诽谤者!

你们作何结论呢?……难道俄国人

还只是一个病弱的巨人?

难道北国的光荣还只是

怪事一桩,一场虚假的梦?

你们说,华沙是不是很快

对我们发布它高傲的法令?

我们该把要塞的版图推向何处?①

过布格②,到沃尔斯克拉③,利曼④?

沃雷恩⑤将要归属于谁?

谁将去占有波格丹⑥的遗产?

立陶宛承认了造反的权利,

是否会从俄国独立出去?

我们这衰朽的金顶的基辅,

这俄罗斯城市的远祖,

是否会让自己坟墓的圣地

去跟狂暴的华沙攀亲戚?

你们风暴般的喧闹和嘶哑的喊声,

---

① 保守的波兰小贵族集团要求将乌克兰合并于波兰。
② 布格,河名,西布格河流经俄波国境,南布格河流经乌克兰西南部而入黑海。
③ 沃尔斯克拉,河名,为第聂伯河左支流,今流经俄罗斯和乌克兰。
④ 利曼,今乌克兰哈尔科夫州的一个城镇。
⑤ 沃雷恩,为西布格河上流和普里皮亚特河右支流,属于基辅罗斯的省份。
⑥ 波格丹,17世纪乌克兰人反抗波兰压迫的解放斗争的领袖。

难道能扰乱俄罗斯统治者的平静?
你们说吧:到底是谁低垂了头?
利剑或叫喊这两者谁占了上风?
俄罗斯是否还强盛? 战争、流行病,
还有暴动,和国外风暴的逼攻,
丧心病狂地震荡得它不得安宁——
你们看看吧,它仍然岿然不动!
在它周围,风潮全都已经平息——
波兰的命运却从此被注定……

胜利啊! 心灵惬意的时刻!
俄罗斯,站起来,快快中兴!
轰鸣吧,这普天同庆的欢声!……
但你可要轻轻、轻轻地欢歌,
在他躺着的那张灵床的近边;
这奇耻大辱的强有力的复仇者①,
他征服了塔夫尔山②的峰巅,
连埃里温都屈从于他的威严,
那三倍的诅咒给他编织好了
一顶苏沃洛夫式的花冠。

苏沃洛夫从自己墓中站起,
看见华沙已经成了俘虏;
在他开创的光荣的辉耀下,
他的幽灵也在抖个不住!

---

① 指伊·费·帕斯凯维奇,他是季比奇死后镇压波兰起义者的俄军的首领。
② 塔夫尔山,土耳其的山系。

他,我们的英雄,他在为你祝福:
愿你解除痛苦,得到安宁;
愿你的战友们作战英勇,
愿传来你的凯旋的喜讯;
祝福他自己年轻的儿孙,
是他带着它向布拉格挺进。

(顾蕴璞译)

回声

无论是野兽在浓密的森林里咆哮,
无论是角声响起,雷声吼鸣,
无论是少女在山坡那边歌唱,——
　　对一切的声音
你都会在空旷的天空中
　　突然发出你的回响。

你倾听着雷声的轰鸣,
你倾听着风暴和浪涛之声,
你倾听着村中牧童的呼喊
　　而传出你的回答;
但对你自己啊你却没有回响……
　　而你呢,诗人,也是一样!

(戈宝权译)

"皇村学校愈是频繁地……"①

皇村学校愈是频繁地
庆祝自己神圣的校庆,
我们这个老朋友圈子,
愈是不敢结成大家庭,
这个圈子便愈少出现,
庆典就愈少欢乐气氛,
碰杯的声音就愈沉闷,
我们的歌声就愈多哀音。

人间的风暴一阵阵劲吹,
有时会突然间触及我们,
虽然身在年轻人的筵席,
心儿却常常会变得阴沉;
我们成长了;命运却预示
生活的考验也会光顾我们,
死神常常在我们中间徘徊,
并且指定自己的牺牲品。

有着六个已多余的空位,
再也见不着那六个友人,
他们天各一方地安眠着——

---

① 这首诗写于1831年10月19日皇村学校校庆日。

或此处殒命,或沙场葬身,
或死在家里,或亡故他乡,
或被病压倒,或饱吞哀伤,
都被带进黑暗的湿土中,
为他们我们曾大哭过一场。

我似乎觉得该轮到我了,
亲爱的杰尔维格①在把我呼唤,
这活跃的青春时代的朋友,
这忧郁的青春时代的同伴,
一起唱过青年歌曲的同学,
和我们同赴过欢宴,一道幻想,
这位别我们而去的天才诗人,
正呼唤我们朝亲人的幽灵飞翔。
啊,亲爱的朋友们,让我们
把我们忠诚的圈子聚得更紧,
我已给长眠的人唱完了圣歌,
还要用希望祝愿健在的人们:
希望你们有朝一日再一次地
出现在皇村学校的酒筵之上,
再一次拥抱全体健在的同学,
对充当新的牺牲不必恐慌。

(顾蕴璞译)

---

① 杰尔维格是至此时死去的六同学之一。他的死对普希金震动很大,预感到自己将在他之后死去,事实果然如此。

摘自致维亚泽姆斯基的信①

亲爱的维亚泽姆斯基,诗人和宫廷高级侍从……
(你是否认出这是瓦西里·利沃维奇的笔风?
那时,他就这样开始了给宫廷高级侍从的信,
高级侍从装饰着钥匙象征他的信念和忠贞。)
太阳也从乌云后露面如此这般光顾了你!
在你的屁股上同样也闪耀着这样一把钥匙。
荣耀和赞美属于诗人——宫廷高级侍从。万岁!
恭请代我向薇拉公爵夫人顺致祝贺敬意。

(李海译)

致阿·奥·罗谢特短笺摘抄②

我从您那儿知道了华沙就擒。
……………………………………
您是荣誉的报信人,
在我看来,您就是灵感。

(顾蕴璞译)

---

① 本诗是1831年8月14日信的开始部分。维亚泽姆斯基于8月5日获得宫廷高级侍从称号。诗的第一行普希金重复了瓦·利·普希金致普里克隆斯基的书信(1812年):
　　可爱的亲戚,诗人和宫廷高级侍从……
宫廷高级侍从称号的标志是戴在宫廷制服后的一把钥匙。
② 便笺中,第二行诗缺。普希金曾送给阿·奥·罗谢特一本小册子:《攻取华沙》。

断 章①

* * *

茨冈伊里亚,这个老古董,
瞅着那翩翩而舞的豪迈,
合着节拍两肩不住颤动,
还不停搔他白粲粲脑袋。

* * *

喏,孩子们,你们听,在古老年代
有一位画家,虔诚的天主教徒。

(李海译)

---

① 第一断章四行诗是附在杰尼索夫·达维多夫《我爱你如同马刀光泽》一诗后的。第二断章是未完成的构思的片段,普希金原来这样开头:
> 很早很早以前
> 有位非凡画家。

1832

谷羽 查良铮 等译

"我们又向前走……"①

一

我们又向前走——我不禁毛骨悚然。
一个魔鬼,蜷缩着他的魔爪,
凑近地狱烈火把高利贷者颠倒翻转。

热辣辣的脂油滴进烟熏火燎的铁槽,
火烤得高利贷者皮开肉绽。
我问:"这刑罚用意何在?请予指教。"

维吉尔②说:"孩子,此刑用意深远:
这阔佬向来贪财,生性凶恶,
他总是狠毒地吮吸债户们的血汗,

"在你们阳间,他把债户任意宰割。"
火上的罪犯发出持续的叫声:

---

① 这首诗是普希金以戏谑的文字模仿但丁的《神曲》第一部《地狱篇》写成的。
② 在但丁的《神曲》中,古罗马诗人维吉尔引导诗人游历了地狱。

"啊,我不如跌进阴凉的勒忒河!

"噢,但愿冬天的雨能使我浑身发冷!
起码百分利:利息再少我不干!"
噗的一声他爆裂了;我忙闭住眼睛。

这时候(真奇怪!)我感到臭气冲天,
像摔了个臭鸡蛋令人作呕,
又像检疫站看守已经把硫黄盆点燃。

我用手捂住鼻子,把脸朝旁边一扭。
智慧的向导却拉着我向前走去,——
他抓住铜环,轻轻提起了一块石头。

我们往下走——我在地底下看见了自己。

二

这时候,我发现了黑魆魆的一群恶魔,
远远望去犹如麋集的蚂蚁一般——
魔鬼们玩弄令人诅咒的把戏开心取乐:

一座玻璃山,像亚拉腊山①那样尖,
高高的山峰扫着地狱的拱顶,
山脉起伏伸延,横贯在昏暗的平川。

---

① 据《圣经》:亚述国北部的山地,位于今土耳其境内。

魔鬼们把一个铁球烧得通红通红,
臭爪子一松,火球就往下滚;
铁球跳跃着——山坡光滑一抹平。

唰唰地响着,四处飞溅着火星。
这时候另一伙急匆匆的魔鬼
嗥叫着,飞跑着,去抓受刑的人。

他们抓来了我的妻子和她的姊妹,
剥去衣衫,呐喊着向下猛抛——
她们两个缩成一团,飞快地下坠……

我听见她们惨不成声的绝望号叫,
她们血肉模糊,玻璃扎进肉体——
魔鬼们兴奋到极点,个个手舞足蹈。

我从远处望着——困窘而焦急。

(谷羽译)

给侍童

（译自卡图卢斯①）

司酒，请斟上法莱恩陈酿。②

法莱恩酒③醉人而味苦，
童子，把我的酒杯斟满！
波斯图米娅这样吩咐，
是她主持酒神节的狂欢。
河水啊，你敌视美酒，
流去吧，快从这里滚开！
让守斋的信徒喝个够；
纯正的巴克斯多招人爱。

（谷羽译）

"在上流社会和宫廷……"④

在上流社会和宫廷

---

① 卡图卢斯，公元前1世纪的罗马抒情诗人。这首诗就是卡图卢斯一首长诗的节译。
② 原文为拉丁文，为卡图卢斯原诗的第一行。
③ 法莱恩酒，一种被罗马诗人竞相称颂的陈年烈酒（一般窖存十年左右），通常需要加入水或蜜才能饮用。
④ 阿·奥·斯米尔诺娃-罗斯谢特接近皇室和宫廷，普希金劝说她把所见所闻写成《历史随笔》，为此赠送她一本纪念册，并把这首诗写在扉页上作为题词。

灯红酒绿、华而不实的纷扰中,
我保持冷静的目光,
保持自由的理智,纯洁的心灵,
爱真理高尚的火焰,
诚挚善良,像一个天真的儿童;
我嘲笑荒唐的一群,
我的判断准确无误,睿智公正,
我把戏谑写上白纸,
辛辣的讥讽像漆黑的墨一样浓。

(谷羽译)

题安·达·阿巴梅列克郡主的纪念册[①]

我感慨地想到,某一时
我曾大胆地抚爱过您,
那时您是奇异的孩子。
您长得如花似玉,而今
我怀着敬仰对您致意。
看着您,我的心和眼睛
激动得不自主地战栗,
像个老乳妈,我骄傲于
您的本人和您的声名。

(查良铮译)

[①] 安·达·阿巴梅列克(1814—1889),是女诗人和社交界美女。普希金在她幼小时见过她。

给格涅季奇①

你独自与荷马长时间地谈心,
　　我们久久地把你盼望,
从神秘高空给我们带来碑文②,
　　离开星辰你飘然而降。
怎么样?你发现荒原架帐篷,
　　我们纵情饮宴太荒唐,
狂热地唱着歌曲,跳跳蹦蹦,
　　环绕我们自制的偶像。
我们心慌意乱躲避你的光芒。
　　你一阵愤慨一阵忧伤,
先知啊,你是否要销毁碑文,
　　诅咒浮浪子弟的轻狂?
啊,你不诅咒我们。从山顶
　　你躲进了谷底的阴凉;
你爱天庭的雷鸣,但也听蜜蜂
　　在红玫瑰丛中嗡嗡响;
既由衷赞叹悲剧女神的绝技,
　　又能笑对街头的闹剧,
或观赏粗俗表演的自由狂放,

---

　　① 格涅季奇读了普希金的《萨尔坦皇帝的故事》,给诗人写信予以热情赞扬。普希金回赠了这首诗作为答复。
　　② 即大理石板。据《圣经》传说,大理石板上镌刻着十诫,这是摩西在西乃山上从上帝那里得到的戒律。摩西愤怒地砸毁碑文,强迫人们信奉犹太教。

道地的诗人正是这样。
罗马,或者是高傲的伊里昂①、
　　老奥西安②山岩呼唤他,
他同时也能轻松舒畅地飞翔,
　　跟着耶鲁斯兰③或鲍瓦④。

(谷羽译)

美人⑤

她的一切都和谐、珍异,
一切超升于激越的世情;
她只怯懦地静止在那里,
她的美色已超凡入圣;
她扫视一眼云集的仕女,
既没有对手,也没有侣伴;
啊,我们一圈苍白的艳丽
都已在她的光彩下消散。

无论你忙着去做什么,
尽管是去和情人会见,
无论你的心里宴飨着
怎样秘密的珍贵的梦幻,

---

① 特洛伊人的王都。希腊人包围和攻陷它的情况在荷马的《伊利昂纪》中描写甚详。
② 奥西安,传说中的弹唱家,克勒特民间叙事诗的主人公,似生活于公元3世纪。
③④ 都是俄罗斯民间文学中的人物。
⑤ 本诗是写在瓦多夫叶·米·扎斯卡娅(1807—1874)的纪念册里的,她以美貌著称。

可是碰见了她,你会迷惘,
并立刻不自主地呆住,
你会虔诚地充满了景仰
对着这神圣美妙的造物。

(查良铮译)

给 ***①

不,不,我不该,不敢,也不能
再疯狂地追求爱情的激动,
我不能再让心灵燃烧、沉迷,
我要严格地保持自己的静谧;
不,我爱得够了;然而,为什么
有时我不安于顷刻的幻梦,
每当从我眼前不经意地掠过
一个年轻、纯净、天庭的生命
随即飘然消隐?……难道我不能
清心寡欲地欣赏一个少女,
用眼睛追逐她,并在安静中
全心祝祷她幸福和欢愉,
祝祷她把一切荣华都尽享,
无忧的悠闲,平和愉快的精神,
甚至祝福她所选择的对象——

---

① 这首诗可能是写给纳·里·索洛古勃(1815—1903)的,她是普希金在彼得堡的女友。

那把少女唤作妻室的人!

(查良铮译)

纪念册题词

受着命运的专制的迫害,
我远远离开豪华的莫斯科,
我将依依地怀念那所在,
因为您在那儿蓬勃地生活。
都城的喧声扰得我厌烦,
住在那儿时我经常忧郁——
只有对您的不断的怀念
将使莫斯科浮上我的记忆。

(查良铮译)

纪念册题词[①]

很久以来,我的笔墨
没沾到这珍贵的篇幅,
对不起,你的纪念册
很久没得到一句招呼,

---

① 本诗写给的人不详。据推测,系致诗人的中学同学、诗人及音乐家帕·亚·雅科夫列夫(1798—1868)。

静静躺在我的书桌里。
很凑巧,今天是你的
命名日,我愿意祝贺
你得到各样的福泽,
很多甜蜜的欢愉——
在巴纳斯名声赫赫,
但生活呢,却很静谧;
而且,没有一本纪念册
积压上你的良心,
有负朋友或者美人。

(查良铮译)

"我想使自己心灵振奋"①

我想使自己心灵振奋,
有缘亲近早年的友人,
重温青春时代的生活,
再度体验甜蜜的欢乐。

————

我来到这遥远的边陲,
喧闹的……与心意相违,
在刀光剑影的环境中

---

① 这是一首诗稿的片段,诗人回忆 1829 年前往外高加索部队会晤十二月党人朋友的情景。

我并非追求黄金与功名。

(谷羽译)

仿古诗

一①

(选自科洛丰人色诺芬)

地板又光又亮;玻璃杯闪耀着光芒;
客人们都已戴上了桂冠;有的眯着眼睛在闻
令人舒畅的神香的烟味儿;有的打开双耳瓶,
让醉人的酒香飘得更远;一切都准备妥当:
晶莹如冰的器皿,闪着金光的面包,
琥珀色的蜂蜜,还有新鲜的干酪。
祭坛上摆满了鲜花。合唱队在歌唱。但是,朋友,
进餐之前应先洒酒祭神,说些吉祥的话儿,
应当祈祷不朽的人们,赐予我们纯洁的心灵
去维护真理:须知这会轻松些。我们现在开始:
每人按自己的酒量畅饮。深夜在奴仆的搀扶下
返回家去算不得有伤大雅;可是在酒宴间
那样机智、低声谈话的客人呵,光荣属于他!

---

① 这首诗是诗人对学者阿典纳奥斯(前3世纪—前2世纪)编辑的希腊诗集《智者的宴会》(勒费弗尔的法文译本)里科洛丰诗人色诺芬(前5世纪—前4世纪)所作的一首诗的翻译。

一①

(选自阿典纳奥斯)

美妙的长笛,泰翁,安息在这里。这合唱队的首领
　　是年迈失明的老人斯基尔帕尔所生,
富有灵感的婴儿被起名为泰翁。饮酒的时候
　　令人愉快的泰翁热情赞美了酒神和诗神。
他还赞美了美少年瓦塔尔:一个过路人!
　　他从棺旁匆匆走过,念叨着:你好,泰翁!

(王守仁译)

"快乐的葡萄之神"②

快乐的葡萄之神
允许我们欢饮,
趁着晚宴喝三杯。
第一杯为美神,
为裸体的腼腆的美人,
第二杯为健康,
要个个面颊红润,
第三杯为友谊之永恒。
三杯酒之后,聪明人

---

① 这首诗是上篇注内提到的希腊诗集《智者的宴会》里诗人赫迪卢斯(前3世纪)所作的一首诗的翻译。

② 这首诗是希腊诗集《智者的宴会》里艾弗布尔(前4世纪)所作的一首诗的翻译。

把所有的桂冠摘下来，
为了美好的梦神
我们再把奠酒摆。

(王守仁译)

1833

王守仁 查良铮 译

"宴饮不要过度……"①

宴饮不要过度,年轻人,醉人的琼浆玉液
　　应掺和些令人清醒的流水和明哲的谈话。

(王守仁译)

酒
(开俄斯岛人伊翁)

可恶的顽童,年轻的老翁,和顺的主宰者,
　　给我们带来自豪感的庇护爱情的红人!

(王守仁译)

---

① 这首诗是希腊诗集《智者的宴会》里开俄斯岛诗人伊翁(前5世纪)所作的一首诗的翻译。

骠骑兵①

他用铁篦子为马梳刷,
嘴里嘟嘟哝哝,满腹怨气:
"许是恶魔作怪吧,
把我弄到这该死的驻地!

"这儿人们老把你提防,
就像防土耳其人的射击那样,
给点清汤已很勉强,
而白酒想都不要去想。

"这儿老板像头凶恶的野兽
盯着你,而说起老板娘来……
你用敬意也好,马鞭也好,
想必都无法将她诱出门外。

"基辅可大不一样!那是什么地方哟!
汤团儿直往你嘴里跳,
只要给派拉②就有酒喝,
年轻漂亮的女郎又有多少!

---

① 这首诗是根据乌克兰民间故事的情节创作的。
② 派拉,土耳其和一些别的巴尔干国家的货币名称。

"说真的,只要那**黑眉毛**美人
看你一眼,把心给她也不可惜。
独自个,独自个可真没劲……"
"有什么办法呢?老总,你来出出主意。"

他捻动起自己的长髭须,
说道:"这话不是瞧不起你,
老汉见得多哩,小伙子
也许你不是胆小鬼,可有点傻气。

"好吧,告诉你:想当年在第聂伯附近
驻扎着我们的团;我的老板娘
长得标致,心地又善良,
可她丈夫却已经死了,你想想!

"这样我就跟她好上啦;
日子过得和睦,亲亲热热:
哪怕揍她一顿,我的玛鲁先卡
连一句难听的话也不会说。

"要是我喝醉了,她就帮我躺下,
还把解醉的酒给我准备;
有时候,只要我使个眼色:喂,亲家!——
那她什么事情都不犟嘴。

"看来,还会有什么伤心的事?
称心过吧,不要委屈人;
可是不行:我不知怎么产生了妒忌。

怎么办？看来恶魔把她勾引。

"我开始琢磨,她为什么
鸡叫前就起身？谁约她去？
我的玛鲁先卡有点淘气；
魔鬼要把她带到哪里？

"从此我就监视着她。
有一回我躺着,眯缝着眼睛
(而夜比地狱还黑,
窗外呼啸着暴雨狂风)。

"我听见:我的小亲家
悄悄地跳下热炉灶,
轻轻扫视了我一下,
就坐在炉边,吹旺煤火。

"接着点起了一支细蜡烛,
她拿着它朝屋角那边走,
把搁板上一个小瓶取下,
然后在炉前坐上了笤帚。

"把衣服全部脱光；然后
对着小瓶喝了三口,
突然她骑在笤帚上旋飞起来,
从烟囱里悄悄溜走。

"嘿嘿！我立刻猜到了：

这小亲家显然是个坏女人!
别忙,我的小心肝儿! ……
我爬下炉灶,看见那小瓶。

"闻了闻,一股酸味!什么玩意儿!
我把它泼到地上,嘿,真是奇妙:
炉叉跳了起来,木盆也跳了,
都跳进了炉灶。我见事情不妙!

"我看见一只猫在长凳底下打瞌睡;
就把小瓶朝它浇了浇——
它鼻子那么呼哧了一声!我赶它:去! ……
于是它也随木盆跳进炉灶。

"这可好,我不管遇到什么,
不管什么地方,统统把瓶水洒上;
什么坛坛罐罐,桌子板凳,
走啊!走啊!都跳进了炉膛。

"闹什么鬼!我想了想:现在
咱们也来试试!于是我一口气
喝干了瓶子;信不信由你——
我突然像羽毛似的飘了上去。

"我拼命地飞啊,飞啊,飞个不停,
飞向哪里,我不记得也不知道;
只是碰上星星便喊:
靠右点! ……后来就往地上掉。

"我一看:是山。在那山上
锅在沸腾;人们唱歌、游戏,
吹着口哨儿,真是恶作剧:
让犹太人跟青蛙举行婚礼。

"我啐了一口,想说点什么……
可突然跑来了我的玛鲁霞:
'快回去!冒失鬼,谁叫你来的?
他们会吃了你!'可我一点也不怕:

"'回家?哪能?绝不!我怎么
认得路呢?''唉,真是怪人一个!
这是火钩子,赶快骑上去,
滚开吧,你这该死的家伙。'

"'要我,一个宣过誓的骠骑兵,
去骑火钩子!咳,你这糊涂虫!
你是要我去投敌,
还是你有皮两层?

"给马!''好吧,傻瓜,给你。'
果然,一匹马出现在面前,
它浑身火红,蹄子直搔,
尾巴翘起,脖子像弓一样弯。

"'坐上吧。'于是我就骑上马,
我找笼头,——笼头不见。

马儿驮着我盘旋上升,狂奔起来——
不觉我们又来到了炉灶边。

"我一看:一切都是原来的样;
自己还骑在马上不动,
可这哪里是马,是旧板凳:
瞧,有时候会发生什么事情。"

他捻动起自己的长髭须,
补充道:"这话不是瞧不起你,
老汉见得多哩,小伙子,
也许你不是胆小鬼,可有点傻气。"

(王守仁译)

"亲家伊凡,只要酒盏一举"

亲家伊凡,只要酒盏一举,
我们必定会一个个想起
特列赫·马特廖、彼得和鲁卡,
而后还会想起帕霍莫夫纳。
我们曾同他们和睦相处,
不管怎么样,想不想,
我们都应该悼念他们,
我们都应该将他们怀想。
我们这就来回忆回忆,
我们这就来开个头吧,

快斟酒呀,把每个酒盏斟满。
开始吧,亲家,是时候啦。
我们先用啤酒来追念
特列赫·马特廖、彼得和鲁卡,
然后用大蛋糕和葡萄酒
一起追念帕霍莫夫纳,
喔,还得要提起她:
须知从前有个女行家,
她从哪儿接受了什么——
我们将要把故事来述说。
而东正教古时的那些
壮士歌和天方夜谭,
那些俏皮插话和戏谑,
又是多么有聪明才智!……
听了让人满心喜欢。
宁肯不喝也不吃,
一直坐着听那些故事。
谁编造得如此合理合情?
老人嘛,不管什么时候
(可惜,现在没有空闲)
我们都应该悼念他们——
悼念这些人是应该的事……——
对吧,亲家,我先开始,
下一个故事就该轮到你。

(王守仁译)

布德累斯和他的儿子们①

布德累斯有三个儿子,和他一样,都是立陶宛人。
　　有一天他前来跟小伙子们谈:
"孩子们!修好鞍,把马牵出来,
　　还要磨快月牙斧和剑。

"这一消息真实可靠:维尔诺②拟兵分三路
　　往三个方向去远征。
帕兹③去打波兰人,奥里杰尔德去打普鲁士,
　　打俄国人的是凯斯图特④督军。

"你们都是年轻人,力气大又勇敢
　　(还有立陶宛的神保护你们!),
如今我不能亲自前往,我派你们去打胜仗;
　　你们三个人也要三路分。

"你们都会有奖赏:一个到诺甫戈罗德,
　　从俄国人那里可以发一笔大财。
他们的妻子都穿戴华贵,如圣像的衣饰;
　　家家满箱满柜;风俗丰富多彩。

------

① 这首诗是波兰诗人密茨凯维支的故事诗《三个布德累斯》的翻译。
② 维尔诺,立陶宛的首都维尔纽斯。
③ 帕兹,立陶宛大公奥里杰尔德之子。
④ 凯斯图特,奥里杰尔德之弟。

"第二个呢,从普鲁士人,从该死的十字军那里,
　　可以得到很多贵重的东西,
有世界各地的钱币和鲜艳的花呢;
　　还有琥珀——多得可跟海边的沙子比。

"第三个,随帕兹勇敢地去打波兰;
　　那里没有多少财宝珍珠,
弄几把马刀也不错;不过从那里
　　他一定会给我领回一个儿媳妇。

"世上没有哪个公主能与波兰女郎媲美。
　　她快活,就像那炉边的小猫,
脸腮像玫瑰一样红,皮肤像奶油一样白;
　　眼睛像一对点燃的蜡烛闪耀!

"孩子,我年轻的时候也去过波兰,
　　从那里带回来一个女郎;
瞧,我活了这么大岁数,可是我还一直
　　想念着她,每当我向那边遥望。"

儿子们同他告别后就都动身了。
　　持家有方的老头儿等啊等着他们,
日子一天天过去,一个儿子也不见回来。
　　布德累斯想:看来,他们都已丧生!

雪花落纷纷,总算有个儿子往回奔,
　　一个大包裹在他斗篷底下藏。

"分给了你什么?那是啥?啊!莫不是卢布?"
"不,爸爸,是一个波兰姑娘。"

鹅毛大雪降下来,骑马人奔回乡,
　　黑色的斗篷盖着一大包东西。
"斗篷底下是什么?莫不是花呢?"
　　"不,爸爸,是一个波兰少女。"

雪花飘个不停,第三个儿子奔回家来,
　　黑色的斗篷盖着一大包东西。
老布德累斯不想再问了,赶紧张罗
　　邀请客人参加三个儿子的婚礼。

(王守仁译)

督军[①]

一个远征的督军,
深更半夜转回家门。
他叫仆人不要声张,
自己走进卧室,向床前奔,
撩开帐子……果然!
床上空空的——没有人。

他垂下严厉的双眼——

[①] 这首诗是波兰诗人密茨凯维支的一首故事诗的意译。

它们比漆黑的夜还阴郁——
开始捻自己花白的髭须……
他把衣袖往上一捋,
走出屋子,闩上了门;
"哼,你这鬼东西!"他喊了一句。

"为什么围墙那儿
没有狗,门闩也不在?
我会收拾你们,贱货!……拿武器,
准备绳子和麻袋,
再把挂在钉上的枪摘下来。
好啦,跟我走!……我要给她点厉害!"

主仆二人沿着围墙
偷偷地边走边窥探,
他们走进花园,透过树枝看见
在长凳上,靠近喷泉,
小姐坐着,身穿白色的衣裳,
一个男子站在她的面前。

那男子说:"一切都完了,
我刚刚弄到手的东西,
我的所爱,我的欢乐:
白皙胸脯的叹息,
温存小手的紧握……
督军把一切都买了去。

"我追求了你多少年啊,

我为你痛苦了多少年头!
你硬是拒绝了我。
他既不痛苦,也不追求,
只是敲了敲银圆,
你就甘愿为他所有。

"黑夜中我骑着马飞奔,
来看看你可爱的眼睛,
握握你温柔的小手;
祝福你百年幸运,
有了新居不犯愁,
然后我们就永世离分。"

小姐在忧伤地哭泣,
他吻着她的双膝;
而那二人透过树枝张望,
他们把枪放下地,
各自用嘴咬下一发弹药,
用装药杆把它装进枪里。

他们小心翼翼地走近。
"老爷,我瞄不准目标,"
可怜的仆人悄声说,
"莫非是有风,眼泪直掉,
浑身发抖,手腕无力,
药池内装不进火药。"

"小声点,你这个奴才!

有你哭的,等我腾出时间!
快往药池里填火药……瞄准……
对准她脑门。靠左……往上一点。
男的我来对付。别忙;
你等一等,我来先扳。"

花园里一声枪响。
仆人没等主人先放了枪;
只听督军一声惨叫,
身子左右晃了晃……
显然,仆人没打中目标,
却直接打在主人的脑门上。

(王守仁译)

"要不是一颗热切渴望的心……"

要不是一颗热切渴望的心
怀着某种朦胧的欲望,
我也许就会留在这里,
在这荒凉的僻静处把快乐品尝:
我会忘记所有心愿的战栗,
把整个世界看成理想国度——
依然听着这窃窃的私语,
依然吻着这美丽的秀足……

(王守仁译)

秋①
（断章）

> 那时有什么不进入我梦寐的脑中？
> ——杰尔查文

一

十月来临了——小树林从自己那
光秃的树枝上摇下最后的枯叶；
秋寒吹了一口气——道路封冻。
磨坊后的溪水还在淙淙地流泻，
但是池塘已经冻结；我的邻舍
带着狩猎用具正赶往远处的田野，
尽情的玩乐使秋播地备受蹂躏，
猎犬的吠声唤醒了沉睡的密林。

二

现在正是我的季节：我不爱春天；
泥泞和臭味使我生病；解冻天气令我难耐；
血在游荡；情感和思想被愁闷遮掩。

---

① 这首诗写于诗人1833年在鲍尔金诺度过的第二个秋天，这时期也是他创作上丰收的时期，但比1830年鲍尔金诺的秋天创作上的异常高涨稍有逊色。关于后者的回忆在这首诗收尾的几节（从第十节开始）里很容易看出来。引诗出自杰尔查文的《给叶甫盖尼·兹凡卡的生活》一诗，这首诗也是写自己在兹凡卡田庄的日常生活的。

凛冽的冬天的天气我更为喜爱,
我爱它的雪;当月儿挂在夜空,
同女友乘雪橇飞驰——多么轻快、自在,
当她穿着貂皮衣服暖得发热,面孔绯红,
热烈而颤抖地握着你的手,多么开心!

三

多么愉快啊——足蹬锋利的冰刀
在冻结的光滑如镜的河面上滑行!
还有冬天的节日那种精彩的嬉戏?……
但是也不可说过了;雪一下半年不停,
要知道,即使是习惯于穴居的熊
最终也会厌倦。再说我们也不能
老是跟年轻的阿尔米达一起去滑雪橇,
也不能老关在双层窗里,在炉边烦恼。

四

啊,美丽的夏天!我也很喜欢你,
只要你不太热,没有灰尘和蚊蝇。
你在扼杀精神上的一切才能,
把我们折磨;我们像田地,苦于旱情;
似乎只有饮水来使自己凉爽——
别的想法我们没有,对冬妈妈我们怜悯,
我们用薄饼和红酒为她送了行,
然后又悼念她,用冰食和冷饮。

五

人们常常要诅咒那晚秋的时节,
但是,亲爱的读者,她却合我的意,
我爱它那温顺的、静谧的美。
就像家里一个无人疼爱的孩子
却博得了我的欢心。坦白地说吧,
四季里,秋季好处多,我就喜欢秋季,
然而我却不是那种爱虚荣的情郎,
我似乎有点发现,凭着任性的想象。

六

这到底如何解释?我喜欢它,
大概就像你们有时候会喜欢
一个患肺病的注定要死的姑娘。
可怜的人儿病恹恹,不发怒,不埋怨。
干瘪的嘴唇上还露着些微笑;
坟墓的深渊大张嘴,她不以为然;
深红的颜色还在她的脸上留存,
今天还活在世上,明天则香消玉殒。

七

忧郁的季节啊!真是美不胜收!
你那临别时的姿容令我心旷神怡——
我爱大自然凋萎时的五彩缤纷,

树林披上深红和金色的外衣,
树荫里,气息清新,风声沙沙,
轻绡似的浮动的雾气把天空遮蔽,
还有那少见的阳光,初降的寒冽
和远方来的白发隆冬的威胁。

八

每当秋天来临,我就又神采焕发;
俄罗斯的寒冷对我健康颇有裨益;
对于日常生活的习惯我又感到欢喜;
一次次感到饥饿,一个个睡梦飞逝;
热血在心里那么轻松愉快地跃动,
我又感到幸福、年轻,各种热望涌起,
我又充满了生命力——我的身体就是如此
(请原谅我这不必要的无诗意的句子)。

九

马牵来了;在一片辽阔的草原上
它把鬃毛摆了摆,就载着骑手驰骋,
在闪亮的马蹄下,冻结的山谷震得
嘚嘚作响,薄冰发出碎裂的声音。
但是短暂的白昼已尽,久别的壁炉
又生起了火——时而明亮的炉火熊熊,
时而微微燃烧——而我就守在炉边看书
或者久久地在遐想的王国里漫步。

十

就在这甜蜜的静谧中我忘却世界,
我的幻想催我进入甜蜜的梦境,
我心中的诗就这样渐渐地苏醒:
抒情的波涛冲击着我的心灵,
心灵战栗、呼唤,它,如在梦中,
渴望最终能自由地倾泻激情——
这时一群无形的客人——往昔的相识
朝我走来,你们啊我的想象的果实。

十一

于是思潮在头脑里无顾忌地起伏,
明快的韵脚也迎着它前去一试,
手急于要找到笔,笔急于要找到纸,
一转眼——诗章便源源地流个不止。
这就像一只不动的船,在静水上昏昏欲睡。
可是,听! 水手们突然各司其职,
爬上,爬下——一下子拉起帆,鼓满了风,
这庞然大物开始出发,破浪而行。

十二

它航行着。我们究竟漂向哪里呢?……
……………………………………………………
……………………………………………………

(王守仁译)

"天保佑,可别让我发疯"

天保佑,可别让我发疯。
　　不,拐杖、乞袋也比这轻松;
　　　不,宁可工作和挨饿。
　　并不是因为我更看重
　　我的理性,并不是因为
　　　同理性分手不快乐。

　　如果我能够随心所欲,
　　我会多么淘气地奔向
　　　那幽暗的森林!
　　我会如痴似狂地歌唱,
　　在混乱神奇的梦幻里,
　　　放浪形骸,忘乎所以。

　　我会对波涛听得入迷,
　　我会满怀幸福的感情
　　　向着浩渺长空瞭望;
　　我会自由自在,浑身是劲,
　　像旋风,把田野刨翻,
　　　把树木折断。

　　一旦发了疯,这可是不幸,
　　你会像瘟疫令人丧胆,

人们会立刻把你囚禁,
把你当成傻瓜,系上锁链,
人们还会把你当成野兽,
隔着铁栅把你挑逗。

而夜里,能够听到的
不是夜莺嘹亮的啼啭,
　不是密林闷声的喧响,
而是自己同伴的叫喊,
和值夜看守骂街的声响,
　刺耳的尖叫,镣铐的银铛。

(王守仁译)

"噢,君主的后裔梅采纳斯"①

噢,君主的后裔梅采纳斯,
我的往昔的庇护人,
有的人在竞技运动场上,
赢得了喝彩,马车飞奔,
那赤热的车轮
紧贴着隐秘的墙根,
他们渴望胜利的嘉奖,
自认为是被崇拜和赞美的对象。

---

① 这是贺拉斯史诗片段的译文;梅采纳斯是古罗马一财主,曾全力资助文艺事业,后来以其名指代学术与文艺的庇护者。

另一些人一味往自己的头上
　　搜集各种驰名的封号,
　　反复无常的奎利底斯①
　　向他们叙述……传闻。

(王守仁译)

"沙皇看见自己面前……"②

　　沙皇看见自己面前
　　摆着一张小桌子,铺有棋盘。

　　于是,他使蜡制的小兵小将
　　各就各位,整齐地
　　排列在棋盘上。
　　这些骑着小马的玩偶
　　个个威严挺立,
　　它们戴着白布手套,
　　肩挂佩剑,玲珑小巧,
　　头上的尖顶盔饰有翎毛。

　　这时他下达了谕令,
　　吩咐把水注进大盆;
　　他把用果壳精制的

---

① 奎利底斯,古罗马享有充分公民权的人。
② 这是未完成的童话诗的片段。

无数轮船、驳船、小舟和战舰
放进水中,任其漂浮游玩——
………………………………
………………………………
而一片片透明的小帆,
如同蝴蝶的秀翼一般。

(王守仁译)

"啊,法兰西一群诗匠的严峻的法官"

啊,法兰西一群诗匠的严峻的法官,
古典主义的布瓦洛①,我朝你呼唤:
虽然,在你的祖国,由于命运的无情,
你已不再被当作先知那样受尊敬,
虽然自作聪明的人伸出鲁莽的手
要把你那厚密假发上的桂花拿走,
虽然,被新兴的自由学派所烦扰,
你愤怒地对它转过你光秃的后脑,——
可是,我,你忠实的信徒,还要恳求你
做我的向导。我要继你之后,大胆地
主持你曾用来宣誓一切的讲坛,
在那儿,你过誉了十四行诗的优点,
但你发出的理性的判断曾经制裁

---

① 布瓦洛(1636—1711),法国古典主义批评家,推崇理性,因此受到后来的浪漫主义者的攻击。

以往时代的谎言和过去的蠢材。
而今,我们的撒谎家更是青出于蓝,
他们的胡说已使我感到异常不安。
难道我们还该默默聆听?多不幸!……
不!我要高喝一声,叫他们永远安静。
你们这群文人啊,只凭胆大妄为,
一抓起了笔,就敢把白纸涂黑,
接着就把自己所写的赶忙排印;
停一停吧——首先该弄清,你们的心
充塞的是什么——是率真的灵感呢,
还是只图自我炫耀的胡言乱语?
可是因为你们手痒了,就乱涂一篇,
还是债主不信任你们,逼着要钱?
其实,你们倒不如把愿心放低,
在文职或武职上谋一下生计,
或者跟载誉的茹科夫①买卖烟草,
在劳作中,能获得的名利也不算少;
那岂不胜过把告示硬塞给杂志,
或者给权贵献一首鄙陋的情诗,
或者满头挥汗,把弱小的同业讪笑,
或者硬扬起脸来,不管别人的讥诮,
从疏忽的读者(作为下流的作家)
去搜集订户——以待未来的胡话?……

(查良铮译)

---

① 茹科夫,当时著名的烟草商。

"白云如微风吹起的涟漪……"

白云如微风吹起的涟漪
在洁净的田野闪着银光,
明月高照,一辆三套马车
飞驰在标着里程的大道上。

唱吧:在这旅途的寂闷时刻,
在路上,在这幽暗的夜色里,
唱一支快活大胆的歌儿,
让人感到又亲切又甜蜜。

唱吧,车夫!我会默默地
贪婪地聆听你的歌声。
明月洒下清冷的光辉,
风在远方凄切地悲鸣。

唱吧:《松明,小松明啊,
你为什么燃烧得不亮?》

(王守仁译)

"听,炮声轰隆!"①

听,炮声轰隆! 舰队
被巡航舰施放的云雾覆盖,
瞧,战舰驶进涅瓦河,像英俊的天鹅,
在波涛中摇晃着浮动起来。

俄罗斯海军在欢呼。丽日无风,
可汹涌的波浪在拍溅列岛,
宽阔的涅瓦河深情激动。

(王守仁译)

"小铃铛在丁零"

小铃铛在丁零,
小鼓儿在叮咚,
而人们呢,人们——
噢,流里啊流里②!
而人们呢,人们
在看一个茨冈少女。

---

① 这是普希金描写新战舰下水的诗的片段。
② 流里,民歌中用的无一定意义唱词。

这少女啊正在跳舞,
她一边敲击着小鼓,
还把红手绢儿挥动,
歌儿唱得娓娓动听:
"我是跳舞能手,我是歌女,
我还会算命,占卜吉凶。"

(王守仁译)

一报还一报[①]

公 爵

给你讲解治国安邦的道理,
在我看来,纯属多余,
你以自己的博学而胜过所有的人,
无须向你传授任何机宜。
我尽可在各个方面都信赖你。
你比任何人都精通人民的习性,
法律,还有施政的程序。
我给你一道诏书,愿我们以此而行,
切莫拒绝,急忙躲避。
来人,去唤安哲洛过来。
你看,让这个人

---

① 这是莎士比亚的悲剧《一报还一报》开头部分的初译稿。

替我处理国事是否合适?
你知道,在我出巡的时候,
将任命他把政务摄理,
作为全权代理人,他可以充分享受
众人对我们的敬爱和畏惧,
关于此人,你的看法呢?

埃斯卡勒①

在整个维也纳,
要是有人值得受这样的眷宠恩荣,
那就是安哲洛大人了。

公爵

瞧,他来了。

安哲洛

小臣听到殿下的召唤,
急忙前来恭听谕令。

公爵

安哲洛,未来你所能完成的一切,
将显示出你一生的为人。

(王守仁译)

---

① 埃斯卡勒,辅佐安哲洛的老臣。

断章①

* * *

在名扬四海的穆罗姆一方,
在卡拉恰罗沃村庄,
有个小小的文书官和文书娘娘。
在他们宁静生活的晚年,
上帝送来了欢乐——
赐给他们一个儿郎。

* * *

聋子似的芸芸众生②,
时髦飞逝般偶然的情妇,
每天都在更换傲慢的宠郎,
于是…………逐步升级,
被树起的偶像也就身价飞涨。

(王守仁译)

---

① 这是普希金创作计划中《伊里亚·穆罗姆茨》一诗开头部分的草稿。
② 这个断章是普希金翻阅 1822 年的日记本时所作,并注明日期为 1833 年 8 月 9 日。

1834

李海 查良铮 译

"我的朋友,时不我待……"[①]

我的朋友,时不我待!心儿祈求安宁——
日子一天天地逝去,我们的生命
随着岁月点点滴滴地消失,我同你
才要去享受生活,可是余生已所剩无几。
世上毫无幸福可言,但宁静与自由还有。
我早已向往得到这令人钦羡的自由——
我这个疲惫不堪的奴仆早曾想过,
要深居简出,生活安乐,从事创作。

(李海译)

[①] 这是普希金写给妻子的一首诗。她曾坚决反对诗人抛开一切,离开彼得堡去乡下专门从事文学创作的意愿。此外,诗人退职和脱离宫廷的要求也遭到沙皇方面的拒绝。

"他曾经生活在我们中间"①

他曾经生活在我们中间,
生活在陌生的种族里边;心里
并未对我们怀有恶意,而他
也受到我们的喜爱。他待人平和诚实,
我们的谈话他也参加。我们
同他不但分享纯真的希望,
还在一起吟唱(他天资过人
而且傲视人生)。他时不时
爱对我们议论未来的时势:
到那时,各族人民将忘记不和,
一个伟大的家庭会将他们联在一起。
我们曾贪婪地听诗人讲话。他
去了西方——我们为他祝福,
我们送他远行。可是现在
这位恭顺的客人却变成我们的仇敌——
将自己的诗,为讨好狂暴的无知之徒,
浇洒上饱满的毒汁。从那遥远的地方
不断传来这位恶毒诗人的声音,
多么熟悉的声音!……主啊!恳请

---

① 这首诗是针对波兰诗人密茨凯维支而写的。普希金很喜欢密茨凯维支的非凡才能和他献给爱情的诗,认为这种作品将来会把各族人民联合起来。但普希金有关1830—1831年间波兰起义的诗却引起密茨凯维支的反驳(《致俄国的朋友们》)。普希金这首诗即对此而发。

用你的真理与和睦使他的心变得圣洁,
为他恢复……

(李海译)

"我在忧伤的惊涛骇浪中成长"①

我在忧伤的惊涛骇浪中成长,
岁月的洪流曾是那样长久地激荡,
如今沉寂了,显得短暂的睡意蒙眬,
水流中照出一面清澈明净的天空。

可是,这又能持续多久?……看上去,
那昏天黑地的日子,痛苦的诱惑,都已过去……

(李海译)

"维苏威火山开口……"②

维苏威火山开口——喷出滚滚浓烟——火焰

---

① 这是一首未完成的诗。
② 这是一首诗的开头,是根据卡尔·勃柳洛夫《庞培的末日》一画而写的。此画曾于1834年在彼得堡展出。此诗底稿的边上还有普希金描绘的勃柳洛夫这幅画画面中心的几个人物。
普希金在论述捷普利亚科夫的《弗拉基亚人的哀诗》(草稿)一文中,这样描述勃柳洛夫的这幅画:"……晃动的庞培摇摆着,偶像都纷纷倒下,人民在火山的奇异光照下的街上奔跑。"

如同战斗的旗帜,漫天盖地迎风招展。
大地在颤抖——从摇摇欲坠的圆柱顶上,
那些偶像都正纷纷落地!惊慌的人民
老老少少,顶着烧得通红的灰烬,
成群结队,冒着飞沙走石离城逃亡。

(李海译)

"我郁郁地站在坟地上"

我郁郁地站在坟地上。
环顾四周,到处是一片
庄严的死亡的家乡
和漫漫无边的草原。
穿过这永眠的地方
有一条乡间的小道,
时而听到役用的货车
在那上面辘辘地奔跑。
左右都是荒原濯濯。
没有山冈、树木、小河,
只偶尔看到一些灌莽;
默默无声的石碑坍塌,
墓丘和木制的十字架
是那么静穆、单调、凄凉……

(查良铮译)

西斯拉夫人之歌①

前言

这些歌曲大部分译自1827年底巴黎出版的 La Guzla, ou choix de Poésies Illyriques, recueillies dans la Dalmatie, la Bosnie, la Croatie et l'Herzégowine②。不知名的出版者在前言中说,采录这些半开化部族的非常率真的歌曲时,他并未考虑将它们公之于众。可是,后来看到越来越盛行的对外国作品的兴趣,特别是对那些在形式方面与古典规范相去甚远的兴趣,他就想到他所采录的歌曲。于是,听从朋友的建议从长诗中翻译出几首,等等。这位不知名的出版者原来不是别人,正是梅里美,一位锐敏而很不寻常的作家,即《克拉拉·加苏尔戏剧集》、《查理九世朝遗事》、《双重误会》以及其他一些在今日法国文学处于深沉而又悲惨的衰落中显得很有意义的作品的作者。诗人密茨凯维支,这位有洞察力的评论家和精通斯拉夫民族诗歌的作家,并不怀疑这些诗歌的真实性,而且某一位德国学者还根据这些诗歌撰写了洋洋洒洒的学位论文。

我极想了解发现这些诗歌的依据:谢·阿·索鲍列夫斯基应我

---

① 《西斯拉夫人之歌》这组诗的前九首以及第十三首和第十六首是普希金根据梅里美诗集《居士拉》里的作品不拘泥于原文而翻译的;第十首和第十四首译自乌克·卡拉吉奇的塞尔维亚歌曲集;第十二首是普希金根据卡拉吉奇《米洛什·奥勃列诺维奇公爵的一生及其功勋》(1825)一书以及在基什尼奥夫听到的口头传说故事写成的。第十五首的原作尚未发现。最后,第十一首《黑心乔治之歌》完全是普希金本人的创作。普希金一向对黑心乔治其人感兴趣,在基什尼奥夫时,就搜集过有关他的素材。此外,诗人还参阅了德·尼·班蒂希-卡敏斯基《摩尔达维亚、瓦拉希亚、塞尔维亚之行》一书。

② 原文为法文。

的请求就此事写信给同他私交颇深的梅里美。下面就是梅里美的复信:①

尊敬的先生,原以为《居士拉》这本集子,包括您同我以及集子的校对者在内,总共才只有七位读者:现在我以巨大的欣慰之情得悉,我可以再增加两位进去。这样总计就有九位读者。正如俗话所说——在自己的国土上谁也不是先知。我来直率地回答您提出来的问题。我写作《居士拉》有两个动机,——首先,我想嘲笑一下"地方情调"。基督诞生后的1827年夏季,我们对它热心起来了。在谈第二个动机之前,必须给您讲一个故事。就在那个1827年,我同一位朋友决定去意大利旅行。我们用铅笔在地图上勾画了我们的路线。这样就到了威尼斯——当然,还只是在地图上——在那里遇到过的美国人和德国人都曾使我们感到厌烦,于是我建议去特里耶斯特,由那里转赴腊古扎。这个建议得到采纳。可是我们差不多囊空如洗。正如拉伯雷说的,"无比的悲哀"迫使我们半途而止。此时,我建议先写我们的游记,将它卖给书商,然后用赚来的钱去检验写出来的东西是否与实际情况相去甚远。我自己承担了采撷民歌并将它们翻译出来的任务。那位朋友不大相信我能胜任这项任务。可是第二天我就交给我的旅伴五六件译稿。我在乡间度过秋天。我们用早餐的时间是在中午。我十点钟才起床。起床后,吸上一支或两支雪茄,在妇女们来到客厅之前我无所事事,就写叙事短诗。结果集成一小卷。我在极保密的情况下出版了这卷书,并且蒙哄过两三个人。我这些东西的来源,这些我从中汲取了受到如此吹捧的"地方情调"的来源是:第一,一位法国驻班尼亚卢卡领事的一本小册子。书名我一时想不起来,但其内容却不难说清楚。作者力图证明,波斯尼亚人都是地道的猪猡。对此他列举了相当有说服力的证据。书中有些地方他使用

---

① 复信为法文。

伊利里亚语,借以炫耀他的学力(其实,他可能还不如我知道得多)。我认真将这些伊利里亚语的词汇集在一起放在注释里。后来,我读了福尔季斯所著《达尔马齐亚游记》一书中 De'costumi dei Morlachi① 一章。在这里我发现了阿桑·阿加的妻子所作的纯粹伊利里亚人哀歌的原文和译文;不过这支歌译成了诗的形式。我费了很大力气才弄清楚,逐行逐句地翻译。为此不得不对照原文中和福尔季斯神父译文中重复出现的词。在相当耐心的努力下,虽然有些地方还很勉强,但终于完成逐字逐句的翻译稿。我求助于我的一位懂得俄语的朋友,将原文用意大利语的腔调读给他听,他对原文差不多完全可以理解。有意思的是,发现福尔季斯和阿桑·阿加叙事短诗而又从神父的诗体译文译成散文,并使其散文更富诗意的这位诺蒂埃——就是这位诺蒂埃当众到处宣称说,我剽窃了他。请看第一首伊利里亚文的诗:《Scto se bieli u gorje zelenoï》②,福尔季斯译成:《Che mai biancheggia nelverde Bosco》③。

诺蒂埃将 Bosco 译成——绿油油的平原;他之所以失误,正如人们向我解释的那样,是因为 gorje 的意思是:山。这就是故事的始末。请向普希金先生转致我的歉意。我感到自豪,同时又感到惭愧,使他也陷入了窘境,等等。

1835 年 1 月 18 日,于巴黎

—

国王看到的幻景[1]

国王迈着大步
在皇宫大殿踱来踱去;

---

① 意大利文:法国莫尔累地区的习俗。
② 塞尔维亚文:在绿色的山上什么东西发着白光。
③ 意大利文:在绿色的树丛中什么东西发着白光。

人们睡了——国王却无法安眠：
苏丹将他团团围住，
威胁说要切下他的头，
而且要送往伊斯坦布尔。

他时不时走向窗口；
谛听外面有什么动静。
他听见，一只夜鸟在号哭，
它预感到要有什么不幸，
不得不很快去寻找新的巢穴，
好安置自己苦命的幼雏。

不是猫头鹰在克柳奇城上号哭，
不是月光将克柳奇照亮，
是神圣的教堂在擂着战鼓，
烛光把整座教堂照得通明。

但是没有人能听到鼓声，
没有人能看见教堂里的烛光，
看到和听到的只有国王一个人；
他从自己的宫殿里走了出来，
独自一人走向神圣的教堂。

登上台阶，打开教堂的门……
恐怖立刻扼紧了他的心脏，
但他做了长时间的祈祷，
然后从容地走进神圣的教堂。

这时他看见一幅怪异的景象：
地板上胡乱堆放着尸体，
尸体间鲜血汹涌，一片汪洋，
如同秋季淫雨天洪水滚滚。
他跨过尸体向前迈步，
鲜血一直漫到他的脚脖子……

灾难啊！教堂里是土耳其人，鞑靼人，
还有卖国贼，**鲍古米拉派**[2]仇敌。
在布道席上是不敬神的苏丹本人，
手里握着亮锃锃一把马刀，
从锋刃直到刀柄
鲜红的血淌流而下。

国王全身突然一阵冷战。
他竟然看见父王和兄弟。
可怜的老人面对苏丹，
在右边屈辱地两膝下跪，
向苏丹奉献自己的王冠；
左边，是父王的幼子，
十恶不赦的拉季沃伊，也跪在地上，
他头裹伊斯兰教徒的缠头巾
（手里拿着那一根
勒死不幸的老人的细绳），
吻着苏丹衣袍的底边，
活像一个受过杖笞的奴婢。

而那个不敬神的苏丹，冷冷发笑，

拿去王冠,放在脚下乱踩乱踏。
然后,对拉季沃伊这样发话:
"我的波斯尼亚赐你去治理,
你就是那些异教的基督徒们的主子[3]。"
于是这个叛教者叩头感谢苏丹,
并三次亲吻那血染的地板。

　　苏丹喊来他的随从官员,
吩咐说:"赐给拉季沃伊一件罩褂[4]!
不是丝绒,也不是绸缎面料,
要把他亲兄弟身上的皮剥下来,
为拉季沃伊做件罩褂。"
伊斯兰教徒们跳起来扑向国王,
扒去衣服将他脱得精光,
用土耳其弯刀破开他的身体,
既使双手,又用牙齿
开剥得他筋暴肉绽,
开剥得白骨裸露在外面,
然后给拉季沃伊穿起这张人皮。

　　受难者大声向主祈祷:
"公正的主啊,就让我皮肉受苦,
我罪责难逃,就这样惩罚我吧,
但求宽恕我的灵魂,我主耶稣!"

　　主的名字使教堂发颤,
突然万籁俱寂,漆黑一团——
景象消失——仿佛一切都不曾出现。

国王这时举步维艰，
黑暗中好容易摸到门边，
口诵祈祷词走出教堂。

街上寂静无声。高空
月亮照耀着白色的城。
突然从城外飞起一颗炮弹[5]，
这是伊斯兰教徒们发起攻城。

二

杨科·马尔纳维奇

为什么杨科·马尔纳维奇老爷四处奔波？
为什么他不能留在家中自由自在？
到底什么原因使他连续两夜
不能在同一个屋里安眠？
莫非他的敌人太凶狂？
莫非血腥的报复使他胆寒？

杨科·马尔纳维奇老爷不怕仇敌，
也不把这种报复记在心上。
但是，基利尔一死，他就像
弃家出走的反叛者到处流窜。

在斯帕斯教堂结拜[6]情同手足，
他们俩是上天保佑的亲兄弟；
可是基利尔是这样不幸地惨死，
就死在他自己挑选的兄弟手里。

酒宴办得十分开心，
蜂蜜很多，烧酒也喝了不少；
宾客都烂醉如泥，人事不知，
两位强壮的老爷吵个不休。

　　于是杨科拔枪开火，
可是因醉酒手有些发抖。
他没有打中他的对手，
却击毙了自己的朋友。
就从这时起，他郁郁寡欢，
像一头被蛇咬伤的牛，东奔西颠。

　　最后，他终于返回故乡，
走进神圣的斯帕斯教堂。
整整一天他都在向神祇祈祷，
痛苦地抽泣，悲戚地痛哭不止。
夜里他回到自己家里
同全家人一起吃过晚餐，
然后躺在妻子跟前。
他说："你从小窗户里看看，
从这里能不能看见斯帕斯教堂？"
妻子起身，从小窗户里向外看，
她说："外边正是午夜，
河那边浓雾弥漫，
浓雾那边什么也看不见。"
杨科·马尔纳维奇翻来覆去，
开始默默地读起祈祷词。

读过祈祷词,他又对妻子说:
"再看一下,从小窗户能看见什么?"
妻子朝窗口看了一眼,回答说:
"我看见河那边有点点星火
在黑暗中微微发光,闪闪烁烁。"
杨科·马尔纳维奇脸上掠过一丝微笑,
接着他又开始默默地祈祷。

祈祷了一阵,他又求告妻子:
"好妻子,你打开一下窗子:
看看,外边有什么?"
妻子看了一看回答说:
"我看见河上有亮光,
它正在走近我们的住房。"
杨科老爷叹息一声滚下床铺,
顷刻之间死亡已将他夺走。

三

在大泽尼察河边的战斗[7]

拉季沃伊举起黄旗:
他去同伊斯兰教徒作战
达尔马齐亚①人羡慕我们的士兵,
也把他们长长的胡须卷起来,
把帽子歪斜着戴在头上,
然后说:"请带领我们前去作战[8],

---

① 达尔马齐亚,今南斯拉夫濒临亚得里亚海地区。

我们也想去打伊斯兰教徒。"
拉季沃伊对他们说:"竭诚欢迎!"
并友好地收留了他们。
我们渡过了不许横渡的河,
开始在土耳其人的村落里放火,
在树上吊死那些犹太狗[9]。
波斯尼亚的头目带领自己的人马
从首府班尼亚卢卡[10]出兵前来讨伐;
大泽尼察河上刚一传来马嘶,
他们的弯刀在阳光下刚一闪现,
那些叛变的达尔马齐亚人
就落荒而逃,你东我西;
那时,我们都聚在拉季沃伊周围,
对他说:"上帝保佑,
我们同你一同回到家里,
要向我们的子孙讲述这次战斗。"
我们拼死奋战,战斗十分残酷,
我们得与三倍多的敌人周旋;
从锋刃直到刀柄,
我们的马刀都鲜血淋漓。
但是当我们渡河的时候,
我们相互紧紧靠在一起,
这时,敌人的生力军投入战斗,
执剑的骑兵从侧翼向我们进击。
拉季沃伊对我们说:"孩子们,
伊斯兰狗崽为数甚众,
战胜他们力所不及。
未受伤者速奔林中,

避开那些执剑的骑士。"
此刻,我们只剩下二十个人,
全都是拉季沃伊的好朋友。
乔治向拉季沃伊高喊:
"拉季沃伊,赶快
骑上我的那匹乌骓马;
快游到小河的那边去,
乌骓马会救你脱险。"
拉季沃伊没有听乔治的话,
他反而盘膝坐在地上,
于是敌人立即朝他冲来,
转眼就砍下他的首级。

四

费奥多尔和叶莲娜

……………………

……………………

斯大马季已老态龙钟,精力不济,
而叶莲娜却正当妙龄,轻盈多姿;
她只消把他往一边一推,
他就哼呀哈呀一跛一颠退走。
活该,你这老不死的东西!
好厉害的婆娘! 出脱得干净麻利!

　于是斯大马季开始盘算:
怎么才能把叶莲娜整治一番?
他去找了一个犹太痞子,
要求他给出一个主意。

那个恶棍说:"你到墓地去,
石碑下面抓上一只癞蛤蟆,
装进瓦罐给我送来。"

　　斯大马季这就来到墓地,
在石碑下找到一只癞蛤蟆[11],
装入瓦罐拿给犹太痞子,
犹太人在癞蛤蟆身上淋水,
又给它起了一个伊凡的名字。
(真是罪过啊!给这种肮脏东西
起了一个基督教徒的名字!)
他们把癞蛤蟆刺得体无完肤,
用它的——用它本身的血浸泡起来;
然后,找一只熟透的李子,
让癞蛤蟆把这只李子舔了个遍。

　　斯大马季对一个小男孩说:
"你把这李子给叶莲娜拿去,
就说是我的侄女送她的礼物。"
小男孩给叶莲娜送来李子,
叶莲娜一下子就吞进了肚里。

　　这肮脏的李子刚一吃完,
可怜的少妇就觉得不妙,
好像有条蛇在肚子里翻腾。
年轻的叶莲娜吓得要死,
她赶紧把自己的妹妹叫来。
妹妹给她喝了牛奶,

可是蛇还在翻滚停不下来。

  美丽俊俏的叶莲娜发胖了,
人们说长道短:叶莲娜有孕了。
要是丈夫从海外归来,
看她怎样向丈夫交代!
叶莲娜羞愧难当,哭个没完,
外出上街都没有勇气,
白天坐在屋里,夜里也不能入睡,
对妹妹说的一句话总挂在嘴上:
"我对我的好丈夫可怎么讲?"

  整整一年过去了,如今——费奥多尔
总算回到了自己的家乡。
全村人都跑来欢迎他,
全村人都来向他问候;
只是人群里不见叶莲娜,
左寻右看哪儿也没有。
"叶莲娜在哪儿?"——他忍不住开了口,
有人难为情,有人在冷笑,
谁也没有回答他一句话。

  回到自己家里——这才发现,
他的叶莲娜正坐在床上。
"叶莲娜,你起来,"——费奥多尔对她说。
她起身下床,——他的眼色十分严厉。
"我的主人,我以上帝的名字
以贞洁的圣母马利亚的名字起誓,

是坏人把我糟蹋成了这样,
我在你的面前没有罪。"

　　但是费奥多尔并没有相信妻子:
他齐肩砍下了她的头颅。
然后,他自言自语地说:
"我不杀害无辜的婴儿,
我要把他从胎里活活取出来,
还要亲自把他养大,
我要看看,他长得像谁,
这样肯定会认出他的生父,
那时我就杀死这个恶棍。"

　　于是他把尸体剖了开来。
奇怪!——竟是一只黑色癞蛤蟆,
不是什么可爱的小孩儿。
费奥多尔哭了:"我无故将叶莲娜残害!
我这个凶手命该倒霉:
她在我面前清白无辜,
这分明是坏人对她施的毒计。"

　　他捧起叶莲娜的头颅,
无限深情地亲吻起来,
僵死的嘴唇却开了口,
叶莲娜的头颅吐露了真情:

　　"我是无辜的。是犹太人伙同斯大马季
拿来一只黑癞蛤蟆骗我吞食。"

说完话她的嘴唇就闭上了,
舌头也随着停止了转动。

于是费奥多尔捅死了斯大马季,
把那个犹太人也像狗一样杀死,
然后为妻子做安魂祈祷和祭祀。

五
弗拉赫人①在威尼斯[12]

自从帕拉斯科维娅弃我而去,
我就悲伤得挥霍掉我全部家产。
于是一个狡猾的达尔马齐亚人跑来找我:
"德米特里,去吧,海外有一个城市,
威尼斯金币多得像我们这儿的砖头瓦块。

"士兵们在那里都穿丝织的长袍,
成天只知道吃喝玩乐:
发财致富只是顷刻之间的事,
那时候你就可以衣锦还乡,
佩带起银链系的短剑。

"那时候就弹奏你的古丝理琴吧;
娇娘淑女都会跑到窗口,
纷纷地向你投掷礼品。
哎,你就听我话! 出海去;
等你回来,你就是一个财神爷。"

---

① 弗拉赫人,居住在达尔马齐亚山区的塞尔维亚人。

我听从了那个滑头的达尔马齐亚人。
因此,我住上了这艘大理石般的船,
我苦闷,他们的面包我觉得像石头,
我失去自由,像狗拴上了一条锁链。

当我用乡土语言讲话的时候,
那些女人就对我冷嘲热讽;
我们自己人在此地不再记得乡音,
我们故土的风俗也全都忘怀;
像树木经不起移栽,我过早地枯萎了。

在我们家乡,一见面就相互问候:
"你好,德米特里·阿列克谢耶伊奇!"
可是此地没有一句问候表示友好,
亲切的话语你休想听到;
在此地我不过是一只可怜的
被一阵风暴卷到湖里来的小蚂蚁。

六

赫里吉奇首领

剽悍的赫里吉奇首领[13]
隐匿在尖利的山石的一个洞穴。
他的妻子卡捷琳娜同他在一起,
两个可爱的儿子也同他在一起。
他不能走出这个洞穴一步,
凶恶的仇敌就在外面守候。
有四十支枪瞄准着洞口,

就等着他们几个露头。
除了喝石凹里的一点雨水,
三天三夜颗粒不曾入口。
第四天,火红的太阳凌空升起,
随之晒干了石凹里残留的雨水。
于是,卡捷琳娜连声叹息:
"上帝啊,拯救我们的灵魂吧!"——
话刚一出口,就当场倒毙。
赫里吉奇看了看她,没有哭泣,
儿子们当着他的面也不敢哭;
只是在他转身的时候,
他们才趁机抹抹泪水。
第五天,长子丧失了理智,
他就像一只饿狼,
把死去的母亲看成睡着的山羊。
弟弟看到这非常惊慌。
他对兄长高声叫喊:
"不要毁灭你的灵魂,好兄长!
你来把我滚烫的鲜血喝干,
一旦我们因饥饿而死去,
我们就走出坟墓去找沉睡的仇敌,
吮吸他们的鲜血充我饥肠[14]。"
赫里吉奇起立大喊:"够了!
与其死于饥饿,不如死于枪弹!"
于是,三个人跑下山冈,
在山谷里奔逃,像疯狂的野狼。
他们每人击毙七个仇敌,
他们每人身上也都吃了七粒子弹;

敌人切下他们的头颅,
然后将它们用长矛挑起,——
即使如此,谁也不敢正眼看他们。
他们多么惧怕赫里吉奇和他的儿子。

七

伊阿金弗·马格拉诺维奇的葬礼之歌[15]

上帝保佑,你弃世远行!
荣耀我主,你会踏上正路。
月亮当空照,夜色清明;
这杯酒已经喝到尽头。

枪弹要比热病轻快;
你活得自由,死得自在。
你的敌人抱头鼠窜,
你的儿子没让他生还。

如果碰巧你们阴间相会,
可要记住我们阳间的人;
好兄弟,请一定向父亲致意,
向父亲请安,请他放心!

你告诉他,你就说,
我的伤口已经愈合;
我现在身体很健壮,
妻子生了个儿子名叫杨。

起名叫杨,为了纪念祖父;

这孩子十分聪明伶俐;
使起土耳其弯刀毫不含糊,
拿起枪来也会射击。

我的女儿住在里兹戈拉;
同丈夫在一起她不会苦恼。
特瓦尔克出海已久尚未回家;
生死未卜——但你会打听到。

上帝保佑,你弃世远行!
荣耀我主,你会踏上正路,
月亮当空照,夜色清明;
这杯酒已经喝到尽头。

八

马尔科·亚库鲍维奇

马尔科·亚库鲍维奇坐在门前;
对面坐着的是他的妻子卓娅,
在门槛上玩耍的是他们的儿子。
路上朝他们走来一个陌生人,
他步履维艰,脸色白得像一张纸,
请求看上帝面上给他一杯水。
卓娅起身回屋去取水,
拿来一大勺水递给过路人,
过路人喝得一干二净点滴不留。
喝完了水,他就问马尔科:
"那边山脚下是什么地方?"
马尔科·亚库鲍维奇回答说:

"那里是我们祖辈的坟场。"
陌生的过路人又开口说:
"我要到你们的墓地去休息,
因为我已不久于人世。"
说着话,他解开宽阔的腰带,
让马尔科看他流血的伤口,
他指着伤说:"已经三天了,
我心脏下方有一颗伊斯兰教徒的子弹。
我去世后,你把我的尸体
埋在山后,那里有棵葱绿的柳树。
把我的马刀同我放在一起,
因为我曾是一名光荣的战士。"

　　卓娅小心地搀扶着陌生人,
马尔科开始察看枪伤,
年轻力壮的卓娅突然说道:
"马尔科,快来帮帮我,
我无力再将客人扶住了。"
马尔科·亚库鲍维奇这才发现,
过路人已经死在了她的手上。

　　马尔科骑上他的乌骓马,
随身带着这具尸体,
同它一起奔赴墓地。
挖了一个深深的墓穴,
一边祈祷一边将死者埋葬。
过了一个星期,又一个星期,
马尔科的幼子不再活蹦乱跳,

他变得瘦弱不堪,奄奄一息,
躺在蒲席上呻吟不已。
来了一个出家人给孩子看病,
他告诉马尔科自己的诊断:
"你儿子这种病十分危险;
你看看他苍白的脖子:
那不是血迹斑斑的咬伤?
无疑是吸血鬼的齿痕,相信我。"

全村人都跟随年迈的出家人
立即一起奔赴墓地;
在坟场挖开那位过路人的墓穴,
看见,——尸体肤色红润,鲜嫩,——
长出的指甲像乌鸦的爪子,
脸上长满了胡须,
嘴唇上涂染着鲜红的血迹,——
血灌满了深深的墓穴。
可怜的马尔科抡起铁杵,
但死者突然一声尖叫,
麻利地朝树林飞奔而去。
逃得飞快,比挨了马刺
飞跑的马跑得还快;
树枝在他的身下都打了弯,
小小的灌木林噼啪作响,
如同挂着冰凌的枝条断折。

出家人用墓穴里的土[16]
上上下下遍擦病孩子的身体,

整整一天都在为他祈祷。
艳丽的太阳渐渐西垂,
卓娅告诉自己的丈夫:
"可还记得?正好两周以前,
凶恶的过路人就死在这个时候。"

突然高声响起狗的狂吠,
房门也自己打了开来,
随即走进来一个巨人,
弯身坐下,收腿盘膝,
头紧紧地擦着顶篷。
他盯着马尔科一动不动,
马尔科一惊像着了魔,
也目不转睛地盯着他;
但是老人却打开祈祷书,
一边点燃一根柏树枝,
把烟火朝那个巨人吹去。
可恶的吸血鬼浑身战栗,
破门而出仓皇地逃跑了,
像一只受到猎人追击的狼。

第二天,也是这个时辰,
狗又狺狺狂吠,门也不开自启,
又走进一位谁也不认识的人,
身材就像罗马皇帝的新兵,
他默默地落座,死盯着马尔科;
但老人又用祈祷打发他逃命。

第三天,一个小矮人走进门,——
小得可以拿老鼠当坐骑,
可是他闪光的眼睛里却暗藏鬼胎。
老人又将他赶跑,这已是第三次,
打这以后,他就再也没有敢回来。

九

波拿巴和门的内哥罗人

"门的内哥罗人?是些什么人?"——
波拿巴对此事提出疑问。——
"说是这个种族十分凶狠,
它并不害怕我们,可是当真?

"这些无赖可要悔恨莫及:
去向他们的头目宣布,
把他们的刀剑和枪支
统统放我脚下,不得有误。"

他派遣步兵前来征讨,
还送来那么多各式火炮,
加上他的近卫军连队,
毛烘烘的身穿胸甲的骑士。

我们没有投降敌人的脾气,——
门的内哥罗人刚强英武!
对付前来的步骑劲旅,
我们有的是石块和壕沟……

我们在洞里埋伏隐藏,
静候这不速之客的来临,——
只等他们进山上冈,
就把他们消灭干净。
………………………………
………………………………

他们在山崖下密集行进。
突然一阵骚乱!……他们看见:
就在他们自己的头顶
一排红色便帽突然出现。

"停下!开火!每一个人
都要撂倒一个门的内哥罗人,
敌人在这里不会求饶;
一个都不准放掉!"

枪声一响,——红色便帽
从挑竿上纷纷落地:
我们却在下面低头弯腰,
在树丛里安然隐蔽。

我们枪弹齐发,向法国人
还击。——"这是怎么回事?"
他们见势不妙,有点吃惊,——
"难道是回声?"不,不是。

他们的上校一命归天。

外加一百二十个兵士。
队伍顿时一片混乱,
个个逃命,各奔东西。

从这个时候起,法国佬
便恨起我们这自由的地方,
偶然见到我们的红色便帽,
就会无地自容,羞愧难当。

十
夜 莺

夜莺啊,我的小夜莺,
你这林间小鸟!
乖巧的鸟,你不是有
三支出奇的歌吗,
我这个小伙子呀,不也有
三件大的心事!
第一件心事呀——
早些让小伙子成亲;
第二件心事呢——
我的乌骓马筋疲力尽;
而这第三件心事啊——
恶人竟要拆散
我同我的心上人。
请在野外为我掘坟,
那里地广,开阔无边,
在我头前种上花草,
让花朵鲜红鲜红,

在我脚下引来泉水,
涓涓细流清澈明净。
让过往的妙龄少女
采撷花草,编织花冠。
让老态龙钟的行人
为自己捧一杯泉水。

十一

黑心乔治之歌

并非两只狼在沟里争强斗胜,
而是父子俩在洞里恶语相讥。
老彼得罗咒骂自己的儿子:
"你是叛逆,你是可恶的坏痞!
你就是不怕得罪上帝,
你怎么竟敢同苏丹打仗,
去同贝尔格莱德总督争高低!
难道你生就有两颗脑袋?
要死,你自己去死,坏东西,
为什么还要全塞尔维亚遭灾?"
乔治脸色阴沉也不相让:
"看来,你大概越老越糊涂,
狂言乱语,真是不讲道理。"
老彼得罗越发怒不可遏,
火冒三丈,更加骂不绝口。
他心里盘算,要去贝尔格莱德,
向土耳其人供出不听话的儿子。
还要说出塞尔维亚人在哪里隐蔽。
他从黑暗的洞里走出来;

乔治追出来请求老人：
"饶恕我那些不经意说出的话，
你回来，父亲，你回来，回来！"
老彼得罗不但不听，还进行威胁：
"好吧，强盗，你等着瞧吧！"
儿子赶到了老人的前面，
一躬到地拜倒在他的脚下。
老彼得罗连瞧都没有瞧儿子一眼。
乔治又转到他的后边，
一把抓住他灰白的发辫。
"看在上帝的分上，回来吧；
不要逼得我走投无路，不敬上帝！"
老人十分气恼地将儿子推开，
径直走上去贝尔格莱德的道路。
乔治忍不住痛哭失声，
于是他从腰里拔出武器，
毫不迟疑地立即扣动枪机。
彼得罗身体晃动起来，随即叫道：
"乔治，我受伤了，快来帮我！"
当场就断了气倒在大道上。
乔治一口气跑回洞里；
母亲迎面走来问乔治：
"怎么回事，彼得罗在哪里？"
乔治很严肃地回答他的母亲：
"老人吃午饭的时候喝得烂醉，
如今睡在去贝尔格莱德的路上[17]。"
母亲已经猜出出了什么事，
痛哭流涕地说："你杀了你的父亲，

让上帝诅咒你,黑了心的东西!"
于是,从那时候开始,人们
就把乔治叫作**黑心人**。

十二

米洛什将军

上帝啊,请你向塞尔维亚人降恩!
土耳其贼兵豺狼般蹂躏我们!
我们无缘无故就惨遭杀头,
我们的妻女动不动就蒙羞受辱,
我们的子弟被随意抓去充当奴仆,
红颜少女让他们百般地嘲弄,
不得不去唱那些下流的歌曲,
还要和他们去跳伊斯兰舞。
甚至老年人也同我们意见一致:
他们也不能容忍土耳其人的压迫,
现在已不再约束我们的手足。
古丝理琴手们当面责问我们:
对贼兵你们还要容忍多久?
难道耳光你们还没有挨够?
你们不是塞尔维亚人——而是吉卜赛人?
你们不是男子汉——而是老妇人?
离开你们那些白色的房屋,
快都到维利伊山谷里去——
一场对付土耳其人的风暴正在酝酿,
一位老塞尔维亚人,米洛什将军,
正在把自己的亲兵聚集。

十三

吸血鬼

可怜的万尼亚胆小得够呛:
有一次时间已经很晚,
他回家路过一片坟场,
竟吓得浑身直冒冷汗。

可怜的万尼亚大气不敢喘,
跌跌撞撞在墓地慢慢地走。
突然他听到了一种声响,
分明是谁在那里咀嚼骨头。

万尼亚停下了;——一步也迈不开。
这肯定是吸血鬼,我的老天!
可怜的孩子不能不这样想:
血红的大嘴咬着白骨,狼吞虎咽。

真是灾难! 我人小体单,
即使我不住地祷告上天,
也无法将墓穴的泥土吃光①,
吸血鬼绝不会让我保全。

怎么回事? 不是吸血鬼作怪——
(可以想象出万尼亚的愤慨!)
原来是一条狗挡道逞强,

---

① 参见篇末普希金注〔16〕。

黑暗中在坟场吞食骨骸。

十四
妹妹和两位兄长[18]

两株小橡树并排长着,
一株尖顶的小枞树夹在中间。
不是两株橡树并排生长,
是哥儿俩生活得十分亲密:
一个叫帕维尔,一个叫拉杜拉,
他们当中还有个妹妹叶莉查。
兄弟二人对妹妹满心欢喜,
给她买各种各样东西;
后来竟送给她一把金刀,
金刀上还镶着个银边。
这可惹恼了年轻的帕芙莉哈,
她对这个妹妹十分嫉妒;
于是她告诉可爱的拉杜洛娃:
"我的好妯娌,我的好姐妹!
有没有什么灵丹妙药
可以让哥哥对妹妹厌恶?"
可爱的拉杜洛娃说:
"我的好姐妹,好妯娌,
我不知道有没有这种药;
即便知道,也不会告诉你;
我的两兄弟都喜欢我,
对我关怀备至,不能再好了。"
帕芙莉哈走到饮马的地方,
一气之下用刀杀死了乌骓马,

可是回头来却对她先生说:
"你爱你的妹妹,到头来以怨报德,
你的礼物给你招来了灾祸:
你妹妹将你的乌骓马杀啦。"
帕维尔就去诘问叶莉查:
"老天在上,你说,为什么要这样干?"
妹妹哭着对哥哥说:
"好哥哥,不是我干的,我起誓,
用你的和我的生命起誓!"
这一次哥哥相信了妹妹。
帕芙莉哈又来到葱茏的林园,
在那里她又刺死了苍鹰,
回转来又对自己的丈夫说:
"你爱你的妹妹,到头来以怨报德,
你的礼物给你招来了灾祸:
你妹妹将苍鹰杀害啦。"
帕维尔又来诘问叶莉查:
"老天在上,你说,为什么要这样干?"
妹妹又哭着对哥哥说:
"好哥哥,不是我干的,我起誓,
用你的和我的生命起誓!"
这一次哥哥又相信了妹妹。
可是,晚上很晚的时候,
帕芙莉哈偷走了妹妹的金刀,
她竟用它把自己的孩子
杀死在他的镀金的摇篮里。
一大早就跑来找丈夫,
撕抓脸皮,大声哭号。

"你爱你的妹妹,到头来以怨报德,
你的礼物给你招来了灾祸:
你妹妹把你的孩子杀啦。
你如果还不相信我的话,
那就去看看那把金刀。"
帕维尔听到这里一跃而起,
奔向堂屋去找叶莉查:
叶莉查正在羽垫上熟睡。
床头上正挂着那把金刀。
于是帕维尔拔刀出鞘,——
金刀上真的是鲜血淋漓。
他抓住妹妹白净的手臂:
"噢,妹妹,让上帝将你处死!
你杀死了我的乌骓马,
刺死了园林里的苍鹰,
可是为什么又杀死孩子?"
妹妹哭着对哥哥说:
"好哥哥,不是我干的,我起誓,
用你的和我的生命起誓!
如果你不相信我的誓言,
就把我带到宽阔的原野,
把我拴在快马的尾巴上,
把我这白净的身躯
在原野上来个驷马分尸。"
这一次哥哥不再相信妹妹;
带她来到了光洁的原野,
把她在快马尾巴上系牢,
驱赶快马在原野上飞跑。

她的血滴洒在哪里，
哪里就有鲜红的花朵开放，
她白净的身躯在哪里停下，
哪里就建起一座教堂。
这件事之后过了不久，
年轻的帕芙莉哈沉疴难医。
帕芙莉哈卧病九年，——
她的骨骼里长出了青草，
青草里藏着一条凶残的毒蛇，
它吸食她的两眼，夜晚爬开。
年轻的帕芙莉哈受尽折磨；
于是她对自己的丈夫说：
"帕维尔，我的丈夫，你听我讲，
你带我去小妹妹的教堂，
或许在那里可以治病消灾。"
丈夫带着她朝妹妹的教堂走去，
当他们刚刚走近教堂，
就听到从里面发出声音：
"年轻的帕芙莉哈不要进来，
这里不会给你治病消灾。"
年轻的帕芙莉哈一听到这声音，
对丈夫说了这样的话：
"我的丈夫！我以上帝的名义请求，
请你不要把我带到教堂里去，
就把我系在你那些马的尾巴上，
驱赶着它们在原野上驰奔。"
帕维尔听从了自己心上人的话，
把她系在跑马的尾巴上，

驱赶马在原野上驰奔。
她的血滴洒落的地方
长出的都是荨麻和荆棘；
她白皙的身躯停留的地方
就塌陷成一汪湖水。
只见乌骓马拖着一个金摇篮
在明净的湖面上浮游
摇篮上停留着一只猎鹰，
摇篮里躺着一个小宝宝，
宝宝的脖子上放着妈妈的一只手，
妈妈的手里正是姑姑的那把金刀。

十五

雅内什王子[19]

雅内什王子爱上了
年轻貌美的叶莉查，
整爱了两个美好的夏天，
第三个夏天他突然想
娶捷克公主刘布莎。
于是来同过去的恋人告别。
他给她带来了钱币，
带来丁零响的金耳坠，
带来缠绕三圈的珍珠项链；
又亲自给她戴上金耳坠，
亲自给她脖子上系上项链，
钱币也送到她的手里，
默默地吻她的两颊，
然后就走他自己的路。

叶莉查一个人留下了,
她把钱币抛到了地上,
从耳朵上拽掉耳坠,
把项链拉断弄成两截,
然后自己跳进莫拉瓦河。
年轻的叶莉查在河底
接了水妖女王的皇位,
生出了一个小女儿,
就把她命名为水妖公主。

  时间已经过了三年,
王子外出打猎,
沿着莫拉瓦河前行;
他想让自己的乌骓马
饮用冰冷的河水。
骏马冒泡沫的口唇
与冰冷的河水刚一接触,
就见水里伸出一只小手,
突然抓住马的金笼头!
骏马惶恐地将头缩回,
水妖公主却挂上了金笼头,
仿佛马钓起了一条鱼,——
王子的坐骑在原野上打转,
不停地抖动金笼头,
但怎么也抖不掉水妖公主。
王子强有力的手
紧紧地勒住马缰,
勉强才在马鞍上坐稳。

水妖公主跳在草地上。
雅内什王子对她说：
"你讲讲你的来历：
是见弃于上帝的人鱼，
还是哪个妇女生育了你？"
水妖公主这样回答：
"生我的是年轻的叶莉查，
我的父亲是王子雅内什，
水妖公主是我的名字。"
听到这样的回答，
王子立即跳下乌骓马，
抱住自己的水妖公主，
一边说话，一边淌眼泪：
"你母亲叶莉查现在何处？
我听说，她已经投了河。"
水妖公主回答说：
"我母亲是水下女王；
所有的河流归她统治，
所有的湖泊都受她管理；
只有蔚蓝的海洋不属她管，
蔚蓝的海洋是鱼怪的地盘。"
王子告诉水妖公主：
"你去朝见水下女王，
向她禀告：雅内什王子
衷心向她躬身致意，
就在这莫拉瓦河畔，
恳请她前来相见。
明天我来听你的消息。"

说罢他们就此分手。

　　清晨,朝霞刚刚在天边泛红,
王子就在河岸上踱步;
突然,水妖女王从河里升起,
河水刚浸着她雪白的胸脯,
她首先开口:"雅内什王子,
你请求我会见你,
那么,你还有什么要求?"
一看见自己的叶莉查,
他招呼她上岸到自己跟前,
愿望重新在他心中燃烧。
"我的年轻貌美的叶莉查,
走上绿茵茵的河岸到我身边来,
请像旧时一样甜蜜地吻我,
我也像往日一样深情地爱你。"
王子的话没有打动她的心,
水妖女王摇摇头,没有动情:
"不,雅内什王子,我不到你那里去,
我也不走上绿茵茵的河岸。
我们不会像从前那样甜蜜地亲吻,
你也不会比以前更加深情地爱我。
你最好告诉我你的情况,
你同你的新欢生活得如何,
同你年轻的妻子可生活得美满?"
雅内什王子回答说:
"月亮虽好,不如太阳公公温暖,
妻子虽美,不如情人讨人喜爱。"

十六
战马

"我的烈马,你为什么嘶叫,
你为什么脖子低垂,
不再抖动你的鬃毛,
不再啃咬你的嚼子?
难道我没有对你细心照料?
难道马具不够完美?
难道燕麦你没有吃饱?
难道缰绳不是绢丝的,
马掌不是纯银打制的,
马镫也不是金子造的?"

悲愁的战马这样回答:
"现在我所以有些审慎,
是因为我听到远处蹄声嗒嗒,
听到流矢嗖嗖,号角阵阵;
所以要嘶鸣,这是因为,
去战场征战已没有多少时日,
是因为披红裹绿耀武扬威
炫耀装戴的时日所剩无几;
是因为严酷的仇敌
要夺走我全部的马具,
纯银制的马掌子
也要从我矫健的蹄上削去;
我这样地垂头丧气,
是因为敌人要剥下你的皮,

铺在我汗湿的脊背上
　　充当马鞍的垫褥。"

普希金原注

[1] 福马一世于1460年被自己的两个儿子斯杰凡和拉季沃伊秘密勒死。斯杰凡继承了王位,拉季沃伊不满其兄篡权,公开了这一可怕的秘密,随即逃往土耳其投奔穆罕默德二世。斯杰凡在教堂使臣的唆使下与土耳其兵戎相见。战败后退守克柳奇城,并遭到穆罕默德的围困,终于为穆罕默德俘获。因拒不接受伊斯兰教信仰而被剥皮处死。
[2] 某些伊利里亚分裂主义者们的自称。
[3] 拉季沃伊从没有得到过这个高位;王室的成员都被苏丹杀害了。
[4] 罩袖,苏丹赐给臣下的一般礼物。
[5] 指时代错乱现象。
[6] 这种结拜兄弟的动人风俗,在塞尔维亚和其他西斯拉夫人那里,是要用宗教仪式来实现的。
[7] 这支歌讲述哪一次事件,不详。
[8] 作战的损失要算在弗拉赫人仇恨的达尔马齐亚人头上。
[9] 土耳其居住区的犹太人经常遭受迫害。战争期间他们常受到伊斯兰教徒和基督教徒的报复。瓦·司各特说,他们的命运很像飞鱼的命运。——梅里美。
[10] 班尼亚卢卡,波斯尼亚土耳其总督管区过去的首府。
[11] 各族人民都认为癞蛤蟆是一种有毒的动物。
[12] 密茨凯维支翻译并修饰了这支歌。
[13] 这些首领没有避难所,以抢劫为生。
[14] 西斯拉夫人相信吸血鬼(迷信传说夜间从坟墓中出来吸食睡觉者的血的吸血鬼)的存在。
[15] 梅里美在他的诗集《居士拉》的开头,登了一篇介绍古丝理老琴手伊阿金弗·马格拉诺维奇的报道;老琴手是否确有其人,无从查考;但是他的传记作者的文章却具有一种非同寻常的新奇性和逼真性的美。梅里美的书是罕见的,我想,读者在这里会怀着满足的心情看到有关这位斯拉夫诗人的生活的描绘。

伊阿金弗·马格拉诺维奇简介①

伊阿金弗·马格拉诺维奇是我所认识的唯一一位古丝理琴演奏家兼诗人。大多数古丝理琴手都只不过演奏一些古旧的弦曲,至多也不过演奏一些自己仿制的作品,就是从一首传奇叙事短诗繁衍出二十多首诗歌,从另外一首又弄出这么多,然后再把这些拙劣的东西拼凑在一起。

我们这位诗人出生在兹沃尼尼格勒地方。这一点他自己在叙事短诗《名门望族的一个公子哥儿》中也曾提到。他是一个鞋匠的儿子。看来,他的双亲不曾关心过他的教育,因为他既不会读,又不会写,八岁时他被钦任涅格人,或者说,被吉卜赛人拐走。他们带他到波斯尼亚,并用自己的一套办法教育他。因此,不难使他皈依他们之中多数人信奉的伊斯兰教(这些细节是马格拉诺维奇于1817年亲口对我说的)。有一位"阿伊安",也就是利夫诺地方的一个头目从吉卜赛人手里得到他。他就在那里当了几年听差。

十五岁时,一个基督教教士又让他改而信奉基督教。这是一件发现后会被钉上尖木桩受刑的危险事,因为土耳其人决不会鼓励基督教传教士搞这种活动的。如同大多数波斯尼亚人一样,主人是非常严厉的。因此,年轻的伊阿金弗·马格拉诺维奇不必多作思考就有了逃走的打算。逃走时他还决定要报复主人对他的恶劣态度。一个暴风雨的夜里,他拿了主人的皮袄和马刀以及一些威尼斯金币逃之夭夭。那个使他又改信基督教的教士大概听从了他的建议也同他一起出逃。

在达尔马齐亚,从科夫诺到西尼至多不过十二英里。出逃者们到那里后,受到威尼斯政府的庇护,从而脱离利夫诺那位主人追捕的危险。马格拉诺维奇在这里编出新的歌曲;他在叙事短歌中歌唱自己的出逃。这支叙事短歌引起人们的注意,从此他出了名(我没有收集到这支短歌。马格拉诺维奇已经不记得它,也可能对自己的处女作感到难为情,所以没有给我演唱)。

他生来不善劳动,又没有资财供他生存,但莫尔拉齐亚人乐善好施,一段时间他靠村民的施舍度日。作为报答,他就演唱一些古旧的歌曲。不久他自己编了一些在婚丧宴席上唱的新歌,于是成了婚丧大事时不可缺少的人物。如果没有他和他的古丝理琴在场助兴,节日就会减色不少。

他就这样留居在西尼郊外,很少为自己的亲人操心。从他被拐走以后,一

---

① 这段简介在原书中是先法文而后译成俄文的。

次也没有回到过家乡兹沃尼格勒。亲人们的命运如何一直渺无消息。

二十五岁时,他已是一个英俊的青年,健壮,伶俐,一个出色的猎手。此外,还是一位有名的诗人和音乐家。人们,特别是姑娘们,都很尊重他。他所钟情的一个姑娘叫马利亚,是一个名叫兹拉尔齐奥维奇的莫尔拉齐亚富人的女儿。他巧妙地赢得姑娘的心,并根据当地的习俗将她抢去。但是他有一个对手叫乌里扬,是领主一类的人物,这人预先得知他要去抢亲。伊利里亚人的习俗是,遭受拒绝的求爱者很容易就会自我宽解而不去睥睨他获得幸福的对手。可是这个乌里扬却嫉妒马格拉诺维奇,并决定阻挠他的幸福得以实现。在那个偷劫新娘的夜里,乌里扬带领两名仆人赶到现场。正当马利亚也已上马跟随自己心爱的人离去时,乌里扬用威胁的口气命令止步。按照风俗双方都随身带有武器。马格拉诺维奇首先开枪击毙乌里扬。如果马格拉诺维奇的家族就在此地,就会得到家族的支持,他就不必为这些许小事出走了。但他却是只身一人在外,死者的整个家族起而与他为敌,准备为死者复仇,于是他当机立断,带着妻子避进深山,加入盗匪一伙。

他同盗匪在一起过了很长时间,甚至在与警察交手的时候脸上还受过伤。最后,他积存了很多钱;我想,不会是完全依靠正当方式挣的钱。之后,他下山买了牲畜同妻子儿女在卡塔罗定居。他的房子建在斯莫科维奇附近,在一条流入弗拉纳湖的小河或支流的岸上。妻子同儿女们饲养奶牛,管理牧场,他本人则总在四方漫游。他还常常去盗匪老相识那里做客,但却不再参加他们那种危险的行业。

1816年在查拉我初次见到他,那时我已经可以用伊利里亚语自由交谈,很想听听某一位有名的诗人读诗。我的一位朋友,尊敬的督军叫尼古拉的在他自己居留的地方——贝尔格莱德——遇到他早已闻名的伊阿金弗·马格拉诺维奇,得知他要来查拉,就给我写了一封信交他带给我。信里告诉我,如果我想要聆听这位古丝理琴手的演唱,就要先让他喝酒,因为只有在他差不多沉醉的时候他才有灵感。

伊阿金弗·马格拉诺维奇当时已有六十岁左右的年纪,是一个身材高大的人。就他的年龄来说,身体还很结实健壮,肩膀很宽,脖颈也很结实。他的脸庞有一层受过强烈日晒的色泽,眼睛细小,眼角略向上挑,鹰钩鼻子由于饮用过多烈酒而很红,胡须既白又长,眉毛却黑而浓。所有这一切构成一个哪怕你只见过一次面再也不会忘记的形象。更有甚者,一道长长的刀痕断开了眉直下到脸颊。不可理解的是,这样的伤竟然没有弄瞎他的眼睛。他的头是剃光的,这差不多是习俗使然;头上戴一顶羊羔皮帽,衣服很旧,但却非常整洁。

他走进我的房间,递交了督军写给我的那封信,很随便地坐下。我读信的时候,他以一种相当轻蔑而怀疑的语调说:"那么说,你能够讲伊利里亚语。"我立即用伊语回答说,我的伊语水平绝对可以使我品评他那受人赞赏的诗歌。他回答说:"行啊,行啊,但是我想用餐,饮酒。我们用餐的时候,我就歌唱。"于是我们一起用餐。他吃得那样贪婪,我觉得他至少有四天没有进食。遵照督军信上的建议,我不停地为他斟酒,我的那些闻风而来的朋友们也不断给他添酒。原指望酒足饭饱之后,他会施恩为我们唱些什么。但是我们的期待落了空。他突然从桌边起立,躺倒在炉火边的地毯上(已经是12月天气),五分钟就进入梦乡,无法将他唤醒。

另外一次我却很幸运:我只让他喝酒喝得兴奋起来,于是他给我演唱了我收在这本歌曲集中的很多叙事传奇短歌。

他的嗓子过去可能很好,但这时却有点嘶哑。他一边唱,一边弹奏古丝理琴,眼睛炯炯有神,脸上有种野性的美,这种美艺术家们都很乐意在画布上加以表现。

他以一种相当奇特的方式同我告别:在我这里住了五天,第六天一早他外出一天,一直到傍晚我都没有等到他回来。人们说,他离开查拉回家去了。同时我发现一对英制手枪不翼而飞。这对手枪在他匆匆离去之前挂在我的房间里。可是,有一点应该说是他的可敬的地方,那就是他本来可以拿走我的钱袋和金表,这些东西要比他拿走的东西贵重十倍,他却没有这样做。

1817年我在他家里住了两天。他以明显的欢欣之情接待了我。他的妻子和儿孙围着我,拥抱我。当我离去时,他的长子几天时间一直在山地做我的向导,而且无论怎样劝说都没有接受我的任何报酬。

[16] 据说从吸血鬼的坟墓取来的土可以做药,治疗吸血鬼的咬伤。

[17] 还有另一种说法,乔治对朋友们说:"我家老人已经去世,请你们从路上把他弄回来。"

[18] 这首美丽的长诗是我从乌克·斯杰凡诺维奇的塞尔维亚歌曲集里选来的。

[19] 雅内什王子之歌原文很长,共分好几章。我只译出第一章,而且也不是全部。

(李海译)

"青青的山上……"①

青青的山上什么东西洁白一片？
是白雪还是洁白无瑕的白天鹅？
如果那是白雪——它也早就该消融，
如果那是天鹅——它们也早该飞走。
那既不是白雪，也不是洁白天鹅，
那是阿基·阿桑-阿加的一顶帐篷。
他躺卧其中，浑身上下伤势很重。
他的姐妹和母亲都来这里探视他，
可他的心上人不能来，羞于来看他。
他一旦感觉伤势好转，疼痛减轻，
他就下命令吩咐他忠实的心上人：
"不要到我白色的屋子里来找我，
不要到白色的屋子，不要去我家族。"
可怜的卡杜娜一听到丈夫的话语，
马上心情就忧郁，不禁悲伤起来。
她听见马跑进院子里来的声音；
阿桑-阿基尼查急急忙忙跑了过去，
可怜的女人想要从窗口跳出去，
两个小姑娘跟在她后面号啕大哭：
"快快回来呀，我们亲爱的母亲，

---

① 这是普希金未完成的一首诗稿，译自塞尔维亚歌曲（载福尔季斯《达尔马齐亚游记》一书）。

来的并不是你的丈夫阿桑-阿加
来的是你的兄弟平托罗维奇。"
于是,阿桑-阿基尼查转身回来,
她跃起搂住自己兄弟的脖子——
"好兄弟,多么丢人,多么大的耻辱!
要我离开我亲生的五个孩子。"

(李海译)

"缅科·维乌奇给兄弟"[①]

缅科·维乌奇给兄弟,
给格奥尔基写信:
"当心,乔尔内·格奥尔基,
乌云升起在你的头顶,
凶暴的米洛什·奥勃列诺维奇,
狡猾的敌人,想消灭你。
他秘密地派往霍京
小扬卡和帕维尔两人……"

———

格奥尔基·彼得罗维奇很生气,
黑色的眼睛闪闪发着怒火,
漆黑的眉毛愤然拧在一起——

(李海译)

[①] 这首诗是未完成的草稿。就其形式和题材看,与《西斯拉夫之歌》相近。

1835

陈馥 乌兰汗 译

阿那克里翁诗选译[1]

片 段

人们把骏马辨认,
凭那火烧的烙印;
谁是傲慢的安息[2]人,
凭他的高帽判明;
我发现幸福的恋人,
就凭他们的眼睛:
那里面燃烧着情焰——
是狂喜的露骨表现。

颂诗第五十六首

稀疏了,也花白了,
鬈发,我头顶的荣光,

---

[1] 古希腊诗人阿那克里翁的作品几乎什么也没有保留下来。往后,大约在纪元之初,阿那克里翁的模仿者们编了一本《阿那克里翁诗集》,广为流传,但实际上都不是阿那克里翁的作品。普希金就是从这个集子译出了这一首和下面两首诗。

[2] 安息,亚洲西部一古国名。

牙齿在牙床里动摇,
眼睛也失去光芒。
甜美的生命时辰
没有多少为我留剩:
命运女神账记得紧,
地狱盼我的灵魂。
冥府的人决不会再生,
永世被遗忘,无人过问:
畅通的是入地的门,
返回的路无法找寻。

颂诗第五十七首

杯底为什么没有酒?
给我斟满,伶俐的童子,
只是请给醉人的酒
掺点令人清醒的水。
我们不是斯基福人①,
我不爱无故的狂饮:
喝酒时,朋友,我唱歌,
或者于人无害地闲扯。

(陈馥译)

---

① 斯基福人,公元前黑海北岸草原游牧民族。

"妒忌的少女失声痛哭……"

妒忌的少女失声痛哭,把少年责骂;
　　少年倚在她的肩上,竟入了梦乡。
少女立刻停止哭泣,抚爱着他,
　　泪静静地流着,微笑泛上她的脸颊。

(陈馥译)

统　帅①

　　俄皇的宫殿中有一间大厅,
那里多的不是黄金和丝绒,
也未珍藏王冠上的宝石;
从上到下,大厅的墙壁,
被一位明眼的画家②画满。
他的笔触洒脱而又高远,
不画林神水妖、贞洁圣母、

---

① 这首诗是献给米哈伊尔·波格丹诺维奇·巴克莱-德-托利(1761—1818)的。1812年反对拿破仑侵略的卫国战争初期,他是俄军主帅。巴克莱的策略(退到祖国的腹地),在部队和宫廷引起强烈的不满。巴克莱被免职了,库图佐夫接替了他,可是库图佐夫继续实行前人的策略。开头跟着库图佐夫的巴克莱参加了一系列的战役,出现在一切最危险的地方。

② 指英国画家乔治·道(1781—1829),他于1819—1829年在彼得堡为1812—1814年俄国卫国战争参加者作了三百多幅画,藏在冬宫的"军事画廊"里。

执杯的牧神、丰乳的少妇、
舞蹈或行猎,只画长剑、斗篷,
还有许多英勇威武的面孔。
他们是我们民族军队的主将,
他们都曾经光荣地出征作战,
成为一八一二年的永久纪念,
画家便把他们排列在墙壁上。
我常常在他们面前漫步闲逛,
将这些熟悉的形象一一瞻仰,
我于是听见他们战斗的呼喊。
其中有许多人已经不在世上,
一些人在画布上还那么年轻,
实际上已须发花白,在寂寞中
垂下光荣的头颅……
　　　　　这严峻的一群,
内中一人比别人更令我倾心。
我总是怀着新的思绪在此伫立,
不肯将我的视线从他身上转移。
越看得久我心中越感到苦凄。

　　这是他的全身肖像。高高的脑门,
像裸露的颅骨一样熠熠发光,
那上面似乎载着巨大的悲伤。
他的四周一片黑暗,背后是军营。
平静、阴沉的面容,轻蔑的眼神。
画家当时把他画成这副模样,
是否确实表露了自己的思想,
抑或不过是受到灵感的怂恿?

总之,画家乔治·道给了他这张面孔。

啊,不幸的统帅!你的命实在苦:
你为异国牺牲你的一切所有。
芸芸众生却看不透你的肺腑,
你怀着伟大的谋略独自行走。
你暗自力图拯救的异国人民,
不喜欢听到你的异族姓名,
他们大叫大喊对你进行迫害,
他们辱骂你,不顾你鬓发变白。
有一人虽然深明你的睿智,
也顺从他人巧妙地责备你……
面对着普遍的谬误你很坚定,
因为你一直抱有巨大的信心。
终于你不得不在半途让权,
默默地放弃了荣誉的桂冠,
以及经过深思熟虑的谋算:
只身一人到团队中来隐藏。
在团队中老帅同小兵一样,
一听见子弹发出快乐的音响,
便冲上前去,渴盼光荣阵亡,——
只是枉然!——
……………………………………
……………………………………

啊!可怜的人类,可笑又可悲!
你们崇拜的是瞬间的胜利!
往往有人从你们身旁过去,

受盲目而狂暴的时代诟病,
而他的崇高形象在未来世纪
却叫诗人既是感动又是欣幸!

(陈馥译)

乌云

暴风雨残剩的一片乌云!
你独自飞驰在湛蓝的天宇,
你独自投下来一片暗影,
给这欢乐的日子平添愁绪。

刚才你把苍天全遮没了,
闪电又恶狠狠地把你缠绕,
于是你发出神秘的咆哮,
用雨水使干渴的大地喝饱。

够了,你退隐吧!时候到了,
大地又复苏,雷雨已经过去,
风儿抚弄着树上的枝条,
要把你逐出这太平的天宇。

(陈馥译)

谢尼耶的诗①

一幅浸透了毒血的披巾,
那是马人的复仇的赠品,
由妒火中烧的妻子传递,
毒害了大力神赫拉克勒斯②。
疼痛难忍,他深夜在外乱转,
他用巨大的脚掌掘开山巅,
他拔出了树墩,折断了树枝,
然后又将它们高高地堆起,
点燃了柴堆,自己站在上面,
一动不动地举目望着苍天。
他腋下是棒槌③,脚边是狮子④,
一阵清风,一阵哨音和吼声,
干柴毕剥响,火焰呼呼地
将不死的灵魂送上天空。

(陈馥译)

---

① 这是谢尼耶的一首诗《这是一座因为那一个燃烧的夜而变得崇高的山》的翻译。
② 据传说,一个马人受了大力神赫拉克勒斯的致命伤,决心要把这位英雄毁掉,遂给了他的妻子一件浸染着他的血的衬衣。并使她相信,如果赫拉克勒斯对她的爱减弱了,她就应该给他穿上这件衬衣。妻子照样做了。衬衣开始腐蚀赫拉克勒斯的躯体,他痛苦难当,就登上了这座山,架起了篝火,自己跳了进去。火烧起来以后,英雄就乘着他的父亲宙斯送来的云彩,升上了奥林匹斯山。
③ 这是赫拉克勒斯的主要武器。
④ 神话里的怪物,被赫拉克勒斯闷死,这是他所完成的第一件业绩。

罗德里戈①

一

摩尔人来到了西班牙,
是应尤利安的召唤。
伯爵决意要讨伐国王,
只为了报他的家仇。

国王夺了伯爵的爱女,
羞辱了古老的门第;
尤利安早已怒不可遏,
不惜出卖他的祖国。

摩尔人像汹涌的潮水
冲上西班牙的海岸。
哥特王国便寿终正寝,
罗德里戈也丢了王位。

哥特人并未束手待毙,
他们个个奋勇杀敌。

---

① 罗德里戈(？—711),是西班牙的最后一个西哥特国王,710 年经贵族选举登上王位。后来巴斯克人举行起义,前王朝家族又与穆斯林侵略军勾结,711 年穆斯林军在里奥巴尔瓦特附近把罗德里戈的军队击溃,并攻占西班牙大部分领土。普希金的这首无韵诗是根据西班牙的民间传说写成的。

摩尔人久久不能断定,
双方究竟谁战胜谁。

激烈的战斗延续八天,
最后总算分出胜负。
国王的爱马终于生擒,
就在那血染的沙场。

他的沉重的头盔、宝剑
也在尘土中被发现。
人们以为国王已战死,
虽然对此无人惋惜。

罗德里戈却活了下来,
自始至终都在战斗——
起初他只想争取胜利,
末了却是求死不得。

无数飞镝在耳边呼啸,
镖枪穿梭似的乱舞;
他在其间竟安然无恙,
敌剑砍不开他的脸甲。

罗德里戈已筋疲力尽,
最后只好翻身下马;
那凝结着鲜血的宝剑
也从他的手中落下。

扔掉插着羽毛的头盔，
脱去光闪闪的铠甲；
趁着救命的夜色正浓，
他逃离浴血的战场。

二

罗德里戈王远走他乡，
离开那血腥的疆场。
都道是，国王已经战死，
人未至，消息竟传遍。

在荒郊野岭国王眼见
贫弱妇孺、耄耋翁媪，
唯恐做摩尔人的臣民，
结队向着守城奔逃。

百姓的哀号达于天庭，
祈求上帝拯救烝民；
无人不诅咒罗德里戈，
万般诟詈他都亲闻。

国王只能垂下他的头，
回避他昔日的臣民，
甚至不敢开口说一句：
请你们为他祷告上帝。

走到第三天，罗德里戈

他终于看见了大海；
在那荒凉的岩岸上头
有一个幽深的石洞。

进得洞来国王又看见
十字架一个、铁锹一把，
还有一位隐士的遗体
伴着他掘好的墓穴。

那尸体至今没有腐坏，
隐士只在洞内僵卧，
等待着来人把他掩埋，
为他的灵魂诵经祷祝。

国王于是为亡灵祈福，
又将这具干尸葬下。
他决意在石洞中栖身，
依傍着隐士的坟茔。

他饥餐树上的野果，
渴饮甘美的清泉；
也学这隐士的榜样，
为自己预备坟墓。

魔鬼见国王幽居洞穴，
就来玩诱惑的把戏，
　　用了许多梦中的幻象
去搅乱国王的心绪。

国王醒来总浑身战栗,
心中充满羞愧、恐惧。
尘世享乐的种种邪念
要把他的灵魂毁灭。

他想祈祷万能的上帝,
却不能。魔鬼在耳边
给他传递激战的喧声
或热情似火的话语。

他在沮丧中度过了
许多日夜,毫无动静,
只把目光投向大海,
不断地回忆着往昔。

三

国王热心地安葬了的
那位洞穴中的隐士
升上了天庭,一心想要
为国王向上帝求情。

隐士又来给国王托梦;
他穿一件白色法衣,
浑身放射着圣洁光辉,
出现在国王的眼前。

国王他吓得魂不附体,
忙向隐士屈膝下跪;
只听得隐士向他宣告:
"起来,你要重返尘世。

"你虽然丢掉了王冠,
上帝却有意赐予你
胜利者的桂冠,并且要
让你的灵魂得安息。"

罗德里戈从梦中醒来,
领悟了上帝的意旨。
告别这荒凉的海岸,
国王又踏上了归程。

(陈馥译)

"是哪位神祇给我送回……"①

是哪位神祇给我送回
我初次出征时的战友?
我曾经与他共过生死,
当不顾一切的布鲁图
领我们把自由的幻影追求;
我曾经与他在营帐里

---

① 这首诗是古罗马诗人贺拉斯的颂诗《致庞培·瓦尔》的意译。

借酒驱除战争的烦忧,
用叙利亚产的香树脂①
涂抹常春藤缠绕的头②。

你可记得那可怖的瞬间,
我,罗马公民,把胆吓破,
扔下了盾牌,只顾逃躲,
暗自祈祷,又发下誓愿?
我多么恐惧!怎样奔跑!
赫耳墨斯突然用云朵
遮住我,让我逃之夭夭,
摆脱了那必死的运道。

你,第一个为我热爱的人,
又一次出现在战场上……
如今你回到了罗马城,
走进我这昏暗的小房。
请在家神的荫庇下就座,
让我们举杯,不要吝惜
我的清酒和我的香料。
花冠备好了。斟吧,童子!
现在不是节制的时候,
我要像野人似的狂饮。
为了欢庆与友人聚首,
我甘愿湮灭我的理性。

(陈馥译)

---

① 指用没药树的香树脂制成的香料。
② 指圣像上耶稣的头,常春藤象征荆棘冠。

香客①

一

一天,我在荒山野谷中漫步,
忽然被巨大的悲哀攫住,
身体被沉重的负担压弯,
犹如凶手在法庭给人揭穿。
我垂下头,苦闷地搓着手,
用哀号来宣泄刺心的痛苦,
像病人样不安,我反复说:
"我该做什么?未来又如何?"

二

我哀叹着回到自己家里。
我的烦恼无人能够体会。
起初我对妻儿沉默不语,
不让他们知道我的心事;
然而悲哀一刻刻大起来,
最后我不得不敞开胸怀。

---

① 这首诗简要地转述了17世纪英国革命时期的作家约翰·班扬(1628—1688)的作品《天路历程》第一章开始的内容。

我说:"不幸啊!灾祸要降临!
妻儿啊,你们可知道我的心?
我心上压着恐惧和苦闷,
那可怕的时刻已经迫近:
烈火和飓风注定要发生,
这城市瞬间将化为灰烬。
找不到藏身处,我们必死,
可是那藏身处又在哪里?"

三

　　我的家人便都十分惊惶,
以为我的神智已经失常。
可又想:夜晚和有益的安息
会令我体内的邪火灭熄。
我躺在床上,终夜流泪哀伤,
沉重的眼皮一刻也合不上。
清早我起来,一个人坐着,
他们问我,我还是那样说。
于是一切与我亲近的人
既不信我的话,而且认定
对我必须严厉。他们横了心,
要以谩骂和轻蔑逼我归顺。
然而我却什么话也不肯听,
只一味哭泣哀叹,不胜悲痛。
他们终于喊得力竭声嘶,
挥一挥手,从此远远回避,
像回避一个狂人,他的哭叫

令人厌烦,需要认真治疗。

四

不堪痛苦,我再次走出家门,
目光恐惧地向四下里探寻,
好像一个打算越狱的囚徒,
又像旅人急于在雨前投宿。
我背着沉重的精神包袱,
遇到一个青年正在看书。
他慢慢抬起眼睛,并且询问,
为何我独自游荡,痛哭失声?
我说:"你可知道我的厄运?
我必定会死,死后还要受审。
我对此毫无准备,因此伤心。
死太可怕。"
"既然这是你的命运,"
他说,"你的处境这样可悲,
你等什么?为何还不逃避?"
我说:"往哪里逃?走哪条路?"
他说:"你看不见?就在前头。"
青年说着向远方指了一指。
我用睁得作痛的眼睛凝视,
像个刚被摘除白翳的盲人。
我终于说:"我看见一线光明。"
他说:"去吧,朝着那光明跑,
要让它做你的唯一目标,
直到你寻着得救的窄门,

去吧!"我便立刻向前狂奔。

五

我的出走引起家人的惊慌,
妻子儿女在门口对我呼喊,
他们异口同声叫我快回转。
呼声把我的朋友引到广场,
一个骂我,一个给我的妻子
出主意,也有人为我叹气,
嘲笑的嘲笑,辱骂的辱骂,
更有人叫邻居拉我回家。
一些人已在我身后紧追,
我便加快速度跑过城区,
为了早些离开这个小城,
看到得救的真途和窄门。

(陈馥译)

"我又重游……"[①]

……我又重游
一度流放的住地,在这里
我悄悄生活过两个年头。

[①] 写这首诗与普希金1835年秋天(一生中最后一次)来到米哈伊洛夫斯克村有关。普希金的奶娘死于1828年。

自那以后又去了十载，
生活对于我已大不相同，
而我，顺从着普遍的规律，
也有了改变，然而故地
又触发了生动的回忆，
似乎昨日我还漫步在
这片树林里。
　　　　　瞧这小屋，
奶娘曾伴我在此谪居。
这老妇已经谢世，隔壁
听不到她那沉重的步履，
也不再有那殷勤的巡视。

　　在这树木丛生的山冈上，
我常静静地坐着，独自个儿
凝望下面的湖水，忧郁地
回想他处的波涛和岸滩……①
在金色耕地和绿色牧场间
蔚蓝的湖水远远伸展开去。
一个渔夫正驾着他的小船，
拖着破网划开神秘的水面。
在那微微倾斜的湖岸上
散布着几个小小的村落，
村后那歪歪倒倒的磨房
勉强转动着翅翼……
　　　　　　　在一些

---

① 被放逐的诗人对克里木和敖德萨的回忆。

祖辈传下来的领地界上，
有一条大路向山里伸去，
在这被雨水冲蚀的路旁，
高高地耸立着三棵青松，
一棵远些，两棵紧紧相依。
每当我在月明风清之夜
骑着马从它们身边走过，
树梢便沙沙地向我致敬。
如今我又来到这条路上，
又看见路旁的三棵青松，
它们保存着往日的风姿，
只是那两棵的老树根旁
（那里曾经是一片荒凉）
如今长满了嫩绿的小树，
灌木像幼儿立在浓阴下，
绿色的家庭是多么兴旺！
但是远处那孤独的伙伴，
活像个老鳏夫，阴沉着脸，
它四周依旧荒凉。

　　　　你们好，
我不曾认识的年青的一代，
我已看不到你们茁壮成长，
等不到你们高过我的老友，
把它们的苍老的头顶遮盖，
叫过路的行人再也看不见。
让我的孙儿来听这沙沙声，
在与友人促膝谈心之后，
他乘兴深夜从这里经过，

满怀着欣喜的思绪回转
并把我缅怀。

（陈馥译）

"我以为,此心已失去……"

我以为,此心已失去
感受痛苦的起码能力,
我曾说:既已成往事
就永远过去！永远过去！
消逝了,欢乐和忧郁,
消逝了,轻信的幻梦……
不料面对着美的威力
瞧,它们又蠢蠢欲动。

（陈馥译）

讽卢库尔病愈[①]
（仿拉丁诗）

阔少,你已奄奄一息！
你听到了朋友的哀泣。

[①] 普希金借讽刺罗马统帅、豪富卢库尔(前117—前56)讥讽俄罗斯科学院院长、检查机关头目谢·谢·乌瓦罗夫(1786—1855)。乌瓦罗夫是阔少德·尼·舍列梅杰夫伯爵的堂姐夫,舍列梅杰夫无子,曾患重病,乌瓦罗夫即以继承人身份赶去查封其财产,不料舍列梅杰夫竟病愈。本诗副标题《仿拉丁诗》是为通过检查机关而设,但未达到目的,诗发表后,乌瓦罗夫就变成了诗人最凶恶的敌人之一。

死神紧紧地跟随着你
来到你的华丽的府第,
像个一早进门的债主,
正耐着性子把你守候,
一言不发地站在门口,
　　不肯再挪动一步。

在你那昏暗的卧室里
医生忧愁地窃窃私语。
食客和魔女们的面孔
由于窘迫而变得阴沉。
忠心的奴仆叹息不住,
在圣像面前为你祷祝,
提心吊胆,不知道未来
　　命运有什么安排。

就在此时你的继承人,
仿佛一只乌鸦扑向兽尸,
白了脸,颤抖着弯身向你,
发作了贪财的寒热病。
他不轻易使用的火漆
已经把你的账房封闭。
他希望从一堆堆纸灰里,
　　扒出一堆堆金子。

他自以为:"从此再不必
去哄达官贵人的子女,
我自己就是贵人,

地窖里有的是金银。
如今做老实人容易!
我不会再克扣妻子,
也不会再去扒偷
　　官家当柴火的木头!"

然而你却又起死回生。
你的朋友们鼓掌欢庆,
奴仆们也都像一家人,
高兴地互相拥抱亲吻,
医生兴奋地举起眼镜,
棺材匠却垂下了眼睛,
而管事把他和继承人
　　粗暴地赶出大门。

生命又回到你的身上
带着它的迷人的力量。
请留意:这是无价宝物,
要善于将它尽情享受;
美化它吧,光阴在飞逝,
到时候了! 快娶个娇妻,
将她领进华丽的内室,
　　神明会来祝福你。

(陈馥译)

彼得一世的盛宴①

涅瓦河上五彩缤纷,
风儿在舒卷着船旗;
水手们的嘹亮歌声
跌宕有致,整齐有力。
皇宫今日大开酒宴,
宾客尽兴,笑语不停,
涅瓦河畔排炮轰响,
连大地也为之一震。

彼得皇上为何宴请,
在雄伟的俄国京城?
为何欢声雷动,礼炮齐鸣,
河上还摆开了船阵?
难道俄国的刺刀和军旗
又增添了新的荣耀?
严酷的瑞典人这支劲敌
是否已经战败求和?

---

① 普希金在他的《彼得一世史》中写道:"彼得邀请许多有名的罪犯一起吃饭,并放礼炮庆祝和他们的和解。"诗人把他所办的《现代人》杂志的第一卷(在十二月党人判刑十周年的1836年出版)献给了他们,使这首诗意味特别深长。像十年前他写的《斯坦司》一样,诗人以彼得一世为尼古拉一世示例,呼吁他大赦十二月党人。

或许勃兰特①的小破船
开进瑞典割让的港湾,
俄国这支年轻的舰队
要前去把**爷爷**②接回,
于是雄赳赳的儿孙们
在老人面前列好队阵,
排炮和歌声一齐轰鸣
共同来向科学致敬?

或许皇上要纪念周年,
庆祝波尔塔瓦的战果?
是他打退了瑞典人,
拯救了我们的祖国。
或许皇后已经生产?
或许到了她的诞辰,
那创造奇迹的伟人
要为爱妻大宴群臣?

不对!他这是为了宽恕,
为了赦免臣僚的罪愆,
共饮一杯喜庆的酒,
从此不计往昔旧怨;
臣僚上前亲吻主额,
龙颜主心一样光明;

---

① 勃兰特,1669年到俄国来的瑞典工匠,曾按彼得一世的指示修好英国人赠给他父亲的小海船。
② 勃兰特修好的小海船被认为是俄国舰队之祖。

浩荡皇恩如此庆贺,
无异战胜凶恶的敌人。

在雄伟的俄国京城
因此欢声笑语不停,
排炮和音乐齐鸣,
河上还摆开了船阵;
因此皇上大开酒宴,
与众臣僚开怀畅饮,
涅瓦河畔排炮轰响,
连大地也为之一震。

(陈馥译)

仿阿拉伯诗

可爱的少年,娇嫩的少年,
别怕羞,你永远属于我;
我们心中有一样反叛的火,
我们的生命更是相互关联。
我不怕人们的冷嘲热讽:
我们俩就像是一胎双生,
好比一个核桃壳里的
两瓣分毫不差的核仁儿。①

(陈馥译)

---

① 最后三行是在萨迪《果园》中的诗句"……我和我的朋友生活在一起,就像两颗扁桃核同在一个硬壳里"的影响下写成的。

"敦杜科夫公爵主持……"①

敦杜科夫公爵主持
科学院的会议。
人们说他根本不配
这样大的荣誉;
为什么要让他主持?
只因有这把交椅。

(陈馥译)

"提琴家来找阉人歌手"②

提琴家来找阉人歌手,
他是穷汉,而那位是财主。
歌手……说,"你瞧,
我有不少钻石、珠宝,
无事就拿出来欣赏。
你,老弟,"歌手接着说,
"想必也有无聊的时光,

---

① 敦杜科夫-科尔萨科夫公爵在科学上毫无建树,却担任科学院副院长,靠的是当时俄国教育大臣乌瓦罗夫的庇护。这首讽刺诗曾传抄一时。

② 这首诗是诗人以玩笑的口吻写的,本无意发表。查俄国曾聘请过一位意大利的阉人歌唱家。

你做些什么,请告诉我。"
穷汉满不在乎地回答说:
"我吗?我……就搔痒。"

(陈馥译)

"秋天,我的闲暇时刻"[①]

秋天,我的闲暇时刻,
在我爱写作的日子,
朋友们,你们都来劝我,
继续那被忘却的故事。
罗曼史未写完就中断,
而且拿去付印出版,
这岂非怪事,甚至失礼?
你们的话说得在理。
无论如何作者都应该
让故事的主角成亲,
至少也要叫他送了命;
其他人物逐一安排,
引他们走出那座迷宫,
然后拜别,各奔前程。

你们对我说:"感谢上帝,
趁奥涅金尚未就木,

---

① 这是一首诗的草稿。

罗曼史还没有结束,你
别偷懒,向前走几步。
你的心既然向往声誉,
奉承、责骂就都得听取。
请你写几个花花公子,
再加几个妩媚淑女,
战争、舞会、宫廷和农舍,
阁楼、僧房还有后宫。
对于我们读者大众,
切记不要摊派太重;
每本索价卢布五个——
如此捐税才不为苛。"

(陈馥译)

"哦,贫穷!我终于牢牢记住……"[①]

哦,贫穷!我终于牢牢记住
你给予我的沉痛的教训!
富裕的大敌!为何迫害我,
又冷酷地打破我的美梦?……
若问我富裕时做过什么,
我真不愿重新提起,因为
好事都应当默默地去做。
这个题目没有必要讨论。

---

① 这是一首译诗的草稿,无韵。

从中我能吸取精神养料,
我还感觉属于我的幸福
并未完全泯灭。

(陈馥译)

"你若有机会走远一点"①

你若有机会走远一点,
从××××到×,
在微微倾斜的两岸间
×河静静地流淌。
离开大路向右转个弯,
在田地和村庄之间,
有一片橡树林会出现,
左边就是地主庄园。

夏天,当那火红的太阳
渐渐隐到小丘后面,
它的余晖映照着庄园,
玻璃窗反射着它的光焰,
过路的旅人寂寞难当,
……………………
暗自将他的目光投向
那个露台,那片家园。

(陈馥译)

---

① 这首诗是草稿。

"亚述大君尼布甲尼撒……"①

亚述大君尼布甲尼撒
疯狂地把异族来残杀,
他的元帅叫何乐弗尼,
将小亚细亚全境占据。
尽管这暴君不可一世,
以色列却没有低头;
他坚定地信仰着上帝,
以谦卑和忍耐谨守。
犹大全境的城乡人民
都不胜恐惧。祭司们
摆好圣坛来祷告上帝。
男女老幼号啕痛哭,
往头上撒灰,撕裂衣服,
呼声惊动全能的上帝。

敌将终于来到山下,只见
上面的要塞坚不可摧,
隘口已封锁而且狭窄,
还有高墙把城邑包围,
分明是,随时准备迎敌。

---

① 这是一份未完成的手稿,题材取自基督教《〈圣经〉后典》中之《犹滴传》。

那白色的伯夙利亚城,
像一员守将威风凛凛,
俯视着沟壑静候敌人,
这样的高峰谁能攀登!

怒火烧得敌将心惛惛,
意外遭遇叫他慌了神。
何乐弗尼召集起降将们,
要把情况问个分明:
"是什么民族如此大胆?
谁是他们的守城官?
又是从哪里来的力量?
什么人他们可以依仗?……"
亚扪人的统帅亚吉奥
他当即站出来禀告,
连何乐弗尼也不得不
低首下心听他陈述。

(陈馥译)

"人们会窃笑着对我说道"①

人们会窃笑着对我说道:
您是个口是心非的诗人,瞧,
您哄我们——您并不想出名,

---

① 这是一份未完成的草稿。

荣誉于您好似过眼烟云,
究竟为什么写诗?——为我自己。
又为什么出版?——为了钞票。——啊,上帝!
多丢脸!——何至于?

(陈馥译)

"姑娘,你没看见吗?"[①]

——姑娘,你没看见吗,
我的那匹马?
——我看见啦,看见啦,
你的那匹马。
——它跑到哪里去了,
我的那匹马?
——到多瑙河畔去找
你的那匹马。

你的马跑着,
还把你诅咒,
还把你诅咒。
....

(陈馥译)

---

① 这是一首诗的未定稿片段,题材取自塞尔维亚歌曲。

断章

* * *

那事发生在战役后的不久,①
幸福把英雄遗弃,
队伍被打得落花流水,
战场周围尸体遍地。
波尔塔瓦……权力与荣誉——
正像崇拜它们的势利的人们
…………已经叛变投敌。

* * *

伟大而善良的人②
很少得到工薪
………………
……可是在某朝某代
为了操心,为了欺凌
(人人为此惊喜!)
或领取相应的报酬,
或赏给无愧的奖金。

---

① 这段诗是英国诗人拜伦的《马塞帕》一诗的开头几句的译文。
② 这段诗是英国诗人柯尔律治(1772—1834)《怨言》一诗的意译。

* * *

淫棍一边乐一边中伤,
满城罪恶的勾当,
他捧腹大笑,拍手鼓掌

* * *

我看不见你那一对
充满淫欲而又冷峻的明眸……

(乌兰汗译)

1836

陈宇成 乌兰汗 译

给丹·瓦·达维多夫[①]

歌手,英雄,我向你致敬!
我没有迎着炮声、硝烟,
跨上疯狂暴烈的战马
紧紧追随在你的身边。
我骑着温存的珀伽索斯,
披着帕纳塞斯古礼服,
这礼服早已不合时令:
然而这种工作也很艰苦,
瞧,我的骑士威武英俊,
你是我的老爹和司令。
我的布加奇初看像个滑头,
一个哥萨克,坦率真诚,
如果在你先进的队伍里
他定会是个勇猛的标兵。

(陈守成译)

[①] 这里被歌颂的诗人,指游击队员丹·瓦·达维多夫(1784—1839)。普希金高度评价他的诗歌,把他看成是自己的文学老师之一,并说达维多夫"使他在中学就已觉得有独创的可能性"。这首诗与赠书《普加乔夫史》一同寄出。诗的第一句译自法国诗人阿诺在寄赠给达维多夫的书上的题词。

给一位艺术家[①]

雕刻家,我步入你的工作室,郁悒而又欣喜:
　　你让大理石听指挥,向石膏注入思想:
男神,女神和英雄这么多!……这儿雷神宙斯,
　　那儿是萨堤洛斯[②]吹着芦笛,低头凝望。
一边是创始人巴克莱,另一边是功臣库图佐夫.
　　那边阿波罗是理想,这边尼俄柏[③]在忧伤……
我欢欣。但我走过一尊尊雕像却感到怅惘:
　　善良的杰尔维格已不再和我在一起;
阴暗的坟墓成了艺术家们良师益友安息的地方。
　　否则他会怎样为你骄傲!怎样拥抱你!

(陈守成译)

---

① 这首诗中的艺术家指雕塑家鲍里斯·伊凡诺维奇·奥尔洛夫斯基(真名是斯米尔诺夫,1796—1837),托尔瓦里德先的学生,彼得堡喀山大教堂门前巴克莱和库图佐夫纪念雕像的作者。
② 萨堤洛斯,希腊神话中的森林之神。
③ 尼俄柏,希腊神话中底比斯王安菲翁的王后,子女多,由于嘲笑阿波罗母亲的子女少,其子女全被阿波罗射死。因此,整天哭泣,宙斯把她变成石像。

尘世的权力[①]

当完成了伟大庄严的庆典,
神已经不在十字架上受苦痛,
在一棵生机勃勃的树的两边,
　　站着两个女人——
罪女马利亚和最圣洁的处女,
她们陷入了无法衡量的悲伤。
但是现在在纯洁的十字架下,
仿佛是在市政长官的台阶上,
我们看见二圣女所站的地面,
是两个戴高统军帽执枪的哨兵。
告诉我吧,为何派哨兵站岗?
钉上十字架就成了国家资金?
你们是怕贼偷,还是防鼠咬它?
莫非要给万皇之皇提高身价?
对于戴着荆冠的救世主基督
任凭自己的血肉之躯去受苦,
迎着刽子手的鞭笞、铁钉和钢矛,
你们要用有力的保护去救助?
或者你们担心庶民亵渎
用自己的死赎出亚当一代的人?

[①] 据普希金的朋友彼·安·维亚泽姆斯基说,这首诗写作的原因大概是喀山大教堂在狂热的星期五有士兵在守卫绘有基督棺中遗体像的覆布的景象。

担心游手好闲的绅士拥挤难受,
因而不准放进那些普通的百姓?

(陈守成译)

仿意大利十四行诗①

当叛徒门生挣脱圣树的时候,
魔鬼就飞来,贴上他的脸面,
向他吹口生气,带着臭猎物飞走,
把活尸丢给炼狱饥饿的喉管……
那里恶鬼们不断鼓掌,高兴得很,
哈哈大笑用犄角接待全世界的仇人,
闹哄哄地送给可恶的主宰,
可恶的撒旦这一阵满脸欢快,
欠起身子用自己的亲吻烫温
那叛卖之夜吻过基督的两片嘴唇。

(陈守成译)

"我白白地跑向锡安山的山巅"②

我白白地跑向锡安山的山巅,

---

① 这首诗是从安东尼·戴尚用法文翻译的意大利诗人弗兰切斯科·占尼(1760—1822)《关于犹大的十四行诗》一诗意译的。

② 这首诗为未写完的草稿。

贪婪的罪孽紧跟在我身后追赶……
同样,把灰土的鼻孔埋在流沙里
饿狮紧跟着香鹿逃跑的足迹。

(陈守成译)

译自宾德蒙蒂①

我不重视那种叫得山响的权利,
不少人却让它弄得团团转。
上帝没有给我甜蜜的命运:
减轻赋税,不许皇族彼此开战,
对于这一点我没有什么抱怨。
报刊是否自由地哄骗傻瓜,
或者是过敏的检查压制了
杂志打诨的计划,我也不记挂;
你看,都是些**空话,空话,空话**②。
有些好的权利我当然珍重,
有种好的自由我也觉得可贵:
取决于沙皇,还是取决于人民,
上天保佑,反正都一样。
　　　　　　对谁
都不必理会,只要我自己满意,

---

① 这里引用意大利诗人伊·宾德蒙蒂(1753—1828)的诗是伪托之词,实际上这首诗是普希金所作。
② 莎士比亚《哈姆雷特》中的台词。

不管对下,还是对上,
决不歪了良心、意念和颈项;
这儿,那儿,任意流浪,
欣赏自然的奇妙风光,
面对灵感和艺术的杰作,
心儿快乐得突突跳,以至欢呼。
这就是权利这就是幸福! ……

(陈守成译)

"隐居的神父和贞洁的修女……"①

隐居的神父和贞洁的修女
做过许许多多的祈祷,
要叫心儿腾飞,直至天宇,
让它经受人世的战斗与风暴;
但没有一篇祷词这样感动我,
像大斋戒节悲伤的那天,
这位牧师发出的声音;
他的祷词常来到我的嘴边,
给沉沦的我以神奇的力量:
我的年华的主宰! 见异思迁,
这暗藏的毒蛇和空虚的热狂,
不要让它们爬到我的心上。
但是,天哪,要我认清自己的罪过,

---

① 这首诗的第二部分是转述叶夫列姆·西林在大斋戒节的祷词。

不使我的兄弟听到我的苛责,
请在我心里激起温顺的感情吧,
培养起容忍、纯贞与爱情。

(陈守成译)

"当我在城郊沉思地徘徊"

当我在城郊沉思地徘徊,
发现我已走到公共墓地,
我看见栅栏,小柱,华丽的坟墓
(底下腐烂着首都的所有尸体),
乱七八糟,一排排挤在沼泽里,
像贪婪的客人分享乞丐的餐食,
这里埋葬商人、官吏的陵园,
廉价石匠的主意也够荒诞,
种种诗体的和散文的题铭
颂扬着死者的职务、官衔和德行;
寡妇多情地哭戴绿帽的丈夫,
小偷把骨灰瓶从小柱上拿走,
光滑的墓穴也在那儿大张口,
盼望着清早就来新住户,——
这一切混沌的思想让我想到,
向我袭来的忧郁是不祥的预兆。
真想啐一口就跑……
　　　　　然而我又喜欢
秋天的时光,寂静的傍晚,

去拜谒乡间祖宗的坟茔,
那里死者在庄严的寂静里入梦,
那里坟墓没有装饰,却很空旷,
苍白的盗贼黑夜也不会对它赏光;
久远的墓石为黄色苔藓覆蔽,
村人路过,总要祈祷和叹息;
没有小小的金字塔和浮华的骨灰瓶,
没有无鼻的男神和破损的女神,
只有一棵橡树威严地站在肃穆的坟场,
摆动着,喧嚷着……

(陈守成译)

"我给自己建起了一座非手造的纪念碑"

我建起了一座纪念碑。①

我给自己建起了一座非手造的纪念碑,
人民走向那里的小径永远不会荒芜,
它将自己坚定不屈的头颅高高扬起,
　　高过亚历山大的石柱②。

不,我绝不会死去,心活在神圣的竖琴中,
它将比我的骨灰活得更久,不会消亡,

---

① 原文为拉丁文,题词来自贺拉斯的颂歌《致梅利波缅》。
② 为纪念亚历山大一世而在彼得堡皇宫广场上建起的花岗岩大型圆柱;1834年普希金特意离开彼得堡,不愿参加"圣化"圆柱典礼。

只要在这个月照的世界上还有一个诗人,
　　我的名声就会传扬。

整个伟大的俄罗斯都会听到我的传闻,
各种各样的语言都会呼唤我的姓名,
无论骄傲的斯拉夫人的子孙,还是芬兰人、
　　山野的通古斯人、卡尔梅克人。

我将长时期地受到人民的尊敬和爱戴:
因为我用竖琴唤起了人们善良的感情,
因为我歌颂过**自由**,在我的残酷的时代,
　　我还曾为死者呼吁同情。

啊,我的缪斯,你要听从上天的吩咐,
既不怕受人欺侮,也不希求什么桂冠,
什么诽谤,什么赞扬,一概视若粪土,
　　也不必理睬那些笨蛋。

(陈守成译)

"回首往昔:我们青春的节庆……"[①]

回首往昔:我们青春的节庆
明丽,喧闹,到处是玫瑰花冠,
碰杯声交织着阵阵歌声,

[①] 这首诗是普希金为庆祝皇村学校成立二十五周年而作,没有写完。

我们挨肩坐着,成群结伴。
当时,我们还年幼,无忧无虑,
活得轻松愉快,处事果敢,
为了希望、青春和各种游戏,
我们总是要痛饮,要干杯。

今非昔比:欢乐的节日也像我们,
随着年华消逝,失去从前的欢欣,
它变得温顺、老成而又宁静,
碰杯的声音也已变得低沉;
彼此的谈话不再那么诙谐、活泼,
我们更加沉郁,稀稀落落地落座,
歌声里笑声变得越来越少,
我们更经常地叹息,沉默。

物各有时:我们已经有二十五次
欢聚一堂,庆祝学校周年纪念。
岁月不知不觉地流逝,
使我们发生了怎样的改变!
不,不会白白过去四分之一世纪!
别悲叹:命运的规律就是这般;
人的周围世界在轮回转动,
难道只有人能够一点不变?

朋友们,你可记清那些时候,
命运曾经把我们结合在一起,
我们是多少、多少事件的见证!
神秘莫测的游戏里的最大游戏,

激怒了的人民猛烈动荡不定,
帝王一个个登极,一个个倒毙,
时而**荣誉**,时而**自由**,时而**豪情**,
人们的鲜血轮番为之致祭。

你可记得,当时我们学校初创,
沙皇怎样为我们把女皇宫①开放,
我们来了。库尼津当着沙皇的客人,
热情地对我们表示欢迎。②
那时,一八一二年的雷雨
还在沉睡。拿破仑还未饱尝
我们伟大人民的威力——
他还只是在恐吓和观望。

你可记得,大军川流不断,
我们欢送学长们去出征,
满怀遗憾回到科学的宝殿,
我们羡慕那些走向死亡的人……
种族与种族在厮杀,在决战,
俄罗斯抱住了骄傲的敌军,
为敌人准备的一片雪原,
遍染着莫斯科的霞红。

---

① 指皇村宫殿的侧屋,皇村学校设在其内。
② 1811年10月19日,在皇村学校隆重的开学典礼上,库尼津(1783—1840)教授当着沙皇和显贵们,就公民与战士的义务发表了热情、大胆的自由主义的演说。

你可记得,我们的阿伽门农①,
从被俘的巴黎回到我们中间,
他遇到了怎样的欢声雷动!
他是多么壮美,多么伟岸,
各民族的朋友和自由的救星!
你可还记得,这一座座花园,
这一池池活水怎样立即苏生,
他在这儿生活得荣耀而悠闲。

他去了——但他却让罗斯
屹立在这被震慑的世界上;
而拿破仑已被流放到海岛,
在那里的岩石上被人们遗忘。
新沙皇②却那么威严,那么有力,
他豪迈地站在欧洲的边疆,
大地的上空新的阴云③又在聚集,
它们的风暴……

(陈守成译)

---

① 荷马史诗《伊利昂纪》中阿伽门农是包围特洛伊城的军队统帅。这里指亚历山大一世。
② 指尼古拉一世。
③ 指法国 1830 年的革命和波兰 1830—1831 年的起义。

题投钉者雕像①

少年漂亮英俊,既不紧张,也不费力,
　　身体匀称、轻捷、有劲,把快投当乐趣!
铁饼运动员啊②,他就是你的伙伴!我起誓,
　　和你友好拥抱之后,表演完他就该休息。

(陈守成译)

题玩骰者雕像

少年向前迈三步,弯下身来,一只手用力
　　撑在膝上,另一只手举起一掷就中的骰子。
他在瞄准……站开!好奇的观众,请往后退;
　　不要妨碍俄罗斯人豪爽的游戏。

(陈守成译)

---

① 《题投钉者雕像》、《题玩骰者雕像》——这两首诗谈的是年轻雕塑家 A.B. 洛卡诺夫斯基(1810—1855)和 H.C. 皮缅诺夫(1812—1864)的作品,它们于1836年秋在艺术院展出。
② 古希腊雕塑家米龙(前5世纪)创作的铁饼运动员的著名雕像。

"晚上列拉出走"

晚上列拉出走,
冷冰冰把我抛弃。
我说:"且慢,哪儿去?"
她对我进行反击:
"你的头已经花白。"
又爱嘲笑人,又傲慢,
我告她:"物各有时!
黑色麝香时兴在前,
现在轮到了樟脑。"
我不小心上了当,
列拉又把我嘲笑。
她说:"你好好想想:
新婚夫妇用麝香,
樟脑死人才要。"

(陈守成译)

"从西方的海疆到东方的国门"[①]

从西方的海疆到东方的国门,

---

① 这是古罗马讽刺诗人尤维纳利斯第十首讽刺诗的译文草稿。

没有多少颗头脑能够区别得开
什么是真正永恒的幸福,什么是祸害……
理智也很少让我们对…………信赖。

————

"请赐给我长寿,让我久居人间!"
我们随时随地如此请求宙斯,
我们的祷告已形成了习惯,
可是世纪漫漫,多灾多难!首先,
脸上会布满皱纹像伤疤一般,
它变成………………

(乌兰汗译)

"你是繁重脑力创作的鉴赏者"[①]

你是繁重脑力创作的鉴赏者,
你爱听英国的弹唱,你喜欢拉丁的诗歌,
你又在诱导我去钻研积淀深厚的古代,
你又让我…………………………
当我告别了……憧憬和贫乏的理想,
我准备和尤维纳利斯进行一场较量,
我这个没有经验的诗人发誓
要翻译他那格律严谨的诗行。

[①] 此诗是草稿,是写给罗马文学的爱好者彼·鲍·科兹洛夫斯基(1783—1840)的诗体信。科兹洛夫斯基一再建议普希金翻译尤维纳利斯的讽刺诗。诗就是针对此事而写。

可是,当我掀开他那严肃的作品,
我无法克制困惑心慌……
诗中满篇是不知羞耻的话,
还迸发出奇妙和弦的声响,
揭示了……拉丁人的荒淫的生活景象
....

(乌兰汗译)

"阿尔丰斯纵身上了马"

阿尔丰斯纵身上了马;
店主把他的马镫拉住:
"先生,请您听我的劝告:
这个时候不宜上路。
天快黑了,山里危险,
下一个小店离这儿很远。
留下来吧:晚饭已熟,
壁炉里的火已点燃;
床已铺好——您需要休息,
您的马也想进单栏。"
他回答说:"只要有路可走——
白天赶路,夜里赶路,
我已经习惯。
让我怕这怕那
未免有失体面。
我是一个贵族——

当我执行一项公务,
魔鬼也好,窃贼也好,
都不能把我拦阻。"
阿尔丰斯先生踢了一下刺马针
骏马顿时举腿起步。
他眼前是一条进入深山的路,
两旁是又高又窄的山谷。
他终于来到了一片平川,
什么景色收入他的眼底?
周围好不荒蛮,这里是不毛之地,
路旁立着一个绞刑架,
架上吊着两具尸体。
一群黑色的乌鸦飞散了
嘎嘎叫了几声,
当他来到尸体跟前,
认出那是两个可爱的首领——
一对吉卜赛弟兄。
他们很早就被吊死在这儿
拿他们向窃贼示众。
老天爷下大雨把他们淋得尽湿,
火辣辣的太阳又把他们晒得干硬,
大漠的风吹得他们摇摇摆摆,
乌鸦飞来啄食他们,毫不留情。
一个传说在百姓当中传开,
说他俩夜夜从架上解脱出来,
说他俩直到天明逍遥自在,
说他俩消灭敌人讨还血债。

阿尔丰斯的坐骑打了一个响鼻，
从他俩身旁走了过去，
然后载着自己无畏的骑手，
急速飞奔扬起四蹄。

（乌兰汗译）

"笼中黄雀悬我头上"

笼中黄雀悬我头上，
林荫与自由它已忘记，
啜饮清水，啄食麦粒，
婉转啼鸣，好不得意。

（乌兰汗译）

1827—1836

乌兰汗 查良铮 等译

给俄国的海斯涅尔[①]

你怎么如此枯燥、冷冰冰!
你的文体多么呆板无力!
怎么没一点新词的发明,
实在让我听来感到厌腻!
啊,你所写的牧童和牧女,
都该出来披上羊皮袄:
穿少了岂不被你冻毙?
你从哪儿把他们找到?
在酒吧间还是烟花巷里?

(查良铮译)

---

① 沙罗蒙·海斯涅尔是瑞士著名的田园诗人。俄国当时著名的田园诗人是弗·帕纳耶夫(1792—1859),但本诗不是针对他的,而是针对鲍里斯·费多罗夫的,因为普希金曾称他为"帕纳耶夫先生的诗的抄写者"。

黄金与宝剑①

"一切都是我的。"——黄金说;
"一切都是我的。"——宝剑说。
"一切我都能买到。"——黄金说;
"一切我都能取得。"——宝剑说。

(魏荒弩译)

"不知在哪儿,但不在这里"②

不知在哪儿,但不在这里,
有个最可敬的米达斯③勋爵,
他的灵魂又庸俗,又卑鄙,——
为了不从光滑的途径下跌,
他便爬行着进入高官级,
于是成了著名的老爷。
关于米达斯还要说两句:
他的城府浅得盛不下
深刻的计谋和思虑,

---

① 这是一首法国诗的翻译,原作者不详。
② 这首诗是讥米·谢·沃隆佐夫的。
③ 米达斯,神话中的国王,他把所触到的一切都变为黄金,并且有一双驴耳朵。

他脑中没有闪烁的才华,
他的心灵也不敢猎奇,
因此他枯燥、谦恭、庄重,
我的主人公的谄媚者
不知该怎样把他称颂,
便决定宣布他是深刻……

(查良铮译)

"你的推测——纯粹是胡诌"[①]

你的推测——纯粹是胡诌,
我的诗——你根本没有读透,
我知道——你是个赌棍,
其实,你又何时戒过酒?

(乌兰汗译)

"等我在普列奇斯琴卡街头暗处"[②]

等我在普列奇斯琴卡街头暗处
把波将金找到,

---

① 此诗是讥讽费·托尔斯泰的。
② 这首诗的手稿保存在波将金的妹妹手中。谢·帕·波将金(1787—1858),诗人与剧作家,是普希金的朋友。

到那时就把我和布尔加林
与后代子孙列在一道。

(乌兰汗译)

"为什么我把她痴爱?"

为什么我把她痴爱?
为什么我应当跟她分开?
想当年我不该让我这种
茨冈式的生活把自己惯坏。

———

她看您时是那么亲切柔和,
她絮语时是那么怡然自得,
她欢乐时是那么潇潇洒洒,
她目光里的情火是那么滚烫炽热,
晚饭时她从餐桌下
又是那么机灵地把小脚
伸给了我!

(乌兰汗译)

"不,我不珍惜那种躁动的欢愉"[①]

不,我不珍惜那种躁动的欢愉,
感官的兴奋,狂暴疯癫,忘乎所以,
嗜欲的少女,一阵嘶叫,一阵唏嘘,
当她在我怀里蛇似的蜷蜷曲曲,
她那火辣的抚爱,病痛的亲吻
追求的是最后瞬息的战栗!

啊,你娇柔多了,温顺的女人!
有了你啊,我幸福得头脑眩晕,
久久地哀求得到你的应允,
你服帖地献身于我,不甚热情,
你对我的一片赞叹反应冷淡,
羞涩,冷漠,似闻未闻,
只是慢慢地情窦始开,情渐亢奋——
最后油然地与我共享情火熔身!

(乌兰汗译)

[①] 这首诗的一份手抄稿珍藏在诗人妻子手中。有的手抄稿上注明是《献给妻》的。

"你靠教育照亮了自己的理智"

你靠教育照亮了自己的理智，
　　你见到了真理的清澈之光，
你亲切地爱上了异国民族，
　　你英明地仇视自己的老乡。

当沉默的华沙站了起来，
　　整个波兰如痴如醉地发狂，
一场生死的搏斗开始了……
　　处处高呼："波兰没有灭亡！"

当季比奇①……
　　当巴黎爱说废话的人在讲台上
花言巧语，痛哭流涕——
　　你为列列韦尔②干杯，祝他健康。

我们的失败使你急得搓手不停，
　　你带着狡猾的笑听取各种信息，
当……仓皇逃跑的时候，
　　毁坏了我们的光荣的旌旗。

---

① 季比奇，即伊·伊·季比奇(1785—1831)，俄国陆军元帅，沙皇亚历山大一世的亲信，是镇压1830—1831年波兰起义的总司令。

② 列列韦尔(1786—1861)，波兰民族解放运动思想家，历史学家。1830—1831年波兰起义期间任爱国协会主席。

…………华沙的暴动…………
　　…………在烟雾里。
你低垂下头颅,号啕大哭,
　　如同犹太人为耶路撒冷饮泣。

(乌兰汗译)

"啊,不,生活没有使我厌倦"

啊,不,生活没有使我厌倦,
我想生活,我爱人生,
我虽然失去了韶华岁月,
我的心并没有变硬变冷。
我还保持着感受喜悦的兴趣——
　　为了满足我好奇的本能,
　　为了对万物……的钟情,
　　为了制造幻想中的美梦。

(乌兰汗译)

断 章

* * *

前不久,知心朋友对我说:
漂亮的姑娘,我为你痛苦难言,
我甚至不想再看妻子一眼——
可是我毕竟……

* * *

单独地藐视每一个笨蛋,
诚然,不费吹灰之力,
但也不值得为每一个
无耻之徒生气。

———

可是奇妙的是……同时
藐视所有的家伙,那才不易——

———

他们的讽刺短诗是街头碎语,

借用的是比耶弗尔①的词句。

* * *

水深
流缓。
智者
自谦。

* * *

静静的夜,茫茫的天,
明亮的金星高悬。
年老的元首,年轻的夫人,
悠悠同乘凤尾船。
丹桂的香味普天弥漫。
彩船上的旌旗沉寂,
黝黑的大海默默无言
……………………

* * *

这座白石头喷泉,
刻满花纹体诗句,
修建它,雕琢它……
……………………

---

① 比耶弗尔,法国侯爵,1771年在巴黎出版过《俏皮话》丛刊。

链条上系着一个
……铁质的勺子,
……………………
请过来,请畅饮,
不管你是何许人:
是牧童,是渔夫,
还是筋疲力尽的旅人。

* * *

在那天真无邪的顽童时代
……………………
我遇见过一位秃顶老人,
他目光犀利,思维反应明快,
微笑的脸上有一双布满皱纹的嘴唇。

* * *

当我如此温柔如此亲切
如此高兴地和您相见,
您诚然觉得意外,所以
显出几分冷冷的遗憾。

夜已沉入幸福的梦乡
……………………
您那可爱的倩影
照亮了我生活中的梦境。

从那时起……我用泪水
呼唤美丽的梦幻。
您使我在梦中享受到幸福,
我在现实中对您深表感念。

(乌兰汗译)

序曲①

我进入你的墓中——但那儿相当拥挤;死人分散我的注意力——现在我前往皇村和巴博洛沃村②去膜拜。

皇村!……(格雷③)皇村学校的游戏,我们的功课……杰尔维格和丘赫尔别凯,诗歌——

巴博洛沃。

(乌兰汗　金志平译)

---

① 这是普希金1835年或1836年写的一首诗的提纲的开头部分。标题原是法文,内文俄文与法文交错。
② 巴博洛沃村,皇村附近的一个村子。
③ 格雷,即托马斯·格雷(1716—1771),英国诗人。这儿提到他,可能是诗人联想到格雷的哀歌《乡村坟墓》。

有待考证的诗作

吴笛 译

"告诉我……"①

告诉我,为什么池座观众
对《偷窃者》喝倒彩?
唉,因为这是可怜的作者
从莫里哀那里偷窃而来。

(吴笛译)

"我歌颂托利获胜的战斗"②

我歌颂托利获胜的战斗,
不止一人牺牲,保罗战功明显;
我歌颂尼古拉·马图林和美人尼图什,

---

① 该诗是用法文写的。据普希金姐姐奥莉加·谢尔盖耶芙娜所述,普希金九岁时,曾试笔写了短剧《偷窃者》,由于没有受到姐姐的好评,因而写了这首自我讽刺诗。

② 该诗原文为法语。根据普希金的姐姐奥莉加·谢尔盖耶芙娜的叙述,普希金大约十岁时写了一部共分六章的英雄滑稽叙事诗《托利亚德》,内容是讲一些男女侏儒之间的斗争。这是叙事诗开头前四行。由于这一创作没有得到家庭教师舍德尔的尊重,委屈的小作者将诗稿投进了火炉。

她的允婚是对激战的胜利纪念。

（吴笛译）

致两个亚历山大·巴甫洛维奇①

罗曼诺夫和勇猛的泽尔诺夫,
　你们彼此非常相像:
泽尔诺夫,你的脚一瘸一拐!
　罗曼诺夫,你的头出了故障。
怎么,我能否寻得足够的力量
　以关键的东西来结束这一比较?
一个是在厨房里折断了鼻梁,
　一个是在奥斯特利茨城下逃之夭夭。②

（吴笛译）

加拉尔和加尔维娜③

一轮月亮在打盹的海湾上冉冉升起,

---

① 该诗保存在皇村学校的诗集中。两个亚历山大·巴甫洛维奇,一是指沙皇亚历山大一世——亚历山大·巴甫洛维奇·罗曼诺夫,另一是指皇村学校的职员亚·巴·泽尔诺夫。

② 参见《讥亚历山大一世》一诗的注解。

③ 该诗在过去的一些版本中一直被看成是普希金的创作,属于皇村学校时期的作品,但1962年苏联科学院版《普希金全集》的编者认为尚无直接的证据证明它是普希金所作。

周围地区沉浸于浓雾之中,
深夜的劲风摇撼着海船,
并在不耐烦的船帆上发出响声。
待到朝阳升起——部队就要远航。
年轻的兵士,请磨快自己的刀剑。

加拉尔,你在哪里?忧伤的加尔维娜
在黑暗的岩洞里等待着恋人。
加拉尔,赶快奔向心情忧郁的美女!
朝霞一旦出现——面临着战争,
光荣的队伍将朝远方急急奔赴。
年轻的兵士,你呀,你在何处?

他和加尔维娜在一起。啊,泪如泉涌,
忧伤而又欣喜的泪水,爱情的泪水!
然而天边开始泛白,远处的阴影
渐渐稀少。乐声响起,旋律优美;
曙光临近,传来低沉的噪音……
你为何拖延,年轻的军人?

加尔维娜倾听着出征的召唤,
心中充满希望、胆怯和伤悲,
她屏住呼吸,等待着别离,
可是小伙子在姑娘的怀中昏沉欲睡。
战斗的召唤在山外沉寂,——
对此,这位年轻的兵士一无所知。

条条战船准备起航,

小伙子们愉快地奔向船舶;
纷纷朝女友挥手告别;
一道道霞光向四处喷射;
然而,被爱情和忧伤弄得疲惫不堪,
那年轻的兵士却睡得酣甜。

明亮的白昼时分。他睁开双眼。
加尔维娜想以温存的手掌
为他遮住眼前令人苦恼的日光。
"对不起,我该走了!夜幕已经消散,
我得立即参战!"说完之后,
年轻的兵士箭一般地来到港口。

但是一片寂静,只是空荡荡的岸边
时而漫过喧闹的海浪;
只是那位姑娘忧伤而又苍白,
还有急速的船只驶向远方。
啊,年轻的兵士,为什么
你被忧郁的美女所俘获?

她泪痕满面;兵士陷入无言的沉思。
"啊,心爱的朋友!啊,我心灵的生命!
什么是我们的荣耀?刀剑之间有什么可做?
让别人去参加那种喧嚣的战争;
而我是你的姑娘,你也永远属于我!……
年轻的兵士,赶快忘记什么战火!"

加拉尔默然无语。高傲的船帆

召唤他奔赴异国他乡的海岸;
但船舶如同风暴一般
疾速驶向远方,姑娘又这般沮丧,
用颤抖的手将他拖曳……
年轻的兵士因而忘记了一切!

于是他对脚边的温柔的女友说:
"让袭击和战斗的声音响彻,
温存的手已经忘记刀剑!"
他们的日子融汇于宁静的欢乐;
只是在那被波浪折磨的海岸
年轻的兵士面红耳赤,全身发颤。

狂欢的时光迅速流逝而去。
战士们返航,回到故乡的港口;
胜利之子带着战利品纷纷归来,
歌咏诗人向他们唱起赞歌。
这时,在隆重的欢庆宴会上
年轻的兵士羞愧难当。

那些强健的命运的宠儿
把剑与盾放到新娘的脚边;
唯有弃在一旁的加尔维娜
脚边没有血染的英雄利剑。
美人一声哀叹——于是另外一个
年轻的兵士被她俘获。

自那以后,沮丧的加拉尔孤独地徘徊,

从前他那欢快的声音已经沉寂,
只是有时候在静谧的深夜时分,
他孤零零地念叨着心上人的名字。
战火再次燃起——这位年轻士兵
前去寻求你死我活的交锋。

(吴笛译)

不幸诗人的忏悔[①]

神父

你是干什么的,我的孩子?

诗人

神父,我是可怜的独户农,
起先是名小官吏,现在是个写诗的人。
一整年写满了足够的纸张;
我前来忏悔——我犯下许多罪行。

神父

靠近一些,坦率地对我往下说吧,

[①] 该诗可能也是属于普希金皇村学校时期的创作。诗的构思采用对宗教忏悔进行讽刺模拟的方法,诗中所涉及的问题也是按"摩西十诫"的顺序而展开的。

你是否下定决心改过自新?

诗人

神父,我精神方面非常脆弱,不敢保证。

神父

你是否竭力遵守上帝的律法,
而且,除了上帝,不再信仰别的神?

诗人

唉,这方面我的罪孽可真不轻,
对我来说,神就是我,爱的客体也是我,
兄弟和朋友在我身上包容。
只有我是我的国王、主宰和恶魔;
最令人厌恶的是,唯有我是我自己的读者。

神父

这是所忏悔的第二件事,我的孩子?

诗人

我的偶像不止一个;
我喜爱黄金并且崇拜名人,
在一切歌曲中赞赏格拉弗拉,

尽管我生来就没有见过他们,
但是,却荒唐地把他们奉为神明。

神父

那么,神的名字呢?

诗人

当韵脚或者音步不足的时候,
那么,我承认我也偶尔将神的名字
毫不含糊地写进我的诗里。

神父

这种情况是否经常出现?

诗人

是的,出现在我所有的哀诗里;
神父,你能在每行诗中读到
"唉"和"嗯","啊"和"我的上帝"
以及破折号和句号。

神父

这不好,我的孩子!你孝敬父母吗?

诗人

有些孝敬,只是我根本不知道他们,
因此我爱自己的产儿,并且全心崇敬。

神父

你怎样消度光阴?

诗人

神父,在夏天和严冬,
我用五天时间写诗,第六日打印,
以便在第七天充分享受苦乐。
没时间上教堂:在前厅我与侍从一起
要将格拉祖诺夫①和格拉福夫②等三个小时。

神父

你有没有当过凶手?

诗人

啊,我与这一罪孽也有关系,

---

① 格拉祖诺夫,当时的一个书籍出版商。
② 格拉福夫,是德·伊·赫沃斯托夫公爵的绰号。

神父，我得在保守秘密的条件下忏悔。
我的朋友达曼病入膏肓。
我去看望他；他非常感谢，
为了使可怜的受苦者能够快活，
我开始向他庄重地朗诵颂歌。
然而怎样？可怜的朋友！自第一段起
他就皱眉，发出呻吟……然后断气。

神父

真是糟糕。而且，你是通奸者，
这已是直截了当的罪孽！
至于你的诗作……

诗人

全是别人造谣诽谤，在我内心，
真的，我没有这样的罪孽；
我曾学时髦把多余的罪过归咎于自己。
说实话，我是真的爱比克泰德。
不惹是非，是个非常善良的诗人。

神父

是的，诽谤是不对的。看在上帝的分上，
告诉我，你是否遵守了"不可偷盗"这条诫命？

诗人

啊,神父,真是罪过!我有时也偷窃!
(我们所有的先生都养成了这一习惯),
剽窃科策布①的台词、伏尔泰的诗句,
例子无须列举,甚至剽窃自己的诗行。
要不然我们这些可怜的人怎么创作?
自己的东西太少——只好偷窃。

神父

孩子,这般投机取巧,非常糟糕。
建议你尽快戒除这一罪孽。
你是否告密,出卖过自己的朋友,
或者对他进行陷害诬蔑?

诗人

魔鬼引诱所至。我是个并不富裕的男子——
为了金钱我写了一封过长的书信,
信中诚恳地安慰梅维——
因为他不久前失去了自己的夫人。
我向公众告密,说他极度悲痛,
其实他高兴得直向上帝祈祷感恩。

---

① 科策布(1761—1819),德国剧作家。

神父

孩子,别再想这样的恶作剧了。
你是否嫉妒过谁?

诗人

我不止一次地嫉妒过富有的邻居,
这一罪过我不再隐瞒。
虽然并不贪恋他那条笨驴,
但是,那美味佳肴、青铜制品、庄园、
棕红色的同套一车的四匹马——
却令人嫉羡,我连梦中也不曾梦见。
我嫉妒商人,嫉妒无忧无虑的僧侣,
嫉妒没有思想、不知恐怖、
成天昏睡的笨蛋和蠢虫,
一句话,嫉妒所有不写诗的人物。

神父

再也没有别的罪过?

诗人

是的,一切都已忏悔,都已坦白,
再也回想不起别的罪孽,
我头脑永远清醒,不得已吃斋,

不止一次地给别人提供好处:
经常以颂诗让不幸者安眠下来。

神父

现在,请将我有益的告诫记在心上:
要从罪孽深重的诗人变成一个好汉。

(吴笛译)

生活的目的[①]

神明的敬仰者,大自然的长子,
人啊,郑重地说吧,你为何来到尘世?
难道是为了让大地的帝王和世界的统治者
　　极力达到可耻的目的?

难道是为了让他武断地挥舞
刀枪和利剑,使大地血染成河,
以凶狠的欢乐给人民带来战乱和死亡,
　　并且肆意践踏自己的王国?

难道是为了让他奢侈地虚度时光,
在厌腻中变得寂寞,在富足中变得冷酷,

[①] 该诗一般认为是普希金 1814 年作品,是根据皇村学校教师的作文题《关于人生的目的》而作的。

独断地让大地枉然遭受蹂躏,
　　在无情的享乐中感到痛苦?

难道是为了让那些金银财宝
暗暗产生在西伯利亚的雪山深处,
以便那个对财富贪得无厌的吝啬鬼
　　能够神秘地饱享眼福?

起来,啊,上苍之子!被真理照明,
意识到自己所受的反常的欺凌,
敢作敢为,振奋起精神,
　　认清自己的使命!

看吧:原野为温驯的牧群铺上草皮,
雄鹰在广阔无垠的天空展翅飞翔,
海岸为腿快的岩羚羊耸起悬崖,
　　深深的海水为鱼儿掀着波浪。

然而你——大自然全然对你奉献:
陆地、大海、火焰全都对你顺从,
你反射雷电,你推动海洋,
　　你飞翔在深邃的天空。

看吧:要么是阳光映红了苍天,
要么是明月飘浮于轻盈的云彩,
田野里诞生出春天的美景,
　　年轻的红玫瑰绽放开来。

野草之下隐藏着凉爽的小溪，
成串的葡萄在山丘上闪烁光芒，
轻风微微拂动，发出温柔的声息，
　　田地里，翻滚着金色的麦浪。

一切为了你！尽情享受生命的欢乐吧，
平心静气地获取上苍的馈赠，
这个世界不是厄运和灾祸的苦海，
　　别再糊涂了，做一个幸福的人。

永世不忘一切幸福的源泉，
尊重真理和法则，促进人类的美满，——
那么，告别尘世时不会有恐惧，
　　并且为了曙光而消隐于黑暗。

（吴笛译）

樱　桃[①]

绯红色的朝霞
笼罩着东方，
河对岸的村庄
不再闪烁灯光。

[①] 该诗自 1857 年起收在普希金的作品集里，但也有人认为，此诗属普希金所作证据不足。

田野里的野花
被一层露珠覆盖,
柔软的草场上
牲畜已经醒来。

银灰色的迷雾
朝云朵飘浮,
年少的牧女
朝牧羊人匆匆奔去。

泉水在群山之间
潺潺地流淌,
绿色的针叶林
在远处的幽暗中闪烁金光。

年少的牧女
快速奔向集市,
一面低声唱歌,
一面朝远方凝视。

丰润的双颊上
泛着朵朵红晕,
胆怯的眼中
闪现着天真。

灵巧的纤手
将发辫装饰,
美丽的双足

本身具有无比魅力。

胸部的全部美妙
被一件背心所遮，
裙下隐藏着
人类的诱惑。
牧女现在来到
茂密的樱桃园里，
发现自己的面前
有许许多多的果实。

虽然它们的样子可爱，
引诱着美丽姑娘，
可是得到它们的途径却很危险——
威胁着可怜的姑娘。

想了一想，她决定
吃到那些樱桃，
抓住了树枝
在树上越攀越高。

已经快要获取
自己的那份奖赏，
她胆怯地将双脚
踩在树枝之间。

用手采摘果实吧——
采摘你的樱桃，

可是,啊,我的牧女,
你到底怎么了?

她朝远处眺望——
牧羊人正在奔跑;
她的双腿一软
小鞋直往下掉。

树枝噼啪直响——
糟糕,灾祸临头!
牧女滑落下来,
然而,啊,这景象绝无仅有。

梢头折断的树枝
挂住了她的裙子;
无比惊奇的牧羊人
看见了全部的奥秘。

要比白雪还要洁净的
美妙的双腿之间,
在神奇的弯曲部,
牧羊人能够看见

被所有美丽的女郎
一直遮掩的东西,
亚当也正是为此
从伊甸园驱逐出去。

牧羊人将不幸的牧女
从树枝上轻轻解了下来,
并将美丽的姑娘
搂进自己热切的胸怀。

在两颗炽烈的心里,
全部热血开始沸腾;
张开迅疾的羽翼,
飞来了幸福的爱情。

两颗年轻的心
享受折磨的欢乐,
一对相爱的情侣
等待圆满的结合。

年少的牧羊人
被美女深深迷惑,
以炽烈的手
在她身上抚摩。

转瞬之间,阿摩尔
在他们脚边玩得入迷;
牧人不知不觉地
陷在丰满的乳房里。

绯红色的樱桃
被压得流出液汁,
鲜红鲜红的汁水

溅满了一片草地。

（吴笛译）

丘赫尔别凯的遗嘱[①]

朋友们,请原谅！我向你们
遗赠我所满意和拥有的全部；
羞辱和赞歌我全都免除，
也请你们豁免我所欠的债务。

（吴笛译）

讥西皮亚金[②]将军的婚礼

众所瞩目的人物最宜穿上
佩有月桂的婚礼服装，
然而,遗憾的是月桂实在太少，
甚至连秃顶也无法遮挡。

（吴笛译）

[①] 该诗被 B. 加耶夫斯基认为是普希金所作,写于 1816 年,即属于皇村学校时期的创作。

[②] 西皮亚金(1785—1828),俄军中将,参加过 1812 年的战争；他所娶的妻子是伊丽莎白·谢尔盖耶芙娜·库什尼科娃(1800—1828)。

讥阿拉克切耶夫①

在京都他是军士,在丘古耶夫则是尼禄②:
赞多夫的刀剑他到处运用自如。

(吴笛译)

"晚饭我吃得过多"③

晚饭我吃得过多,
而雅可夫出于疏忽把门锁住——
朋友们啊,我只得这样
像丘赫尔别凯一般感到厌恶。

(吴笛译)

---

① 该诗的背景是1819年6月发生在丘古耶夫的起义。阿拉克切耶夫是镇压这次起义的领导者。

② 尼禄(37—68),古罗马暴君。

③ 此诗由普希金传记作者巴尔捷涅夫发表,并作如下解释:"有一次,茹科夫斯基被邀请参加一个晚会,可是没有去。事后有人问他为什么没有出席晚会,茹科夫斯基回答说:'我前一天晚上就闹肚子,何况丘赫尔别凯来了,因而,我就留在家里了。'普希金觉得此事有趣,便以《"晚饭我吃得过多"》等诗进行嘲讽。"

"我们要使善良的公民开心一阵"①

我们要使善良的公民开心一阵,
将在一根羞辱柱上
用最后一个牧师的肠子
吊死最后一个沙皇。

(吴笛译)

致娜简卡②

与你独处两三个小时
真是令人愉快的事:
头一个小时满怀期盼,
后两个钟头尽享乐趣。

(吴笛译)

---

① 此诗曾作为普希金的创作广为流传,后来有人认为该诗是根据法国作家狄德罗的诗作意译的。
② 根据文学家、普希金作品的第一个出版者安涅科夫的阐述,普希金的作品中,娜简卡喻指当时彼得堡"半上流社会"的女士娜杰日达·福尔斯特。

"当整个世界停滞不前"

当整个世界停滞不前,
当全部的"善"处于沉睡状态、
所有的"恶"兴风作浪,
她才会起身朝我走来。

(吴笛译)

关于自己

我愿成为伟大的人物,
我爱俄罗斯的荣耀,
我所允诺的很多——
但实现得怎样?鬼才知道!

(吴笛译)

题莫洛斯特沃夫[①]肖像

他不是俄国的什么大官,

[①] 莫洛斯特沃夫(1793—1828),近卫军骠骑兵团的一个军官。

也不是永世不变的蠢货，
他是鞑靼人，一个鞑靼人，
而不是出自俄罗斯民族。

（吴笛译）

"将来也总是如同过去"

将来也总是如同过去；
自古以来就是这样的世界：
学者很多——智者极少，
熟人成堆——朋友空缺！

（吴笛译）

答康·登博罗夫斯基[①]

当我照着镜子的时候，
我似乎看到的是伊索，
然而登博罗夫斯基一站到镜边，
镜中随即出现……

（吴笛译）

---

① 该诗由 П. А. 卡拉特金在其《回忆录》中首次公开。康·登博罗夫斯基是芭蕾舞演员，他曾讥讽普希金相貌不佳，普希金以此诗作答。

答格涅季奇

我不想与你展开争论,
说在你的诗中有生硬的东西;
我伸出手来,
抚摩一下——扎上了刺。

(吴笛译)

福季与奥尔洛娃伯爵夫人的交谈[①]

"注意听着我对你说的话:
身体上我是宦官,灵魂上我却是男人。"
"可你到底要和我做什么?"
"我要把身体化为灵魂。"

(吴笛译)

---

① 该诗及随后二诗被认为作于 1822 至 1824 年间。福季(1792—1838),宗教黑暗势力的代表,自 1822 年起,任修士大司祭,是阿拉克切耶夫的追随者。奥尔洛娃,是尼古拉一世的心腹奥尔洛夫的女儿,宫廷女官,福季的庇护者。

致奥尔洛娃-契斯缅斯卡娅公爵夫人

笃信宗教的夫人
把灵魂奉献给上帝,
而罪孽深重的肉体
却给了修士大司祭福季。

(吴笛译)

讥福季

一半虔诚,一半虚假;
对于他,讥咒,还有刀剑;
十字架,还有皮鞭,全是精神工具。
上帝啊,向我们人间
少派一些这样的
半阴险半神圣的牧师。

(吴笛译)

"神圣的上帝的侍者"

神圣的上帝的侍者,

请你惩治波罗兹达上尉,

他这个好色之徒

不再愿意……

(吴笛译)

摘自致维格尔的信①

朋友们啊,忒勒玛科斯的

无聊的角色已令我生厌,

莫斯科啊,莫斯科——伊大卡!

我是否快要与你相见?

(吴笛译)

"走散在异教的城市"②

走散在异教的城市,

---

① 该诗由菲·菲·维格尔在《致辛比尔斯克的友人》一文中公之于世。维格尔以第三人称写道:"在基什尼奥夫住着一位希腊女郎,名叫卡吕普索。她闪光的眼睛照亮了当时处于流放的普希金的心灵。1824年,普希金的一位好友从基什尼奥夫写信到敖德萨,并以卡吕普索的名义请求他重访故地,而且戏称他是漂泊的忒勒玛科斯。普希金则以'忒勒玛科斯的无聊的角色,'等诗句作答。"

② 这两行诗写在1825年《致凯恩》("我记得那美妙的瞬间")一诗草稿的背面。不知是试图以民歌体进行创作还是纯粹想改写民歌。而且还附有诗律:

|√√—√√√—|√√—√
》|√—√√|√—√

毁坏了黑暗的监狱。

（吴笛译）

致索·亚·乌鲁索娃公爵小姐①

我直到现在都不相信三位一体：
三重的上帝仍使我感到玄妙；
但我看到您，便有了信仰的才能，
向将三位美女集于一身的女神祈祷。

（吴笛译）

---

① 此诗被看作普希金的作品，但维亚泽姆斯基对此持有异议。普希金于 1827 年和索菲娅·亚历山大罗芙娜·乌鲁索娃公爵小姐相识，她后来于 1833 年嫁给拉济维尔伯爵。

图书在版编目(CIP)数据

普希金全集.2,抒情诗/(俄罗斯)普希金著;沈念驹,吴笛主编;乌兰汗等译.—杭州:浙江文艺出版社,2020.4
ISBN 978-7-5339-5975-3

Ⅰ.①普… Ⅱ.①普… ②沈… ③吴… ④乌… Ⅲ.①俄罗斯文学—近代文学—作品综合集②抒情诗—诗集—俄罗斯—近代 Ⅳ.①I512.14

中国版本图书馆CIP数据核字(2019)第294695号

策划统筹	王晓乐		责任校对	陈 玲
责任编辑	岳海菁		责任印制	吴春娟
装帧设计	梁 珊 吕翡翠			

普希金全集2·抒情诗

[俄]普希金 著　乌兰汗　丘琴 等译
沈念驹　吴笛 主编

出版	浙江文艺出版社
地址	杭州市体育场路347号
邮编	310006
网址	www.zjwycbs.cn
经销	浙江省新华书店集团有限公司
制版	浙江新华图文制作有限公司
印刷	浙江新华数码印务有限公司
开本	880毫米×1230毫米　1/32
字数	513千字
印张	19.75
插页	7
版次	2020年4月第1版
印次	2020年4月第1次印刷
书号	ISBN 978-7-5339-5975-3
定价	98.00元(精)

版权所有　违者必究

(如有印、装质量问题,请寄承印单位调换)